丰子恺译文集

第四卷

丰陈宝 丰一吟
杨朝婴
杨子耘
丰睿

编

ZHEJIANG UNIVERSITY PRESS
浙江大学出版社

本卷说明

　　本卷收录丰子恺先生翻译的著作九种。其中厨川白村著《苦闷的象征》根据上海商务印书馆于一九二五年三月的初版（"文学研究会丛书"之一）校订刊出；屠格涅夫著《初恋》根据开明书店一九三二年八月四版校订刊出（原书为英汉对译，本卷只收录汉译部分）；史蒂文生（Robert Louise Stevenson）《自杀俱乐部》根据开明书店一九三二年四月版校订刊出（原书为英汉对译，本卷只收录汉译部分）。这三部作品在八十多年前问世后就再没有重印过。另五篇翻译作品收录自发表时的杂志或报纸，具体出处如下：纳撒尼尔·霍桑（Nathaniel Hawthorne）著《泉上的幻影》原载《东方杂志》一九二二年第十九卷第九号（署名"丰仁"）；克洛德·盖威尔（Claude Gcovle）著《盲子与疯瘫子》原载《民国日报·觉悟》一九二三年九月十一日和十四日两期；法朗士（Anatole France）著《一串葡萄》原载《小说世界》一九二五年第九卷第十三号；滨田广介著《会走的木宝宝》原载《新女性》一九二七年第二卷第五号；和田古江著《有结带的旧皮靴》原载《新女性》一九二七年第二卷第八号；格拉汉姆（Kenneth Grahame）著《青房间》原载中学生杂志丛刊《投资》（开明书店一九三五年六月初版）。

本卷目录

苦闷的象征

［日］厨川白村 著

丰子恺 译

The colours of his mind seemed yet unworn;

For the wild language of his grief was high,

Such as in measure were called poetry.

And I remember one remark which then Maddalo made.

He said: "Most wretched men are cradled into poetry by wrong;

They learn in suffering what they teach in song."

——SHELLEY, *Julian and Maddalo*.

目　　录

第一　创作论

一　两种的力

铁和石相击，迸出火花来，奔流和岩石相冲，飞出泡沫，生出红霓来。同样，两种的力相冲突，展出华丽的人生的万花镜，即生活底种种色相来。"No struggle, no drama"是勃柳痕典哀（Brunetièr）解释戏曲的话。然而这何尝限于戏曲：假使没有异方向的两种力量相触打的葛藤（struggle），我们底生活，我们底存在，早已根本失其意义了。因为有生底苦闷，有战底苦痛，所以人有生的价值。那班服从威权的，被因袭束缚的，羊一般地顺从的醉生梦死之徒，和那班萦心于利害的打算，被物欲所驱使，而全然忘却自己做"人"的全的存在的俗汉所还没有感得味到的心境，即人生底深的兴趣，要不外乎强大的两种力量相冲突而生的苦闷懊恼底所产。我要把文艺底基础置在这一点而解释。所谓两种力底冲突是——

二　创造生活的欲求

电光似的，奔流似的，盲目也似的蓦地里突进不已的生命底力（La

force de vivre)，是人间生活底根本——这是近代多数的思想家一致的看法。视这变化流动为现实，而唱创造的进化说的柏格森（Bergson）底哲学，自不必说。就是叔本华（Schopenhauer）底意志说，尼采底本能论、超人说，萧伯纳（Bernard Shaw）底戏曲《人与超人》中所表现的"生底力"（life force)，爱德华德·嘉本特（Edward Carpenter）底认人间生命底永远不灭的创造性的"宇宙的自我"说，近至罗素底《社会改造原理》中所唱的冲动说等学说里面也处处可以窥见"生命底力"底意义。

厌凝固停滞，避妥协降服，而不息地求自由和解放的生命底力，意识地，无意识地，都不绝地从内面灼热我们人间底心胸，烈火似的在心底深处燃烧出来。八重九重地遮蔽这炎炎的火焰底外部而巧妙地运转全体的一部机械，便是我们底外的生活，便是经济生活，便是所谓"社会"的有机体底一员的机制（mechanism）的生活。用譬喻来说，生命底力犹之机关车里的蒸汽釜中的，具有猛烈的爆发性、危险性、破坏性、突进性的蒸汽力。这力底外部用机械底各部分来制压束缚着，而同时因了这力而回转着一切的车轮。机关车这样地用了所需要的速度而在一定的轨道上进行着。蒸汽力底本质，全然断绝利害的关系，脱离道德和法则底轨道，差不多是一种时时想盲目地突进且跳跃的生命力。换言之，这时候从内部出来的蒸汽力底本质的要求，明明是和机械底别的部分的本质的要求取正反的方向的。机关车底内部生命底力的蒸汽力，时时要爆发，要突进，有求自由解放的不断的倾向。反之，机械底外的部分正好利用了这力。为了制压拘束这力，本来因重力而停固着的车轮也都凭了这力而在轨道上运行了。

我们底生命，是天地万象中这普遍的生命。但这生命的力宿于某个人中，通过了这"人"而出现时，就立刻变成个性而活跃了。在内面燃烧

着的生命底力变成个性而发挥的时候,即人们迫于要表现自己底个性的
内的要求而动的时候,便生出真的创造创作的生活来。所以自己生命底
表现,可说是个性底表现;个性底表现,可说就是创造的生活。在人间底
真的意义上,所谓"生",换言之,所谓"生底欢喜"(joy of life),便是行这
个性底表现,这创造创作的生活时所看出的。倘然个人大家全然否定了
各自底个性而放弃时,人间就变成完全同样地制造出来的一群土偶,人
人都完全同样,人就没有生的必要了。从社会全体看时,假使不是个人
各自充分地发挥自己底个性的,真的文化生活也就不能成立,这已经是
多数人所说过的老话了。

　　在这意义上的生命力底发动,即个性表现底内的欲求,在我们底灵
和肉底双方面现出各色各样的生活现象来。即有时变作本能生活,变作
游戏冲动,或变作强烈的信念,变作高远的理想,变作学徒底知识欲,又
复变作英雄的征服欲望。又有时变作哲人底思想活动,变作诗人底情
热、感激、憧憬而表现时,就动人最深且最强。像这样的生命力底显现,
有超绝利害的观念,离开善恶邪正底价值判断,脱却道德底批判和因袭
底制缚而欲任意地飞跃突进的倾向的特征。

三　强制抑压的力

　　然人间底生活,这样的单纯的一个调子是不行的。要使自由不羁的
生命力充分地飞跃,又要使个性如意地发挥,我们底社会生活实在太复
杂了,人间底本性里藏着的矛盾也太多了。

　　我们要做所谓"社会"的大的有机体底一员而生活,当然非服从彼强
大的机制不可。我们在从自己内面涌出来的个性底要求即创造创作底

欲望上,不绝地甘受种种压迫强制,无可避免。尤其像近代社会的制度、法律、军备、警察等一切制压机关底完备,一方面又有生活难的可怕的威吓底存在,使我们意识地、无意识地都不能脱却这抑压。垂头在灭杀个人的自由的国家至上主义底面前,跪拜在否定创造创作的生活的资本万能主义底膝下的人,没有寻常茶饭的知识都不能一日生存。这确是近今社会底实状。

有内部涌起的个性表现的欲望,对方又有外面迫来的社会生活底束缚强制。这两种力之间的苦闷的状态就是人间生活。就今日的劳动——不但是筋肉的劳动,口舌劳动,精神劳动等一切何种劳动底状态观察,这话就可明白了。以劳动为快乐,是远古以来的话。不受规则或法则底束缚,不困于生活难,不受资本主义机械万能主义底压迫而各得营自由表现个性的创造生活的劳动,是只在过去的世界里可能的事;否则是一部分的社会主义论者所梦想的 Utopia 的话。虽一个花瓶,一把小刀,要能注出自己的心血,捧出自己生命的力,用供奉神明似的虔敬态度来制造的社会状态,在今日的实际生活上当然是绝对不可能的事了。

从今日的实际生活上说来,劳动即是苦难。夺去个人底自由的创造创作的欲望,使在压迫强制之下度拘束的生活,便是劳动。在以生活难的威胁为武器的机械、法则、因袭底强力前面,人间先已放弃了人间的个性生活,多少已成了法则或机械底奴隶;甚至演变成非机械底化物不能得栖身所的状态。养八字须的自命为教育家的教育机械也有,银行或公司里的非常漂亮的计算机械亦复不少。据我们所见,在今日的局面中以劳动为享乐的差不多没有。然而何由看出"生底欢喜"来呢?

变成单因了外来的压迫力而动的机械底化物,是人间底最大的苦痛。反之,迫于自己个性底内的要求而劳动,常是快乐的,愉悦的。同是一件搬运庭石、培植树木的园庭装饰的劳工，在迫于佣主底命令或生活难底威胁，为工资而劳动的园丁看来是苦痛的；但这件同样的工作倘是隐居的资本家为了自己内心的要求而去做时，就明明是愉快的，是娱乐的。所以劳动与快乐之间，并非工事有本质的差异。换言之，劳动本身并非有苦难的，给予苦痛的，毕竟是从外部来的要求，便是那强制抑压。

现在人底生活，是和街头挽货物车而走的马同样的。从外面看来，确是马挽车。在马方面，或者也以为是自己挽车。但实际上却不然：这不是马挽车，实在是车押着马行走。因为倘然没有车和轭底制压，马就没有那样地流汗且喘息而望前走的必要了。现今的世中，一天到晚坐了车子奔走着的所谓活动家，所谓捷足者，实在他们所营的生活和那匹可怜的挽车的马相去不过一间，而自己还没有悟到，还以为得意呢。

席勒（Schiller）在他底有名的《美的教育论》里说着：所谓游戏，是劳作者底意向（Neigung）和义务（Freiheit）恰好一致调和时的活动。“人间只在游戏的时候是完全的人间。”（拙著《出象牙塔》第一七四页，《游戏论》参照）这意义便是说游戏是人间因自己底内心的要求而动的，不受外的强制的，自由的创造生活。世俗以劳动为贵而以游戏为贱，是甘心忍受不断的强制的奴隶生活而麻痹了人们底谬见；否则是专制主义者或资本家为了防护自己而设的骗人话罢了。试想想看，人间还有比自己表现的创造生活更贵的生活么？

没有创造，就没有进化。常常因了外的要求而动，再三反复妥协降服的生活，而忘却个性表现底可贵的东西，这是到千万年后的今日依然反复着和昔日同样的生活的禽兽。不想发挥自己底生命力，但拘于因袭、囚于传统、模仿先人所为而安然无事的奴隶根性的人间，在这意义上是畜生底同列。虽集了几千万这样的人，文化生活也无由成立。

　　以上的话,只是就吾人与外界的关系上说的。但两种的力底冲突,不但是在自己底生命力和外部来的强制抑压之间生起的。在人间自己里面,已经备着两个矛盾的要求。例如我们有要极端地个人生活的欲望;同时因为要做社会的存在物(social being),所以又有要和家族、社会、国家等调和进行的欲望。一方面有要自由地满足自己底本能的欲求;同时因为是道德的存在物(moral being),所以他方又有抑压这本能的欲求。虽不被束缚于外部的法则或因袭,而自己底道德常要抑制且规律自己底要求,这样便是人间。我们人间,具有兽性、恶魔性,同时又具有神性;具有利己主义的欲求,同时又具有爱他主义的欲求。如果说一方是生命力,那么他方当然也是生命力。这样,精神和物质,灵和肉,理想和现实,中间不绝地发生不调和,不绝地发生冲突和葛藤。所以生命力越旺盛,这冲突和葛藤当然越激烈。一方要积极地进行,他方要消极地阻止。这里所应注意的,便是求进的力和阻压的力实是相同的一点。当抑压力强时,爆发性和突进性也相比例地加强。两者差不多是成正比例的。稍极端地说,倘然没有抑压,生命力底飞跃也就没有。

　　这样的两个力底冲突、葛藤,在内的生活上,在外的生活上,都是往古来今的一切人间所经验到的苦痛。虽然因了时代底大势、社会底组织和个人底性情、境遇底不同,这苦痛原有大小强弱之差,但从原始时代到今日,不被这苦痛所恼的人间差不多没有。古人对于这苦痛叹为"人生不如意"。又称不得遂愿为"浮世"。在今人说来,这是"人间苦",是"社会苦",是"劳动苦"。德国厌生诗人勒瑙(Lenau)名这苦闷为"世界苦恼"(Welt Schmertz)。名称虽然各异,语意底内容同是指说飞跃突进的生命力被反对方向的力抑压了所生的苦闷和烦恼的。

　　除了不堪于这苦闷或绝望之极,因而否定了生而赴自杀的人以外,一切人间都是企图脱却这苦境，拔去这障碍而突进的。所以我们底生命力，全然是奔流撞了岩石而成渊成濑似的取迂曲的路径的。有的竟不得不尝到立马当阵，杀伐几千百的敌人而勇往猛进的战士的辛酸。人生的兴味也随了这求生的努力而来了。故要创造较良、较高、较自由的生活的人，常继续不断地进行着这努力。

因这理由，所谓"生"的一事在某种意义上是创造，是创作。在工场里劳动的，在事务所里计算的，在田野里耕种的，在市街里买卖的，倘然同样是发现自己底生命力的，就当然是某种程度的创造生活。然而若说是纯粹的创造生活，所受的抑压制御毕竟太多了。因为这种生活都是为利害关系所烦，为法则所左右，竟差不多有身不能自主的惨状的。但人间底种种的生活活动中，还有一个唯一的，绝对无条件地营纯粹的创造生活的世界，这就是文艺的创作。

文艺是纯粹的生命表现。文艺是完全脱离外界抑压强制，得立于绝对自由的心境而表现个性的唯一的世界。忘却名利，脱去奴隶根性，从一切羁绊制缚上解放，始成立为文艺上的创作。和留心于报纸上对于你底作品的评论，或计算原稿底稿费等心境完全不同时，方才是真的文艺作品。因为只有为自己心胸中燃着的感激和情热所动，而能和天地创造的神明所为同样程度地自己表现的世界，方才是文艺。我们在政治生活、劳动生活、社会生活等里面所不能见的生命力底无条件的发现，毕竟只在这里面完全存在着。换言之，这是人间舍弃一切的虚伪和欺诈，而能纯正地真率地做人的、唯一的生活。文艺所以能占人间底文化生活底最高位，也是为此。与这比较起来，别的一切人间活动都可说是灭杀、破坏且蹂躏我们底个性表现的举动的。

这样，我在前面所述的从抑压来的苦闷懊恼和这绝对创造的文艺，究竟立于何等关系的地位？又不但是创作家,在鉴赏作品的读者方面看来,人间苦和文艺的关系该是如何？在述我对于这问题的管见以前,先要在这里引用最近思想界中最得力的一个心理说作为准备。

四　精神分析学

觉悟了单靠试验管或显微镜的研究未必是达到真理的唯一的路径,而渐渐从实验科学万能的梦中醒觉起来的近时的学界中,那种带着神秘的、思索的(speculative),又非常浪漫的色彩的种种学说竟大大地得势了。像我现在所要引用的精神分析学(psychoanalysis),比起科学者所说的来是别开新面目的。

奥地利维也纳大学底精神病学教授琪格门特·富洛伊特(Sigmund Freud)和一个医生于一八九五年共发表了一篇《歇私的里亚(Hysteria)的研究》。后来于一九〇〇年出版了名著《梦底解释》(*Traumdeutung*)。这著者和这精神分析的学说就日盛一日地唤起许多学界、思想界底注意。这一派学说在新心理学中,有人说是和达尔文底进化论在生物学中的地位相等的。(富洛伊特自己曾夸说这学说是哥白尼[Nicolas Copernicus]底地动说以来的一大发现,未免过实。)实在说来,这精神分析论底思想极警拔和富于暗示,在变态心理、儿童心理、性欲心理等研究中开拓了一个新的境地,是确然的事实。尤其是到了最近数年,这学说不但是精神病学,又影响及于教育学和社会问题的研究者。又因为富洛伊特对于机智、梦、传说、文艺创作底心理给予一种解释,所以今日的文艺批评家中应用这学说的人也很多,甚至造出"Freudian Romanticism"(富洛伊特浪漫主义)的奇拔的新语来。

对于新的学说，自然不能无条件地认受。精神分析学成立的学界底定说，其间自然经过不少的修正，且今后大概也还要费许多的岁月。实际，在像我的门外汉底眼里看来，也觉得有许多的不备和缺陷，有一时难于首肯的地方。因为在适用于解说文艺作品的时候，尤其可以看出极牵强附会的痕迹。

富洛伊特所说，从歇私的里亚患者底治疗法上出发。他曾发现，希腊的希保格拉底斯（Hippocrates）以来直到今日医家所束手的不可思议的疾患歇私的里亚底病源，在于患者底阅历中的"心的伤害"（psychische trauma）中。即强烈的兴奋性的欲望的"性欲"——他称这为"libido"——曾经被患者自己底道德性或周围的事情等所抑压阻止，因此患者底内的生活上受了厉害的外伤。而患者自己，在过去在现在一些也不曾自觉到。这过去的苦闷和伤心，现在早已逸出他底记忆底圈外，他自己对于这苦痛已经毫不自觉了。但在患者底"无意识"或"潜在意识"中，却还有从这抑压所受到的痛苦的伤害在内面攻着，宛如液体中的沉滓似的残留着。这沉淀的渣滓激动现在患者底意识状态，使成为病；甚或搅乱患者底意识状态：这样便是歇私的里亚底症状。

所以对于这病的治疗法，须得用精神分析法去探索这病源祸根的伤害伏在患者底过去的阅历底哪部分，然后把这伤害连根斩去。就是使被抑压的欲望自由地发露出来，表现出来，因此可以扫除残留在"无意识"界底里的沉滓。这便是施用催眠术，使患者说出过去的阅历经验中的病源祸根的事件，或用巧妙的问答法使尽量地、自由开放地说出他底苦闷底原因来。因为从来抑压他的是病源，所以要除去这抑压，而把欲望拿出到现在的意识底世界里来，倘因此而除去了抑压，病就同时治愈了。富洛伊特所见如此。

我要在这里引用富洛伊特教授所发表的一例：

有一个重患歇私的里亚的青年女子。探索这女子底过去的阅历，有下述等情状：她自十分爱她的父亲死了之后，不久她底阿姊结婚了。不知为了甚么缘故，她对于她底姊婿发生了不可思议的交情，就互相亲近起来了。但是她当然毫不会想起这是恋爱。后来她底阿姊患病死了。这时候她正伴了母亲旅行去，没有得知这个消息。等到她旅行回来，初次立在她底亡姊底枕畔时，她忽然这样想：阿姊死了，如今我可以和那人结婚了。

在日本，弟和嫂或妹和姊婿结婚是常事，但在西洋是当作不伦的。在富洛伊特教授底国里如何，我没有晓得；在英国，近来这事在法律上是被禁止的，戏曲和小说中也常常说及。这对于姊婿有情爱的女子，忽然结婚的观念在胸中浮起，就跪在社会的因袭底面前，自己抑压阻止了这欲望。但既起了结婚的观念，这女子自然悬想着她底姊婿。(这派的学者，以为亲子的爱也是性的欲望底变形。所以这女子大概是失了异性的父底爱以后，又移转这爱向姊婿的。)但她自己也没有明白地想到这是恋爱。于是经过了许多时候，她就全然忘却了这事。后来成了激烈的歇私的里亚患者而受富洛伊特教授底诊察时，她已经不复能想自己曾经抱过这样的欲望的事了。受教授底精神分析治疗时，这往事重被呼返到显在意识上，被用了非常的情热和兴奋而发表出，这患者底病就愈了。这派的学说，把"忘却"也归属于抑压作用。

富洛伊特教授底研究发表以后，非但欧洲，在美国尤其惹起最多数的学者底注目。法兰西波尔独大学底精神病学教授兰琪著有《精神分析论》。瑞士周里希大学底营格教授曾发表《无意识心理，性欲底变形与象征的研究，对于思想发达史的贡献》。前任加拿大德隆德大学教授的埃纳斯德·琼司在他所著的《精神分析论》中集成关于梦、临床医学、教育心理等的研究。又在青年心理研究上为我国所最熟知的美国克拉克大学总长斯丹来·霍尔教授，与富洛伊特同在维也纳做医生的阿特拉等，对于这学说也加了不少的补足修正。

　　从精神病学或心理学观察这学说底当否，不是像我的 layman 所能知的。至于精细的研究，我国已有久保博士底《精神分析法》和九州大学的榊教授底《性欲与精神分析学》等好著了，我可以不必多述。不过我立在文艺研究者的地位而读了最近发表的阿尔培尔德·毛代尔[1]底新著《文学中的色情的动机》，和哈凡[2]从这学说的见地对于曾为美国近代文学的写实派作家中的卓卓者而今已逝世的霍惠尔士所加的批评，又去年为学生讲莎翁剧《麦克白》时读了柯礼阿德[3]底新论，此外又读了用这同样的方法研究斯德林陪尔希、惠尔士[4]等近代文豪的诸家底论文，我觉得这等议论底多数是偏僻的，或与文艺上的根本问题毫不相干的，实在是一个遗憾。因此我想把我平素所怀抱的文艺观——即生命力受抑压而生的苦闷懊恼便是文艺底根柢，又文艺底表现法是广义的象征主义等意见，借着现在的新学说来明白地发表一下。据我所见，这心理学

---

　　[1]　*The Erotic Motive in Literature*, by Albert Mordell, New York, Boni and Liveright, 1919.

　　[2]　*William Dean Howells: A Study of the Achievement of a Literary Artist*, by Alexander Harvey, New York, B. W. Huebsch, 1917.

　　[3]　*The Hysteria of Lady Macbeth*, by I. H. Coriat, New York, Moffat, Yard and Co., 1912.

　　[4]　August Strindberg, a Psychoanalytic Study, by Axel Johan Uppvall, *Poet Lore*, Vol. XXXI, No. 1, Spring Number, 1920.

　　H. G. Wells and His Mental Hinterland, by Wilfrid Lay, The Bookman (New York), for July, 1917.

说与普通的文艺家所论不同,是具有通常科学者一流的组织的体制的。

五　人间苦与文艺

据这学派所说,在从来的心理学者所谓"意识"与"无意识"(即潜在意识)以外,位于两者中间的还有"前意识"(preconscious, Vorbewusste)。例如虽有那人现在已经忘却而不在意识上的事件,但因为从前曾经是他自己所体验过的,所以能随时自发地想起,或者能容易地由联想法唤出到意识界中的,这便是前意识。意识譬如舞台,"无意识"譬如后方的奏乐室。无意识中底内容有左右意识作用的权分,宛如奏乐室中的优伶走出到舞台上来演艺。不过我们对于这点没注意到。所以没有注意到的,因为其间有所谓"前意识"的一个区域把两者截然地区别着的缘故。这监视"无意识"底内容不许走出到"意识"底世界里来的监察官(censor, Zensur),俨然好像立在境界线上的守卫兵。从道德或因袭或利害生出来的抑压作用,有了这监察官而始能发生。两种的力底冲突葛藤所生的苦闷懊恼,就变成了心的伤害而葬入了"无意识"界底的底奥中。我们体验的世界中,生活内容底里面,隐着极多的心的伤害,但我们却没有意识的注意到。

不料这无意识心理竟能用可惊的力来激动我们。在个人,幼年时代的心理,到了成人以后也还在有意无意之间作用着;在民族,原始的神话时代底心理,到现在还生影响在这民族中间。(思想或文学方面的传统主义,可从这心理研究出来。营格教授所谓"集合的无意识"[the collective unconscious],斯丹来·霍尔教授所谓"民族心"[folk soul],都就是这意义。)据富洛伊特说,性欲决不是到了春机发动期才发现的;婴儿挨贴母亲底乳房,女孩子缠着异性的父亲,已经是性欲的作用了;这作用后来受了抑压,变成了已忘却的心的伤害,到了成人以后又用种种的变形而表现出来。富洛伊特所引用的适例,便是辽那独底一段话[1]。据他底考证,艺术界所视为千古的哑谜儿的,他底大作《莫那·理硕》(Mona Liza)中的女子底微笑,就是画家辽那独五岁时告别的母亲底记忆。俄国小说家梅雷琪可斯奇(Merejkowski)底小说《先驱者》(Forerunner)中所描写的这文艺复兴期的大天才辽那独底人格,现在被精神病学者解剖了的结果归根于这无意识心理;他底后来的科学研究欲、飞行机制作、同性爱、艺术创作等,都归根于幼时的性欲的抑压所生的"无意识"的潜势作用。

不仅辽那独,这派的学者也曾试用这研究法来解释莎翁底哈孟雷特(Hamlet)、华格纳(Wagner)底乐剧、托尔斯泰和勒瑙。听说富洛伊特又曾计划把哥德(Goethe)也施用精神解剖。

想满足欲望的力和反对方面的抑压力相葛藤冲突而生的心的伤害,伏在"无意识"界里:对于这论点至少使我在文艺的见地上没有对富洛伊特提出异议的余地。不过我所不能不反对的,是他底要把一切归根于唯一的"性的渴望"(libido)的偏见,就是部分的单从一方面观察事物的科学者癖。关于这一点,同属这一派的多数的学者原也有种种的异论。例如主张用"兴味"(interest)一语来代替"性的渴望"的也有。阿特拉(Nathan Marcus Adler)主张以"自我冲动"(ichtrieb)来代用。英吉利派的学者又主张用汉密尔顿(Hamilton)曾模仿康德(Kant)而造的"意欲"

[1] Sigmund Freud, *Eine Kindheitserinnerung des Leonardo da Vinci*, Leipzig u. Wien, Deuticke, 1910.

(conation)一语来代替。但据我一人的意见，信为像本书开头所说似的把这当作最广的意义的"生命力底突进跳跃"为妥当。

前面也曾说过，不绝地求自由、求解放的生命力，个性表现的欲望，谋加强人间的创造性的倾向，是最近思想界底大势。这是对于前世纪以来的唯物观、决定论的反动。即把人间当作是听自然底大法底指挥，受机械的法则支配，而身不能自主的生物的见解，是自然科学万能时代的思想。这思想入了二十世纪就显然地失势，同时在一方面反抗因袭和权威而尊重自我和个性的近代的精神愈加旺盛起来，于是就肯定了人间底自由创造的力。

既肯定了这生命力，这创造性，我们就不得把这力和在这力之反对方面活动的机械的法则、因袭道德、法律的拘束、社会的生活难和其他种种的力中间所生的冲突看作人间苦底根柢。

所以除十分安乐幸福的人间或脉搏已弛缓去的老人以外，我们都不得不朝朝晚晚地经验这两种力相冲突而生的苦闷懊恼。换言之，所谓生活着，实在无非是再三反复着这苦恼的意思。我们底生活，无限制地越进越深，生命力越笼越密，这苦恼就自然越进越烈。潜在胸奥深处的内的生活，即"无意识"心理之底里，蓄积着极痛烈的、深刻的许多伤害。我们历尝这苦闷，历逢这悲惨的战斗，而向人生的路上进行，有时呻吟呼叫，有时嗟叹号泣，又有时歌唱战胜的光荣而沉醉于欢乐和赞美中，这等时候的放声就是文艺。对于人生发生了负伤流血，愁闷悲惨，欲休不休、欲罢不能的强烈的爱慕执着的时候，人间所发泄的咒诅、愤激、赞叹、憧憬、欢呼之声，岂非就是文艺？在这意义上，文艺是向着真善美的理想而走向上的一路的生命底进行曲，也是进军的喇叭。这朗朗地响彻的声音，所以有贯天地而动百代的伟力，就是为此。

　　生便是战。从到地上来享受生的第一日——不，从那第一瞬，我们早已经验到战底苦恼了。婴儿底肉体生活，岂非明明是对饥饿、霉菌、冷热的不绝的战斗？且不问平稳地在母亲胎里安眠的十个月如何，一离开了母胎，当作一个"个的存在物"（individual being）而开始生活，这战斗的苦痛就难避免。一出母胎就发呱呱的哭声，岂非就是人间苦的呼号底第一声？出了安全的母胎的床，初次接触外界的刺激的瞬间所发的产声，是立马在"生"的阵头的人底雄武的喊声呢，还是苦闷底第一声？或者是到地上来享受幸福的生活的人底欢呼声呢？在上述的意义上，这呱呱声总可说是和文艺全然同本质的。婴儿为了要免饥饿，苦闷地探求母亲底乳房；给了他乳以后，就在天使似的眠着的颜貌上显出美丽的微笑来。这苦闷，这微笑，就是人间的诗歌，就是人间的艺术。越是充溢着"生的力"的强健的婴儿，呱呱的叫声也越是大。没有这声，没有这艺术的，唯有"死"。

　　用什么美的快感呀，趣味呀，一类很消极随便的见解来解释文艺，只在过去的时代可能。倘以为文艺只是茶余酒后的闲事，吟风弄月的玩意，或是贵妇人解闷的消遣，那是我不知道；如果认作一种文化生活最高位的人间活动，就觉得除了把它的根柢放在生命力跃进的所在来解释以外，没有别的方法了。读但丁（Dante）、密尔顿、拜伦（Byron）或翻阅勃郎宁（Browning）、托尔斯泰、易卜生、佐拉（Zola）、波特莱耳（Baudelaire）、杜斯退益夫斯基（Dostoevsky）等底作品时，哪里还有容人底嬉笑谐谑，随随便便的游戏感情的余地？我要在文艺上极端地排斥那种以为不过美或有趣的快乐主义的艺术观；在生底苦恼剧烈的近代文学上，这感想尤其痛切，情话式的游荡记录，不良少年底恶戏日记，文士生活底游戏谈，如果只有这类的东西横行在我们的文坛上，定然是文化生活之祸！文艺决不是俗众的玩物,因为它是严肃而沉痛的人间苦底象征。

六　苦闷的象征

　　据与柏格森同样地主张精神生活底创造性的意大利人克罗伊兼底艺术论所说,表现是艺术底一切。即表现不但是我们他动的受得从外界来的感觉和印象,是以收纳在内的生活里的这等印象和经验为材料而另行新的创造创作的意义。在这意义上,我要说上述的绝对创造的生活,即艺术,是苦闷的表现。

　　说到这里,在便利上我又要引用富洛伊特一派的学说。就是他对于梦的见解。

　　讲到梦,在我心头就浮出勃郎宁咏画圣安特利亚(Andrea)的诗中的一句来:"Dream? Strive to do, and agonize to do, and fall in doing."("梦?欲为而努力,欲为而苦闷,但终于不能为。")这句话最符合富洛伊特底欲望说。

　　据富洛伊特说,性的渴望(libido)在人间平常醒觉状态的时候,因为常惯受着那监察官底抑压作用,所以不能自由地现出到意识底表面来。这监察官底监察弛懈的时候,即抑压作减却的时候,就是睡眠时,性的渴望常常要乘这睡眠状态的时机而向意识的世界飞出来。又因为要不被这监察官看出,所以不得不作千态万状的变装。梦底真的内容——即平日隐在无意识底底里的欲望——用随时所遭逢的人物事件等当作变装的工具,装了首尾矛盾的扮装而表现出来。这变装是梦底显在内容(Manifeste Trauminhalt)。潜在的无意识心理的欲望,就是梦底潜在内容(Latente Trauminhalt),也就是梦底思想(Traumgedanken)。变装就是"象征化"。

听说南极探险的人们恼于食料品缺乏的时候，其中多数人所梦见的是山珍海味；旅行于亚非利加内地的荒芜的沙漠中的人们，夜夜梦见的是美丽的故国的山河。没有满足的性欲冲动，在梦中满足了，或变了病的状态，想来是不待性欲学者底解说普通世人也可以了解的罢。这等事在富洛伊特说里最适当地被应用时，梦就变成极单纯的一件事了。柏拉图（Plato）底《共和国》，摩尔（Moore）底《乌托邦》（*Utopia*），以及就近代的社会问题而作的种种的 Utopia 文学之类，都无非是在梦中照样表现出思想家底欲求来。这就是潜在内容的思想取了极简单的露骨的显在内容（即外形）而表现出来时的状态。

欲为而努力，欲为而苦闷，却终于不能为。这憧憬与这欲求倘是我们底强大的生命力所显现的精神的欲求的时候，对于使这精神的欲求绝对自由地表现出来的梦，岂不就可看作艺术呢？柏格森也有关于梦的论文。他以为精神的活力（energy spiritual）具了感觉的种种形相而表现的，就是梦。在这点上，也有说是与欲望说完全异趣的，但我觉得二者之间有相通之处。

但文艺怎样会是人间底苦闷底象征呢？为了要更明白地说述我对于这问题的见解，还有向精神分析学者所说的梦底说明上借用一点意义的必要。

作成梦底根源的思想，即潜在内容，是非常复杂且多方面的。自没有懂得世情的幼年时代以来的经验，积成了许多的心的伤害而潜伏在"无意识"的圈内。当其中有几个成了梦而表现出来时，在显在内容方面就被缩小到比这简单得多的地位。把一场梦的舞台中所表现出来的背景和人物和事件分析起来，追求彼等底一一的绪由而向潜在内容方面探求时,就可看出在这里面有非常复杂的根本。梦中组合着没有来历的人物和事件,含着非常 anachronism(时代错误)的配合,据说这是因为有这"压缩作用"(Verdichtungs Arbeit)的缘故。这恰好比演剧中把上下三四十年的事象用三四小时的演艺来表出。又如洛赛谛(Rosetti)底诗《白船》(White Ship)中说着的,人将赴溺死的一刹那间,梦见自己底长远的过去中的经验,都是这个作用。花山院的御制中,有下面几句是相当于这梦底表现法的:

　　　　長き夜のはじめをはりも知らぬ間に
　　　　いく世の事を夢に見つらん

(《后拾遗集》十八)

　　(大意)在长夜底不知始终之间,
　　　　　梦见几世的事。

又梦的世界,好像艺术的境地似的,是尼采所谓价值颠倒的世界。在这里面有一种"转移作用"(Versitzungs Arbeit)。所以虽有在梦底外形的显在内容底表现上是极琐屑细微的事件,但彼等底根本仍还托在非常重大的思想上。犹之报纸底新闻栏内闹着的市井的杂事,或邻近地方的夫妇底胡闹倘被莎翁或易卜生底笔描写了,而在舞台面演出的时候,就变成暗示着伏在这琐事细故底根柢里的人生的一大事实、一大思想了。梦,与艺术同样地是超越利害和道德以及一切价值判断的世界。寻常茶饭的小事件,在梦中也当作天下国家的大事来对付;或者正反对,虽有惊天动地的大事件,在梦中反而当作平平凡凡的细事。

这样,在梦中又有与戏曲或小说同样的表现的技巧。展开事件,描现出人物底性格，又或描写 situation，描写动作。富洛伊特称这作用为"描写"(Darstellung)。[1]

所以梦底思想和外形的关系，富洛伊特自己说是"犹之把同一的内容用两种不同的国语来表示。换言之，所谓梦底显在内容，无非是把梦底思想移转到别种的表现法上去的意义。这记号和联结，我们一比较原文和译文就可以晓得"(op. cit. S. 222)。这岂不明明是一般文艺底表现法的"象征主义"(symbolism)么？

凡一种抽象的思想或观念，决不能算是艺术。艺术底最大要件，在于它底"具象性"。即与某种思想内容通过了具象的所谓人物、事件、风景等生存着的事物而表现的时候，换一句话，与梦底潜在内容变装了、扮饰了而出来的时候取同一的路径的，是艺术。赋予这具象性的，即名为"象征"(symbol)。所谓象征主义，决不但是前世纪末法兰西诗坛底一派所标榜的主义，古往今来一切文艺，都是用这意义的象征主义的表现法的。

象征，在外形与内容之间常常有价值的差别。即象征自体与用象征表现着的内容之间有轻重之差的一件事，与上述的梦底转移作用完全同一。犹之色彩中的白表示纯洁清净，黑表示死或悲哀，黄金色表示权力和光荣；又如宗教里最多的象征，十字架、莲花、火焰等底内容底意义，都包含着广大的神秘的潜在内容。就近代文学而说，易卜生底《大匠》(Master Builder)底主人公所吊在高塔上的旗，便是把"理想"象征化的；又他底《群鬼》(Ghosts)中的太阳，是个人主义底自由和美底表象。这等都是借用简单的具象的外形(显在内容)，而在内部表示着复杂的精神、

---

〔1〕　关于以上的作用的详论，参照 Sigmund Freud, *Die Traumdeutung*, S. 222-272.

理想或思想感情等。这思想感情，相当于梦中的潜在内容。

象征底外形稍稍复杂起来，便成为讽喻、寓言、比喻等类。这等都是把某种真理或教训赤裸裸地嵌在动物谈或人物事件中而表现的。但须得这外形是更复杂的事象，具有强烈的情绪的效果和刺激的性质，方才成为上等的文艺作品。但丁底《神曲》中表示着中世的宗教思想，密尔顿底《失乐园》以文艺复兴期以后的新教思想为内容，莎翁底《哈孟雷特》是暗示怀疑底烦闷的表象：像这一类的，方才是真的艺术品。[1]

富洛伊特教授一派的学者，曾解释希腊的索福克理士（Sophocles）底大作，悲剧《伊地帕斯》，而创立有名的 Oedipus Complex 说。又从民族心理的方面观察，达到了古代一切神话传说都是民族底美丽的梦的一个结论。

内心中焚烧似的欲望被抑压作用的监察官阻止了，其间所生的冲突葛藤，就是造成人间苦的。如果这欲望底力脱去了监察官底抑压，以绝对的自由而表现的唯一的时候就是梦，那么在我们平生一切其他的活动中——即社会生活、政治生活、经济生活、家族生活等中，得解脱我们所常常受着的内的外的强制抑压，而用绝对的自由来行纯粹的创造的唯一的生活，就是艺术了。能使生命底根柢里发出来的个性的力，宛如间歇泉底喷水似的发挥的，人生中唯有艺术活动。像春来了草发芽鸟唱歌似的，为难抑难止的内的生命（inner life）底力所迫而行自由的自己表现的，是艺术家底创作。惯用科学的眼光看事物的心理学者以为这是"无

---

〔1〕　参照我底旧著《近代文学十讲》（缩刷）五五〇页以下。*Silberer: Problems of Mysticism and Its Symbolism*, New York, Moffat, Yard and Co., 1917. 这书也是从精神分析学的见地上，说明关于象征和比喻和梦的关系，参照同书 Part I, Sections I, II; Part II, Section I.

意识"，其实大而且深的"有意识"的苦闷苦恼，潜在着心灵底奥处的圣殿里，这苦闷只在自由的绝对创造的生活中被象征化，然后成为文艺作品。

人生底大苦患、大苦恼在文艺作品中把自然人生底种种事象象征化了表现出来，恰与欲望在梦中变装了出现同样。倘说这不过是外的事象底忠实的描写或再现，就成为误谬的皮毛的见解。所以极端的写实主义或平面描写论的空理空论，在实际的艺术作品上总是无意义的事。虽然像佐拉的唱极端的唯物主义的描写论的人，在他底《劳动》《木底出芽》等作品中表现着的理想主义，岂不是明明地暗合着他自己底议论的么？他岂不是把他底欲望底归着点的理想暗示着在他底作品里的么？又如近来在德国倡导的所谓表现主义（expressionism），它底主张，大意谓文艺作品不但是从外界的事象受得的印象底再现，并是归着于宿在作家底内心的思想感情底向外表现。像这样的反抗从来的印象主义而归重于作家主观底表现的主张，可说是与晚近思想界达到确认生命底创造性的大势相一致的罢。艺术，极端地是表现，是创造，不是自然底再现，也不是摹写。

所以若不是隐伏于潜在意识的海底极深处的苦闷——即心的伤害底象征化物，就不是大艺术。浅薄的描写，技巧上无论何等的巧妙秀丽，总不能像真的生命的艺术似的动人。所谓深入的描写，不是单就伤风败俗的事象一情一节地精写外面的部分之谓，是作家深而又深地向自己底胸奥里掘下去，达到了自己底内容底底里，然后，在那里生出艺术来的意思。应该是自己掘下越深，作品越高、越大、越强。看来是深入被描写的客观事象之底里而作的，其实正是深深地探掘作家自己底心胸。据我的解释，克罗伊兼所以承认精神活动底创造性，也是出自这个意思的。

但是请勿误解，所谓作品中表现着的个性，不是作家底小我，也不是小主观，又不是从最初执笔的时候就意识了就想表现的观念或概念。倘然真是这样作出来的，那么这作品就变成浅薄的构成物，含有不合理点，生出不自然来，就不具有真的生命底普遍性，因之就缺乏摄动读者底生命的伟力了。仿佛在日常生活上须得区别自私和自由似的，在艺术上也不可不把小主观和个性截然地区别。正为了创作家是出于极度的忠实地谋把客观底形相照样地再现出来的态度的，所以从他底无意识心理之底里出来的自我和个性方可合理地、浑然地照自然的样子表现出来。换一句话，唯其如此，所以生底苦闷能发泄，能自动地象征化，把"心"变做了"形"而表现。在被描写的客观界的事象里，笼罩着作家底真生命。这样，所以客观主义底极致和主观主义相一致，理想主义底极致又和现实主义相合一，然后生出真的生命底表现的创作来。严格地区别主观和客观，理想和现实的，还没有彻底达到与神明底创造同样程度的创造的地步。我以为大自然大生命底真髓，不是可用这样的态度来把握到的。

无论何等可笑的、空想的、无据的梦，总不外乎是这人底经验底内容中的事物底各式各样的组合底再现。这幻想，毕竟是描写宿在自己胸奥中的心象（image）的写生。既不但是摹写，又不但是模仿。创造创作底根本意义就在于这点上。

在文艺上分别乐天观、厌生观，或现实主义、理想主义的，质言之，是还没有接触生命艺术底根柢的表面皮毛的议论。我们不是正因为有现实的苦恼而梦到欢乐的梦，又梦到愁苦的梦么？不是正为现在有不满足的不断的欲求，所以成了梦见天国的具足圆满的乐境的理想家，又或梦想地狱的大苦患大懊恼的世界么？那多方面的才人，在政治、科学、文艺上都是发挥超凡的才能而在他人眼中以为是极幸福的得意的生涯的哥德底阅历中，也有不绝的苦闷。他自己说过："世人说我是幸福的人间，实在我是度苦恼的一生的。我底生涯,已交付给把永久底础石一个个堆积起来的事业了。"从有了这苦闷,他底大作《浮士德》(*Faust*),《少年维特之烦闷》(*Leiden des jungen Werthers*),《威尔罕尔姆·马伊斯推尔》(*Wilhelm Meister*),都变做了梦而表现出了。投身于政争底混乱中,几次与妻别离,终于自己恼于盲目的悲运的密尔顿,作出《失乐园》(*Paradise Lost*)和《复乐园》(*Paradise Regained*)。伤心于与培亚德丽娟(Beatrice)姑娘的恋,又身为流窜的但丁在《神曲》(*Divina Commedia*)中梦见地狱界、净罪界、天堂界底幻影。恼于恋,被占胜于妻的勃郎宁底刚健的乐天诗观,哪个说这不是苦闷底变形转换? 至如大陆近代的文学上,佐拉、杜斯退益夫斯基底小说,史特林堡、易卜生底戏曲,岂不是可以当作被迷于世界苦恼底噩梦的人底呻吟声而听的么? 岂不是梦魔呼号的可怕的咒诅声么?

法兰西的拉马尔丁(Lamartine)说明密尔顿底大作,谓《失乐园》是清教徒(Puritan)在《圣书》上睡眠时所见的梦。这句话不可仅视为形容之词。《失乐园》的大叙事诗,以《圣书》卷头的天地创造的传说为梦底显在内容,而在它底根柢中,以苦闷人密尔顿底清教思想(Puritanism)为潜在内容。大魔王和神的战争,以及伊甸的乐园的叙述等,原是不能感动我们底心的,但通过了这等的外形而传达到读者底心胸中来的诗人底痛烈的苦闷,是可使我们感动的。

从这点上看来,《万叶集》、《古今集》、芜村芭蕉底俳句,以及西洋的近代文学,在发生的根本上都没有本质的差异。在从前的和歌俳句的诗人,像"樱かぎして今日も暮しつ"〔1〕的大宫人,无意识心理的苦闷没有

〔1〕 诗句大意是"樱花翳着,今天又暮了"。——译者注

像在现代的痛烈,因之心的伤害也较浅。既然做了人间而生,在大宫人,在北欧的思想界,又在旅行脚的俳人,人间苦都同样地潜在于"无意识"界里,于是乎生出文艺的创作来。

我们底生活力,和侵入在体内的霉菌相战斗,这战斗表现为病苦的时候,体温就异常升腾而发热。恰好与这同样,勃勃动着的生命力受抑压强制时的状态,是苦闷,同时也会生"热"。热是对于抑压的反应作用,是对于 action 的 reaction。所以生命力越强,越盛,这热度也必越高。古来有许多人对于文艺底根本给与种种的名称:彼脱(Walter Pater)称这为"情热的观照"(impassioned contemplation),梅雷琪可斯奇称这为"情想"(passionate thought),又有某评家借用雪莱(Shelley)底《云雀歌》(Skylark)底末节一句里的话,名这为"调和的狂乱"(harmonious madness)。古代罗马人称这为"诗的奋激"(furor poeticus)。言词虽异,所含蕴的内容毕竟都不外乎是指这"热"的。莎翁比这更进步,歌咏如下。这诗从古以来被视为最能诗的说明创作心理底过程的说话,是非常脍炙人口的。

> The poet's eye, in a fine frenzy rolling,
> Doth glance from heaven to earth, from earth to heaven;
> And, as imagination bodies forth
> The forms of things unknown, the poet's pen
> Turns them to shapes, and gives to airy nothing
> A local habitation and a name.
> ——*Midsummer Night's Dream*, Act V, Sc. i.

为一种微妙的念头所驱而癫狂似的回转着的诗人底眼,向天看忽而向地，向地看忽而向天。且当想像把世所未知的事物底形具体化出的时候，诗人底笔为它定形状，又给居处和名目于空洞的虚无物。

这里第一行中的 fine frenzy，也就是指说我所谓"热"的。

但热本身，是伏无意识心理之底奥里的潜热。它化为艺术品时，须得受象征化而成一种具象的表现。上揭的，莎翁底诗句底第三行以下，可看作便是指这象征化的。详细地说，这热通过了目可见、耳可闻的感觉的事象，即自然人生，而被放射于客观界中。这就是"想像"把常人眼中所不能见的人生底一种姿态——即"世所未知的事物底形"——"具体化出"。捆住空漠的难捕捉的自然人生底真实而给他"处和名"的，是创作家。于是乎具有极强固的实在性的"梦"就造成了。现今所谓诗人，即 poet 的一词，语源出自希腊语底 poiein＝to make。这所谓"造"，就是创作，就是这象征化具象化，又不外乎是莎翁在这里所说的"把世所未知的事物底形具体化出时为它定形状"的意义。

被具象化的这个心相最初宿于作家底胸中。这恰和怀妊底情形同样，最初是好像胎儿的心相，不过是一个 conceived image 罢了，即西洋美学者所谓"不成形的胎生物"（abortive conception）。既孕了的，必非生出到外面来不可。于是作家底自己表现（self expression 或 self externalization）底难制的内的要求就迫逼来，当即生出与母亲所经验的完全同样的"生底苦痛"来。作家底生底苦痛，就是要怎样才可把蕴蓄在胸中，缠附在自然人生底感觉的事象上而放射于客观界，又怎样可使成为一个理趣情景兼备的新的完全统一的小天地，即人物事象而表现的时候所生的苦痛。这也就是与母亲所为的同样地分出作家自己底血，削下作家自己底灵肉,用以做成一个新的创造物而产出。

　　与经过了"生底苦痛"后生产告成了的母亲底欢喜同样,在全成了自己生命底自己的表现的创作家,也有脱离了抑压作用而得到创造的胜利的欢喜。至于原稿费、评判等从实际的外的满足上得来的,仅不过是一种快感(pleasure)罢了。在创造创作,必然伴着一种与这等不同的,地位更大更高的欢喜(joy)。

第二　鉴赏论

一　生命底共感

以上是单从创作家底方面论述文艺的。然从鉴赏者，即读者客观的方面看时，对于那潜伏在"无意识"心理底根柢中的苦闷的梦或象征即文艺，将怎样说明呢？

为了解释这一点，我不得不先说艺术鉴赏者也是一种创作家，以明白创作和鉴赏的关系。

文艺底创作，在本质上与上述的梦是同一物。而其中有几种，比起梦来具备着更多的现实性和合理性，故就不像梦之成为支离灭裂的散漫东西，而定然是很有统一的事象，或现实底再现。与梦底托根于"无意识"心理底根柢里的心的伤害上同样，文艺作品也结根于潜伏在作家底生活内容底深处的人间苦上。所以通过了作品中所描着的感觉的具象的事象而表现出的，是在它底内面的，作家底个性、生命、心、思想、情调、感情。换言之，这种茫漠而不可捕捉的无形无色无臭无声的东西，用了有形有色有气味有声的具象的人物、事件、风景及其他种种的事物为材料而表现着。这具象的感觉的东西，即名为"象征"。

所以象征就是暗示，就是刺激。又不外乎是把沉潜在作家底内部生命(inner life)底根柢中最深处的某物传达于鉴赏者的媒介物。

生命是遍在于宇宙人生的大生命。生命通过了个人,成为艺术的个性而被表现着,所以在这个性底他半面,又必有大的普遍性。即既然同是横目竖鼻的人间,又既然不问时底古今、地底东西,谁都有共通的人性,或生在同时代而同样地度送着苦闷的现代生活,又既然西洋人、日本人都烦恼于社会政治上的同样的问题,或做了同国同时代的民族而生活着——既然这样了,就在无论哪个底心里都有共通的思想和感情,因之在生命底内容上就有人间的普遍性共通性。换言之,人与人之间,有一种足以呼起"生命的共感"的共通内容存在着。那班心理学者所名为"无意识""前意识""意识"等底总量,在我说来,这就是"生命底内容"。因为在作家与读者底生命底内容上有共通性共感性,所以它就托了所谓象征的有刺激性暗示性的媒介物而起共鸣作用。艺术的鉴赏于是乎成立。

生命底内容——再换个说法,便是体验的世界。这里所谓"体验"(erlebnis),是指这人底透彻全身而感觉、思考,或看见、听得、行为等一切事的。在外的在内的都是指说这人所经验的事底总量的。所以艺术鉴赏一事,是以作家与读者之间的体验底共通性共感性为基础而成立的。即在作家与读者底"无意识""前意识""意识"中,有两方得共通同感的一种某物存在着。作家只要用所谓象征的媒介物底强烈的刺激力来给读者一种暗示,就忽然响应了,共鸣了,在读者底心胸里也焚起同样的生命底火来了。只要受了这刺激,读者就自会焚烧起来。因为作家底胸奥中所沉潜着的苦闷,是读者方面的心胸中所也曾具有的经验。譬喻起来,犹之因为薪有可燃性,所以只要一用名叫象征的火柴,就可在这里点起火来。对于全然没有可燃性的石头,不能移火上去,同样,对于没有可与作家共通共感的生命的、俗恶的、没趣味的、无理解的低级读者,虽有任凭何等的大作杰作也不能使他发生一点铭感；又虽有任凭何等的大天才大作家，对于这类的俗汉也无所施其技。要之，这类的俗汉，从艺术上说来是无缘的众生，难超度之辈。在这等情形之下，鉴赏全然不成立。

这是一直从前的老话：曾经有一位立在文教底要路上的男子。他底头脑恐已太旧了，筋脉恐已停滞了，他读了风靡当时文坛新文艺的作品而说的话，实在可笑之极。长章大篇地写了那样没趣的话，全是很乏味的东西。我怪道现今的青年究竟为了甚么兴味而读那样的小说。因为这样的老人——虽然年纪是轻的，但世间竟有这样老人——和青年，虽然生在同一时代同一社会，但体验底内容完全相异着，所以在其间全然没有可以共通共感的生活，缺少着鉴赏底所以成立的根本。

体验的世界，自然因人而异。所以文艺底鉴赏，以读者和作者底双方的体验相近似，又它底深浅、广狭、大小、高低上两方相类似的二事为唯一最大的要件而成立。换言之，二人底生活内容在质的和在量的者越是近似，作品就越是完全地被吟味；在反对的情形时，鉴赏就完全不成立了。

大艺术家所具有的生活内容，所包含的非常大，又广泛。辜勒律己(Coleridge)所以评莎翁为"our myriad-mindea Shakespeare"，就是为此。虽然在时代是三百余年前的依利萨伯斯朝的作家，在场所是隔远的英吉利的异邦底人底所作，但在他底作品中，包含着一种超越时地，摄动百代之人，而震响于千里之外的一种某物。例如他所描的女性中，周理爱德(Juliet)、渥绯里亚(Ophelia)、博希亚(Portia)、克雷渥巴德拉(Cleopatra)等女子，也比起雪律丹(Sheridan)所描的十八世纪式的女子，或迭更斯(Dickens)、萨格来(Thackeray)底小说中所见的女子等来，是新得多的近代的"新女子"。约翰生(Ben Johnson)赞美他说："He was not of an age but for all time."实在像莎翁样的自由的大的创造创作的生活，可说已完全地达到与天地自然底创造者的神明最接近的境域了。同样的话，在某程度内对于哥德，对于但丁也都是适用的。

但遇有非常地飞离的特异的天才时，因为这人底生活内容与同时代的别的人们完全绝类，故往往有遥远地向彼方进行着的。十八世纪出的威廉·勃莱克（William Blake）底神秘思想，他底诗集出后差不多隔了一世纪，到了前世纪末欧洲的思想界上神秘象征主义的潮流出现了的时候，方才唤起人心底反响。初期的勃郎宁或史文贲（Swinburne）等所以毫不为世所知，而当时的声望比群小诗人还不如的，因为他们是没有在生活内容上可和当时的同时代人相共通共感的某物，而独自前进着的。因为他们是超过了所谓时代意识，独自上前十年、二十年而进行——不，像勃莱克竟是上前百年而进行着的。因为当时的人们，还闭在内生活中所还没有感得着的，生底苦痛中，而还梦着早已过去的远世的梦的缘故。

只要有共同的体验，虽遥远的挪威国人易卜生所作的作品，因为同是从近代生活的经验出产的缘故而强烈地响到我们底胸奥里。几千年前的希腊人荷马（Homer）所作的《德洛哀之战》（*The Story of the Siege of Troy*）和罕伦、阿基利斯的话，因为其中有共通的人间味，所以二十世纪的日本人读了也觉得动情。只有鉴赏制作的时地相去太远的艺术品时，须得因旅行学问等而调查作者底环境阅历及那时代底风俗习惯等，以补读者自己底体验底不足，或由自己底努力，使至少能生在几分的当时的氛围中，以为鉴赏底准备。所以在没有经过这特殊的努力——例如研究——的人看来，与其对于荷马、但丁或即使更较劣的人，也宁是对于近代的作家觉得有趣；又同是近代，与其外国的作家，宁是日本的作家引人兴味，便是因为有上述的理由的缘故。又描写比较的多数的人们之间相共通的,浅近平凡经验的作家,比起描表高远复杂的、冥想的、深的经验的作家来,被感动的读者较多,也是根基于同理由的。郎费罗(Longfellow)或庞司(Burns)底诗歌比较起勃郎宁或勃莱克的来,读者较多;被评为俗的白乐天底作品比较起气韵高雅的高青邱等的来,所appeal的人数更多,原因也在于此。

听说密尔登是男性所爱读的,但丁是女性所爱读的;又青年爱读拜伦,中年爱读华资华斯(Wordsworth);又童话、武勇谭、冒险小说之类只为幼童少年所喜,不能惹起成人底感兴:这都是根基于内生活底体验的世界底差异的。因了人们底年龄,因了性,都有差异;又因了国土,因了人种,也有差异。在全然没有看日本的樱花的经验的西洋人,虽读咏樱花的,日本诗人底名歌,恐怕难于得到我们从这歌中所得的诗兴底十分之一。在没有看见过雪的热带国的人看来,雪的歌不过是少感兴的枯燥的文字罢了。体验底内容既然不同,结果所描的雪或樱花的象征就完全没有足以唤起潜伏在鉴赏者底内生命圈底深处的感情、思想和情调的刺激的暗示性,或者变成非常微弱。莎翁原是大作家,但没有与莎翁同样的浪漫的生活内容的,十八世纪以前的英国批评家,毫不会留意到他底作品。又同在近代,托尔斯泰和萧伯纳因为毫无浪漫的体验的世界,就攻击莎翁。反之,像浪漫的梅脱灵(Maeterlinck),虽然时代和国土相差甚远,反能深深地感动于莎翁底戏曲。

二　自己发现的喜欢

到这里,我不可不把我自己底用语稍稍补订一下。我在上面曾使用着"体验""生活内容""经验"等语。但生命既有了普遍性,广义的生命,当然是可以直接构成读者与作家之间的共通共感性的。例如生命底最显著的特征之一的律动(rhythm),在无论甚么情形之下,总具有着会从一人传向他人的性质。一方弹批雅娜(piano),听者方面只要不是聋子,就也不知不识地闻音而拍手顿足。即使在动作上不表现,在心中也必跳舞着。就是因为批雅娜底键上按出的音,摄动听者底生命底中心,而具着一种唤起新的振动的刺激的暗示性。这就是生命底共鸣,共感。

这样,读者与作家底心境突然地投合而发生生命的共鸣共感的时候,艺术的鉴赏就成立。所以读者、观客、听众所从作家受得的,与对于别的科学者或历史家、哲学家等底所说时情形不同,不是得到知识,是因了象征,即作品中所表现的事象底刺激力而发现自己底生活内容。所谓艺术鉴赏底三昧境或艺术鉴赏底法悦,实在就是这"自己发现的欢喜"。这就是读者在自己底胸奥里也发现了与作者所欲借了象征的有刺激性、暗示性的媒介物而表现的自己底内生活相共鸣的某物时的欢喜。人们触接文艺作品而感到自己生着,恰好比被袭于睡魔时自己底手接触自己底膝而发现自己生着。详细地说,就是读者自己发现自己底"无意识"心理——即精神分析学派的人们所谓的"中味"。就是在诗人或艺术家所揭的镜中看出自己底灵魂底姿态。因了有这镜,人们得各色各样地看见自己底生活内容。同时又得到使自己底生活内容渐深、渐大、渐丰厚起来的最好机会。

描着的事象不过是象征,不过是梦底外形。因为有这象征底刺激,读者与作家两方面的"无意识"心理底内容,即梦底潜在内容,方才能共鸣共感,方才有从文艺作品渗出涌出的"实感味"。梦底潜在内容,岂不就是像上面所说过的,人生底苦闷,世界苦恼么?

故文艺作品所给予人们的,不是知识(information),而是唤起作用

(evocation)。就是刺激读者而使他自己唤起自己的体验底内容。读者受了这刺激而自行燃烧起来,便也在成一种创作。作家倘是用象征表现自己底生命的,那么读者也是通过了这象征而在自己胸中创作的。作家倘是"产出的创作"(productive creation),那么读者是领受了这创作物而自己也行"共鸣的创作"(responsive creation)的。有了这二重的创作,文艺的鉴赏于是乎成立。

所以得免却抑压而享受绝对自由的创造生活的,不独是作家。凡做"人"而生着的其他的几千万几亿万的普遍人,都得因了作品鉴赏而完全地尝到与作家同样的创造生活。从这点说来,作家与读者的差别,仅在乎是否自己把它象征化而表现的一点。换言之,文艺家用表现而创作,读者用唤起而创作。我们读者鉴赏大诗篇大戏曲时的心状,恰和我们看见别人跳舞,听到别人唱歌时,自己虽不舞不歌而另在心中舞着歌着的完全同样。这时候已经不是别人底舞和歌,而变成自己底舞和歌了。吟味诗歌的时候,我们自己也已是诗人,是歌人了。这就是与作家同样地营创造创作的生活,而彼引入于脱却抑压作用的梦幻的幻觉的境地。司这引入的暗示作用的,就是象征。

鉴赏既然也是一种创作了,其中就当然有个性底作用为其根柢。即虽然从同一的作品受到的铭感或印象,每因人而异。换言之,通过了一个象征而受得的思想感情等,因了鉴赏者自己底个性和体验和生活内容而不得不发生各人间的差异。把批评视为一种创作,或视为"创造的解释"(creative interpretation)的印象批评,便是据这见地的。关于这点,在法兰西,勃柳痕典哀底客观的批评说与阿那托尔·法郎士(Anatole France)底印象批评说之间所起的有名的论争,曾在近代艺术批评史上划一个新时期。勃柳痕典哀原是与泰因(Taine)同样的,立在科学的批评的见地而抱传统主义的思想的人,故把批评的标准置在客观的法则上,毫不承认个性的尊威。反之,法郎士则与勒美德尔(Jules Lemaître)或英吉利的渥泰·彼泰等同样地主张批评是通过了作品而发现自己的,而置重于评家底主观的印象;他们都极端地承认鉴赏者底个性与创造性,甚至说鉴赏是"在杰作底里面行自己底精神底冒险"的。至于勒美德尔,更极端地排斥以客观为标准的批评,而专置重于鉴赏者底主观,以自我(Moi)为批评底根柢。彼泰也在他底论集《文艺复兴》(*Renaissance*)底序文中说,批评是从作品受得的印象底解剖。勃柳痕典哀一派的客观批评说,在今日已是科学万能思想时代底遗物而陈腐了。从万事置重个性与创造性的今日的思想倾向说来,至少在文艺鉴赏上我们不得不与法郎士或勒美德尔等底主观说相一致。王尔德(Oscar Wilde)所谓"最高的批评比创作更为创作"(The highest criticism is more creative than creation),意义大概也在此。(参照王尔德底论集《意向》[*Intentions*]中"艺术家的批评家"一项)

说话不知不觉地入歧途了。作家所描的事象是象征,所以读者因了从这象征受得的铭感而在自己底内的生命里点火,且自己燃烧。换言之,就是得因此发现自己底体验底内容而味到与创作家同一的心境。而这体验底内容,定然与作家的同是人间苦、社会苦。这苦闷,这心的伤害,同样地在鉴赏者底无意识心理中也变成沉滓而潜伏着,完全的鉴赏,即生命底共鸣共感,于是乎成立。

说到这里我想起了我曾读过的波特莱尔(Baudelaire)底散文诗中一篇题为《窗》的,巧妙地譬喻着我所欲说的话:

Celui qui regarde du dehors à travers une fenêtre ouverte

ne voit jamais autant de choses que celui qui regarde une fenêtre fermée. Il n'est pas d'objet plus profond, plus mystérieux, plus fécond, plus ténébreux, plus éblouissant qu'une fenêtre éclairée d'une chandelle. Ce qu'on peut voir au soleil est toujours moins intéressant que ce qui se pass derrière une vitre. Dans ce trou noir ou lumineux vit la vie, rêve la vie, souffre la vie.

Par dela des vagues de toits, j'aperçois une femme mûre, ridèe déjà, pauvre, toujours penchée sur quelque chose, et qui ne sort jamais. Avec son visage, avec son vêtement, avec son geste, avec presque rien, j'ai refait l'histoire de cette femme, ou plutôt sa légende, et quelquefois je me la raconte à moi-même en pleurant.

Si c'eût été un pauvre vieux homme, j'aurais refait la sienne tout aussi aisément.

Et je me couche, fier d'avoir vécu et souffert dans d'autres que moi-même.

Peut-être me direz-vous : "Es-tu sûr que cette légende soit la vraie?" Qu'imgpsorte ce peut être la réalité placée hors de moi, si elle m'a aidé à vivre, à sentir que je suis et ce que je suis?

（大意）从外面向开着的窗底内部眺望的人所看见的事物，不及眺望闭着的窗的人所见的多。世间没有一种事物能比点着蜡烛的窗更深，更神秘，更梦幻，更阴暗，且更眩惑的了。在皎皎的白日之下看见的事物，比起在窗玻璃后面的事物来，往往兴味较少。在那黑而又明的洞穴里，生命生着，生命梦着，生命恼着。

　　波状的屋顶底那边有一个中年之女子。绉缩了,且贫乏,只管俯着做甚么生活儿。也不走出外面去。由她底颜面,由她底衣服,由她底举止,不再由别的事物,我便可想像这女子底身份和来历。有时我自己反复地想想,涕泣了。

　　倘然这不是少女而是贫乏的老男子,我也容易想像他底来历的罢。

　　于是我就寝了,我得意地想起我在自己以外的他人里面生着,又恼着。

　　你大概要张皇地说:"你相信这样的来历是真实的么?"只要能感到我自己因此而生着,存着,和怎样的便是我自己时,我以外的现实无论怎样,于我何有呢?

蜡烛底光照着而闭着的窗,是作品。见了在这里面的女子底姿态,读者在自己底胸中生出种种的创作来。实在就是通过了这窗和这女子而发现自己,就是自己在自己以外的他人里面生着,恼着,且感到着又味到着自己底存在和生活。所谓鉴赏,就是在他人里面发现我,在我里面发现他人。

三　悲剧底净化作用

　　试举悲剧的快感来当作最适切的例证而说明上文底意义罢。哭泣原是人间所苦痛的,但有意出了金钱去看悲哀的演剧而流泪的,何以有快感呢?关于这问题古来有许多学说,我以为把亚里士多德(Aristotle)

在《诗学》(*Poeticus*)中所说的有名的"净化作用"(catharsis)像下文地解释,是最妥当的。

据亚里士多德底《诗学》里说,悲剧是使人起"怜"(pity)和"恐"(fear)的两种感情的。观客因了通过演剧的媒介物而哭泣的一事来洗净自己胸奥里郁结着的悲痛的感情,就是悲剧所给予的快感的基础。向来紧张(spannen)着的心的状态因流泪而缓和(lessen)的时候,发生悲剧的快感,使潜伏在自己底内生活底深奥处的心的伤害,即生底苦闷,因了悲剧的媒介物而发露在意识底表面。恰好与前述的,治疗歇私的里亚时探出无意识心理底根柢里沉潜着的心的伤害,使充分地表出说出,使把"无意识"界里的所有拿到"意识"界里来的疗法完全同一。精神分析学者名这为"谈话治疗法"(talking cure),实在,我以为这就是净化作用,与悲剧的快感底情形全同。就是平素受抑压作用而结在胸中的苦闷的感情到了营艺术鉴赏的绝对自由的创造生活的瞬间被解放了,现出到了意识底表面。古来谓文艺给慰安于人生,毕竟不过是俗说,应该是指这从抑压上释放的心境的。

例如冷酷无情而剥重利者的父亲一类的坏蛋,在剧场里看了父子别离的情状,不禁默默地流泪。我们从旁看来,怪道那种冷血汉底腹中哪里搜得出这样的泪。然这不外乎是平素计较利息,变成自私自利的人的时候一向受着抑压作用的感情,因了演剧的象征底刺激而从无意识心理底根柢里唤出的一滴眼泪。剥重利者原也是人,既然是人,原也具备着人间的普遍的生活内容,不过因黄金欲而受着抑压罢了。他流了泪而得快感的刹那间的心境,就是得入艺术鉴赏的三昧境,在舞台里看出自己,在自己中看出舞台时的欢喜。

文艺用了象征底暗示性刺激性而巧妙地引导读者到一种催眠的状

态里,使人幻想幻觉的境域。即诱进了梦的世界里,纯粹创造的绝对境里,然后使读者观客自己意识自己底生活内容。又如果读者自己底心底根柢里没有苦闷时,这梦,这幻境也就不会成立。

既说苦闷,又说苦闷潜伏在"无意识"中,不合理论:像这等的话不过是滑稽话或论理的游戏者底口吻罢了。一般所称为"无意识"的,实在是绝大的意识,是宇宙人生底大生命。好比我们因为守着小我,所以有"我"的意识,但忽然进了和宇宙天地浑融冥合的大我的境域时,就入无我之境。我们真果生在宇宙大生命底潮流中时,不觉得自己的生命,恰好与我们在空气中而不觉得有空气的同样。给一种刺激摇动于空气,我们方才感到空气,同样,受了艺术作品底象征底刺激,我们方才深深地意识自己底内生命,因此使自己底生命感到加强,生活内容加丰。又不久就接触无限的大生命,达到自然与人间底真实,而接触其核心。

四　有限中的无限

上面也曾说过,为个性底根柢的生命,是普遍于全实在全宇宙的永远的大生命。所以在个性底他半面,又一定有普遍性,有共通性。譬喻起来,好比一株树上的花、实、叶,各自充分地具备着个性,保持着存在的意义。各个的叶或花,各自延续独自的存在,直到完结而凋落。但这是彼等底根本的一株树底生命化作了个性而出现的,所以每瓣叶、每朵花、每个实,都有共通普遍的生命。一切艺术的鉴赏,即共鸣共感,以这普遍性、共通性、永久性为基础而成立。比利时诗人莱尔培尔格(Charles van Lerberghe)(关于这诗人,参照我底旧著《小泉先生そのほか》自一七八页至二〇二页)底作品中有像下文地歌咏这事的:

Ne Suis-Je Vous...

Ne suis-je vous, n'êtes-vous moi,

O choses que de mes doigts

Je touche, et de la lumière

De mes yeux èblouis?

Fleurs où je respire, soleil où je luis,

Ame qui penses,

Qui peut me dire où je finis,

Où je commence?

Ah! que mon co eur infiniment

Partout se retrouve! Que votre sève

C'est mon sang!

Comme un beau fleuve,

En toutes choses la même vie coule,

Et nous rêvons le même réve (*La Chanson d'Êve*)

（大意）啊，我底指尖所接触的事物！我底晕眩的眼所接触的光！我岂不就是你们而你们岂不就是我么？我所嗅着的花，照着我的太阳，思虑着的我底灵魂，谁能为我说我底所终与所始呢？啊，我底无限的心随处发现的事物！你底树液就是我底血的树木！同样的生命在万物中流着，好像一条美丽的河流，我们大家梦到同样的梦。

个性底半面又有生命底普遍性，故"我们大家梦到同样的梦"是可能的。圣弗郎西斯对动物说教，佛家谓狗子有佛性，都是因为认到在彼等中有生命底普遍性的罢。所以不但在读者与作品之间起生命的共感,而用这享乐的鉴赏的态度来对待一切的万众,就是我们底艺术生活。进了全然脱却日常生活中的理论、法则、利害、道德等抑压的"梦"的境地,而用自由的纯粹创造的生活态度来对待一切万众的时候,我们方才真果能味识自己底生命,同时也能在宇宙底大生命底鼓动里净洗自己底耳了。但这不是像在湖面上滑冰似的毫不触动内部的深处的水而只在表面滑走的俗物生活,直到自我底根柢中的真生命与宇宙的大生命相交感(commune)交流了,于是真的艺术鉴赏成立。这又不但是认识事象,而是把一切收入于自己的体验中而玩味(taste)。这时候所得的不是knowledge而是wisdom,不是fact而是truth,又是在有限(finite)里看出无限(infinite),在"物"里看出"心"。也就是在对象里自己生着,在对象里发现自己。律泼斯(Lipps)一派的美学者所认为美感底根柢的"感情移入"(Einfühlung)的学说,也不外乎是指说这心境,即读者与作家所共营的创造生活的境地的。我曾把这件事当作人间生活的问题而在别的小著中广泛地论述着。(参照拙著《出象牙塔》中"观赏享乐的生活")

五　文艺鉴赏底四阶段

再把文艺鉴赏者底心理过程稍依秩序而分解看看,就觉得可分为如下列的四阶段:

第一,理智(intellect)的作用。

理解文句底意义,或追寻内容底梗概而发生兴味等,是第一阶段。这时候主要地活动着的是理智的作用。但单是这一点,不能成为真的艺术的文学。像其他的历史或一切科学的叙述,一切得用言语表出的叙述,原是先要用理智的力来理解的;但号为文学作品的,其中专属或主属于理智的兴味的种类也甚多。通俗的浅薄的,决不能接触我们底内生命的一种的低级文学,大多数是只诉于读者底理智作用的。例如只以随述梗概的兴味为目的而作的侦探小说、冒险小说、讲谈、下等的活动影戏、报纸上的通俗小说等类,大多数是只要满足了理智的好奇心(intellectual curiosity)就算的,就是用了所谓"明晚的兴味",即且听下回如何的好奇心来勾引读者的。还有根基于对于所描的事象本身的兴味的,也属于这类。德国学者所名为"材料兴味"(Stoffinteresse)的,就是这类的东西。即如描着读者所见的所闻的人物或事件的,或者揭破着一种内幕话的,又例如中村吉藏底脚本《井伊大老底死》,因为水户浪士底事件曾在报纸底社会栏内闹过的缘故,结果多数的人因了关于这人的兴味而读这作品,观这演剧:这等都是感到与作品中的事象本身有关系的兴味的。

　　然而对于真的艺术品的文学作品,低级的读者也往往到了第一阶段不再上进。读任凭何种小说,观任凭何种演剧时,只有事由底梗概惹起兴味,或只是没头于说话底意义底穿凿的人,实在很多。《井伊大老底死》底作者,自然是当作艺术品而作那篇戏曲的,世间一般的俗众却只被它底内容的事件惹起注意。所以虽有任凭何等高贵的作品,因读者如何而不被发现艺术的价值的极多。

　　第二,感觉的作用。

　　在五官中,文学上也诉及于音乐色彩等听觉视觉的特别多,而像称为英诗中最官能的(sensuous),济慈(Keats)底作品似的刺激味觉和嗅觉的也有。又神经底感性异常锐敏的近代的颓废(decadence)的诗人,即与波特莱尔等属于同一系统的诸诗人底作物,竟有单凭视觉听觉(即音与色)不能满足而又要诉及于不快的嗅觉的。然而这等宁是异常的情形,古今东西的文学中最重要的感觉的要素,当然是诉于耳的音乐的要素。

诗歌里的律脚(meter)、平仄、押韵等,就是这最重要的要素。在一般诗人底声调占着艺术品上非常重大的地位。抒情诗大都是置重这音乐的要素的,例如爱伦·坡(Allen Poe)底《钟》(Bells),辜勒律己(Coleridge)在梦中作的,传说他自己都不知道是甚么时候作的那篇《柯勃拉康》(Kubla Khan),诗句的意义(即上述的诉于理智的分子)等差不多没有,纯粹以言语的音乐当作作品底生命。像法兰西近代的象征派诗人,在这点是特别强调的,其中竟有单把美女底名字[1]列举了五十行以上,以作成诗的音乐的。

大概为了日本人对于乐声的耳的感觉没有发达,正好像日本底三弦、琴等的音乐底极简单,所以日本底诗歌中缺着严密的意味的押韵(多少原也有几个除外的例)。但是不论韵文散文,既然是艺术品了,没有不以声调的美为要素的。例如:

　　ほてつぎす东云できの乱声に
　　湖水は白き波たつらしも

　　　　　　　　　　　　　　　——与谢野夫人

耳所受的感觉,已经具备着秀美的音乐的调和的声调底美,便是这诗以叙景诗成功的原因。

第三,感觉的心相(sensuous image)。

这不是直接诉于感觉的,而是诉于想像的作用,或唤起感觉的心相

　　〔1〕　Catulle Mandès,Récapitulation,1892.

的。即经过了第一的理智、第二的感觉等作用后,到这里就姿态、情景、音响等活跃于心中,仿佛于眼前,今为便宜计,以俳句为例,即如:

鱗散る雑魚場の跡や夏の月

——子规

(大意:鳞片撒散着的鱼肆底痕迹,夏夜的月。)

书间的鱼市的热闹散了,鱼肆全然静寂了。在往来的人影也寥寥的街路上,处处撒散着银也似的白鳞,留存着书间的遗迹。银鳞闪闪地映着月光的夏天的晚上和徜徉散步时的情景,浮现在读者底眼前。单因了这一点,这十七字诗成功为优秀的艺术。又如:

五月雨にかくれぬものや瀬田の桥

——芭蕉

(大意:梅雨里隐隐的,濑田的桥。)

近江八景之一的濑田的古式的桥在梅雨时节的烟雾迷蒙中,望去分明是黑的了,宛然暗示着一幅墨绘山水的意趣。特别是因为用第一、第二的两句的调子来使它模糊了,然后用第三句的"濑田の桥"来使它强且重的全句的声调,早已巧妙地辅助着这暗示。即第二的感觉作用,在这俳句的鉴赏上有重大的帮助,而心相把声调完全地调和,常是必要条件之一。

但上述的理智作用、感觉作用及感觉的心相,是主由作品底技巧之方面受得的。单是这三种,不过只能在意识的世界底比较的表面的部分上活动罢了。换言之,以上三种只属于象征底外形,或不过是形造读者底胸里所起的幻想梦幻底显在内容（即梦底外形）的，因为还没有超越理论、物质、感觉的世界。超越了这等，再深深地突入读者胸奥底无意识心理，刺激的暗示力接触生命的内容的时候，就唤起共鸣共感，方才成为文艺的鉴赏。这就是触动读者底情绪、思想、精神、感情的意义，便是作品鉴赏底最后的过程。

第四，情绪、思想、精神、感情。

到了这阶段，作者底无意识心理底内容就传达到读者底无意识心理底内容，而在胸奥的琴线上唤起反响。到这里暗示就达它底最后的目的。通过作品而表现的作家底人生观、社会观、自然观，又或宗教信念，到了这第四阶段就都触着读者底体验的世界。

这第四段底内容，包含人间所认为有意义的一切的事物，故其复杂与人间生命的内容底复杂相等，且多种多样。要把它历尽无余地说明，是我们所不可能的。美学者所谓美的感情——即如因了鉴赏者底胸奥底琴线上所唤起的震动（vibration）底强弱大小之差而别为崇高（sublime）、优美（beautiful），或从质底变化上着眼而别为悲壮、滑稽（humor）而论述的，便是要分解且说明这第四阶段的一个论证。

我相信凡艺术品的文学作品的鉴赏上，必定有如上的四阶段。但这四项，因作品底性质而有轻重之差。例如在散文小说，尤其是客观的描写的自然派小说或纯粹的叙景诗（即如上面引用的和歌俳句）等，第三以上的作品非常重要。又如在抒情诗，尤其是近代象征派的作品，第一、第三非常轻，由第二的感觉的作用直接唤起第四的情绪主观的震动。又如在易卜生一流的社会剧、问题剧、思想剧等类，第二的作用宁是轻的；像英吉利底萧伯纳、法兰西底白利安（Brieux）底戏曲，因为不把第三的感觉的心相在读者观客底心中充分唤起，只管过于露骨地、直截地传达第四段的思想，所以在纯艺术品中只能算是不完全的，化作一种宣传物（propaganda）的，亦复不少。又浪漫派的作物，诉于第一的理智作用的最少；反之，像古典派、自然派，则需要读者底理智的动作最多。

又对于同一作品，也因了各读者而在四项间生轻重之差。即有的与上述似的低级的读者观客对戏曲小说时同样地只置重第一的理智作用，只注目于事由底梗概，有的竟只在第二、第三上活动，而不留意于作品背后的思想和人生观。这班人，都还不能说是完全地尝到作品底真味的。

六　共鸣的创作

讲到这里，我须得把前述的创作家底心理过程（参照本书创作论第五章后半以下）与鉴赏者底心理过程比较一下。即诗人或作家底产出的表现的创作与读者方面的共鸣的创作（鉴赏），心理状态的经过是取正反对的顺序的。从作家胸中的无意识心理底奥里涌出来的某物，因想像作用而变成了一个心相，再经过了感觉和理智的构成作用，具备了象征的外形而表现出的，是文学作品。但在鉴赏者方面，最初先因理智和感觉的作用而把作品中的人物事象化作了一个心相而收入于读者底胸中，这心相底刺激的暗示性再深深地侵入读者底无意识心理底根柢里，然后把在上述的第四的思想、情绪、感情等无意识心理底根柢里的生命的火点着了。故前者从根柢的生命底心核中出发，变成花，结成实；后者从这成花成实的作品上用理智感觉的作用来浮现一个心相在自己底脑里，再由此达到在根柢里的无意识心理，即自己底生命底内容。用图表示如下：

$$作品\begin{cases}象征化\\的表现\end{cases}\begin{cases}\leftarrow理智感觉\leftarrow心相\leftarrow作家底无意识心理\\\rightarrow理智感觉\rightarrow心相\rightarrow读者底无意识心理\end{cases}$$

　　故作家底心的经路是综合的,又能动的;读者的是分解的,又受动的。即把前文所述的鉴赏心理的四阶段颠倒了,看作由第四起向第一方面进时,就是创作家底心理过程。换言之,从生命底内容突出向意识心理底表面的,是作家产出的创作;从意识心理底表面突进生命底内容的是共鸣的创作,即鉴赏。故作家与读者两方只要把这点率然地契合的心的过程反复时,作品底完全的鉴赏就成立。

　　托尔斯泰在他底《艺术论》里排斥古来单以美或快感来说明艺术底本质的诸说,所下的断案如下:

　　To evoke in oneself a feeling one has once experienced,and having evoked it in oneself,then,by means of movements,lines,colors,sounds,or forms expressed in words,so to transmit that feeling that others may experience the same feeling—this is the activity of art.

　　Art is a human activity,consisting in this,that one man consciously,by means of certain external signs,hands on to others feelings he has lived through,and that other people are infected by these feelings,and also experience them.

——Tolstoy,What Is Art? p.50.

　　先把自己所曾经验过的感情在自己胸中唤起。既唤起了,更由运动,或线,或色彩,或音响,又或用言语表出的形象等来

传达这感情，使他人也得经验这同样的感情——这是艺术的
活动。

人用一种外的记号来把自己所体验过的感情意识传向别
人；别人为这等感情所动了，也同样地经验这感情——这样的
人间活动便是艺术。

——托尔斯泰《艺术论》第五十页

托尔斯泰底这一说，是就艺术一般而言的；倘把此说单就文学上着
想，而更深更细地分析下去时，结论与我在上面所说的略相一致。

到这里，前述的印象批评底意义也自然会明白了罢。即文艺既然是
极度的个性表现，那么单用客观的理智的法则来批判文艺，就无意义。
批评底根柢，当然与创作时同样地存在于读者底无意识心理底内容中。
即经过了理智和感觉的作用后，更深远地达到自己底无意识心理，而能
把这无意识界中的某物唤起到意识界上的时候，作品的批评于是乎成
立。在作家方面，因为本源是从无意识心理上出发的，故对于自己的心
的经路没有明了地意识着。反之，在评家方面，因为是刚才把自己底无
意识界里的某物（例如观悲剧时的泪）由作品唤起而拿出到意识界上来
的，所以能把这意识（即印象）充分地分析解剖。安诺德（Matthew
Arnold）曾以文艺为“人生的批评”（a criticism of life），文艺批评应该是
评家通过了某作品而说述评家自己的“人生的批评”的意义。

第三　关于文艺根本问题的考察

一　预言者的诗人

我相信以上面所论的为基础,而实际地适用这基础,得解决一般文艺上的根本问题,现在想避去一一列举许多的问题之烦,而就从向来一般文艺研究者所认为疑问的几个问题表明我所说的适用的实例。至于别的问题,让读者自己去考察批判罢。本章中所说的,可视为自然地从上述的创作论、鉴赏论全部上抽绎出来的系论(corollary)又注疏。

文艺,是生命力用绝对的自由而表现的唯一的机会。因为有向着较高、较大、较深的生活而跃进的创造的欲求毫不受拘束地表现着,所以在这里面常常暗示着大的未来。从过去直到现在的生命的流,只有在文艺作品中得作别处所不能有的自由的飞跃,所以比起人间的别的活动——这等活动皆从周围受着种种的压抑——来,可向前突出十步成二十步而行所谓"心的冒险"(spiritual adventure)。超越了常识、法则、因袭和形式的拘束后,常在那里发现且创造新的世界。故在政治、经济、社会的现象上还没有出现的事情,早已在文艺的作品中暗示又启示着,全是为了这个缘故。

加莱尔(Carlyle)曾在他底《英雄崇拜论》及《彭士(Burns)论》中提

及：拉丁语 vates 一语最初的意义是预言者，后来转变了，又用以为诗人之意。所谓诗人，意义就是触于灵感而像预言者似的歌咏的人，又不外乎是传达神托，感得常人所未感得，以显示于一代的民众的人。罗马人又把这一语转变，用作教师的意义，兴味尤深。诗人、预言者、教师，这三者同用 vates 一语来表示，于此可见文艺家底重大的使命。

文艺上的天才，是飞跃突进的"心的冒险者"。与一个英雄底事业底后面常有许多无名的英雄底努力同样，大艺术家底背后也不能无"时代""社会"和"思潮"。文艺是极度的个性表现，同时在这个性底他半面又伴着普遍性；这样普遍的生命既然遍在于同一时代或同一社会或同一民族的一切的人们，那么诗人自己做了先驱者而表现的意见可以指导一代民心底归趋而暗示时代精神底所在，是当然的结果。在能暗示更高更大的生活的一点上，文艺家不得不像彼泰所说的是"文化的先驱者"。

在一时代一社会中，有这时代底生命和这社会底生命，保续着不断的流动变化。这不久就变成思想底潮流，时代精神底变迁。这是为时运底大势所促而无端地攒出的力。在起初的时候，既不成一种形象，又不具有体系，只是一种茫漠而难于捕捉的生命力。艺术家所表现的，就是这生命力，决不是固定的、凝结的思想，也不是概念，又当然不是那种组成的主义的性质的东西。任凭怎样地加抑压作用也不能禁制，非达到所要达到的地方不休的生命力底具象的表现，便是文艺作品。潜在一代的民众的胸奥里，隐在他们底"无意识"心理底萌处，而他们只是或乱于焦躁不安的念头而谁也不能捕捉表现的一种东西——艺术家能把这东西用他底特殊的天才的力来表现，且把它象征化为梦的形式。立刻把握它、表现它、反映它的，就是文艺作品。倘然这已组成了一个有体系的思想或观念，那时就变成哲学、学说；又倘使这思想和学说在实行的世界里实现了,那时就变成政治运动、社会运动,便已逸出艺术底圈外了。这样的现象,是过去的文艺史所屡屡例证的事实:在法兰西革命以前,有卢骚(Rousseau)等底浪漫主义的文学为其先驱。再近眼前一点,维多利亚朝的保守的贵族的英国转化为今日的民主的社会主义的英国以前,自前世纪末叶就有萧伯纳和威尔士(Wells)底因袭打破的文学发起,又比这更早的还有法兰西颓废派(Decadence)的文学输入这顽固的英国,故近代英国底激变,在他们底诗文上早已有不少出现着了。日本的例也有:赖山阳底纯粹的文艺作品的叙事诗《日本外史》,是明治维新底先驱;日俄战争以后所起的自然主义文学的运动,早已是最近的德模克拉西(democracy)运动和因袭打破、社会改造的运动底先驱,这都是无可疑义的文明史上的事实。又在文艺作品中为最原始的、简单的童谣或流行小调等类,是民众底自然的声音,颇能穿透时势而暗示大势底暗迁默移,这不独在外国古代有之,即在日本历史上,也是屡屡可见的现象。在从前,《日本纪》中的所谓"わざうた"(童谣),就是纯粹的民谣,其中有许多是预言国民底祸福吉凶的。更下至近代,从德川末年至明治初年的民族生活的动摇时代,其间的流行小调,是何等痛切的时代批评、预言,又警告——这岂不是在我们底记忆上到今日还新鲜的印象么?

美国某诗人有句诗:

First from the people's heart must spring

The passions which he learns to sing;

They are the wind, the harp is he,

To voice their fitful melody.

——B. Taylor, *Amran's Wooing*.

情热,先在民众底胸奥里萌动,而表现这情热的是文艺家。诗人是捉住一代民心底动摇的机微而给它一种艺术的表现的人,好比是把无由无绪地吹出来的风捉住在弦上而奏出美丽的妙音的 Aeolian lyre(风奏琴)。即天才底锐敏的感性(sensibility),能把眼所不能明见的,民众底无意识心理底内容立刻掴住而表现出。在这的意义上,当十九世纪初期的浪漫的时代的雪莱和拜伦底革命思想,都是近代史底预言,又其后的加莱尔、托尔斯泰、易卜生、梅脱灵、勃郎宁,也都是新时代的预言者。

所以从因袭道德和法则和常识等立场上看时,恐防一定有以文艺作品为非常乱暴且不便的危险物的。超越一切这等因袭道德等的,纯一无杂的创造生活底出产处,有文艺底本质在,天马(Pegasus)似的天才底飞跃中,可看出伟大的意义。

预言者往往不容于故国,同样,诗人也因为是比他底时代前进太远的先驱者,故受人迫害、受人冷遇的很多。像勃莱克到百年后方为世人所承认,是最著的例。至如雪莱、史文贡、勃郎宁、易卜生等革命的反抗的态度的,诗人的预言者,大多数是前半生甚或全生涯在坎坷不遇中过去的。这样的例,不胜枚举。又如佛罗贝尔(Flaubert)生前也全不受人欢迎,乐圣华格纳未得罢伐利亚(Bavaria)王路得微希(Ludwig)底知遇时,全在流离落魄中过生涯。像这等事实,在今日想起来觉得真有些不可思议。

古人说:“民声就是神声。”(Vox populi, vox Dei)传达神声、代神呼叫的,就是预言者,就是诗人。所谓神,所谓灵感(inspiration),并不存在于人间以外,实在就是民众底内部生命的欲求,就是潜伏在“无意识”心理底影里的生的要求。在经济生活、劳动生活、社会生活、政治生活时,被物质主义、利害关系、常识主义、道德主义、因袭法则等所抑压制缚着的内部生命的要求,即无意识心理的欲望就发挥绝对自由的创造性,成为美丽的梦形的诗或艺术而表现。

　　因唱无神论而见逐于大学,因矫激的革命论而被难于恋爱,结局溺死于斯班几亚(Spezzia)海里的,坎坷了三十年而夭死的抒情诗人雪莱,曾托狂乱的西风而述怀,请看这有名的大作底激调:

> Drive my dead thoughts over the universe
> 　　Like withered leaves to quicken a new birth!
> And,by the incantation of the verse,
> 　　Scatter,as from an unextinguished hearth
> Ashes and sparks,my words among mankind!
> 　　Be through my lips to unawakened earth
> The trumpet of a prophecy! O Wind,
> 　　If winter comes,can spring be far behind?
> 　　　　　　——Shelley,*Ode to the West Wind*.

　　革命诗人雪莱呼着"向不醒的世界奏预言的喇叭"的这首歌出世后约百年的今日,过激主义(Bolshevism)出而威吓世界,呼改造求自由的声音,波及于地球上底到处。他是世界最大的抒情诗人,同时又是一个大的预言者。

二　理想主义与现实主义

　　有人说:"文艺底社会的使命有二方面,其一是时代与社会底忠实的反映,其他是对于未来的预言的使命。前者以现实主义(realism)的作物为主,后者则是理想主义(idealism)或浪漫主义(romanticism)。但我以为从我底创作论底立脚地上说,这等区别差不多不足成为问题。文艺倘达到了极深刻地描写这时代和这社会,而竟能把握潜在于时代意识、社会意识底根柢里的无意识心理的地步时,在它里面就自然会暗示对于未来的要求和欲望。离开了现在,未来就不存在。倘描写现在而深深地透彻它底心核,而能达到常人凡俗底眼所不及的深处时,同时又定然是对于未来的大的启示或预言。从富洛伊特一派的学者所唱的梦的解释的欲望说和象征说上说来,像按梦而推知未来的卜梦(梦判断),未必是愚人底迷妄行为。与这同样,通过了过去现在而梦见未来的,就是文艺。倘然真果突进了现在底生命底中心,而生命中既然有永久性普遍性的时候,就定然是通过了过去现在而暗示未来的。譬如名医诊察人体,倘真果看破了病源,发现了病苦底所在,那么对于这病的治疗法和患者底要求,就定然自会明白了。不懂对于患者底"未来"的治疗法的,实在是因为他对于患者底"现在"的病状诊断错误着的庸医的缘故。这一事,在前面论创作时引证佐拉底作品的一节中大概也可明了的了。只写现实,而不能践行对于未来的预言的使命的作物,到底在艺术品中是不伟大的证据:这话未必是过实的罢。

三　短篇《项圈》

莫泊桑底短篇,有杰作之一的定评的数篇中,有一篇名为《项圈》(Necklace)。话极简单:

　　某小吏底夫人因赴夜会,向友人借了一个金刚石的项圈而出门。这晚上回家时,把这项圈遗失了。于是不得已,夫妻两人商借了几千金的借款,买了一个同样的项圈去赔偿了。此后十年间,为了偿还这债款而拼命地俭约且劳作,度的是非常的不愉快的悠长的日月。渐渐把所负的债全数偿清了的时候,仔细一调查,方才晓得从前所借的项圈是假货,所值不过五百元。

　　倘但就梦底外形的事象看,这样的闲话儿实在不过是一篇极乏味的滑稽谈罢了。一切诗歌、戏曲、小说底所以有艺术的创作的价值,并不因于所描的事象如何。事象是捏造的或是事实的,是作家底直接经验或是间接经验,是复杂的或是简单的,是现实的或是梦幻的——这等在文艺底本质上说来,都不成问题。所成问题的,在于以这事象作象征可有多少的刺激的暗示力的一点。作者以这事象为材料,怎样处理而创造他底梦,在作者底"无意识"心理底根柢究竟有甚么潜在着,像这等地方,才是我们所当着眼的。这《项圈》的话,是莫泊桑从别人那里听来的,还是想像出来的,还是记录直接经验的,且当作第二个问题。我们第一当敬服的,是这作家底描写中有可惊的现实性,巧妙地引读者入幻境,而能暗示刹那生命现象底真相的伎俩。把人生底极讽刺的悲剧的状态用毫不堕入概念的哲理的态度而暗示于我们,使我们直感地、活现地受入了,而接触生命现象底真相,而得达到前述的第四阶段——对于这等的手法是我们所惊异的。至于这段笑话儿,到底不过是当作暗示的工具用的象征罢了。莎翁便是在他底三十七篇戏曲中用荒唐的历史谈或传说或报纸底社会栏的记事似的世间话为材料,而纵横无尽地肆行他底创造创作的生活的。

假使莫泊桑从最初就想把这个可名为"人生底痛切的讥讽"的抽象的概念意识的表现而作这篇《项圈》，那这艺术品就简单得多，就堕入低级的 allegory 式的文字，就没有那样强烈的实现性和实感味，因之生命的表现就定然失败了。要使那可悲的小吏的夫妇俩音容毕肖地活跃在我们眼前，恐怕不可能了。正为了在莫泊桑底"无意识"心理中的苦闷像梦一般地在这里象征化了，所以这篇《项圈》成为优秀的艺术品而传达生命的震动于读者底胸奥里，所以能诱导读者，使也能见到同样的悲恸的梦。

有种小说家，好像是确认为非自己底直接经验不得为艺术品底材料的。这真是可笑的谬见。倘然如此，作家要描写偷儿就非自己做偷儿不可，要描写杀人就非自己杀人不可了。像莎翁似的，自王侯以至于卑人、自弑逆、恋爱、幽灵、战争、剥重利者……以至于无论甚么都描写的人，倘要一一从自己底直接经验出来，那么人生五十年没有用，恐防要活着百年千年方才可能呢。假如有描写奸通的作家，难道这小说家确是自己在那里奸通的么？所描的事象倘能优秀地象征，又虽是间接经验而能与直接经验同样地描写，虽是虚妄的无稽谈而能不当它虚妄的无稽谈而描写，这作品就有伟大的艺术的价值。因为文艺，与梦同是取象征的表现法的。

讲到直接经验，想起了一桩事：从前有一个道心坚固地守清行而度极端的禁欲生活的和尚曾作优秀的恋歌，有许多人看见了，疑这和尚有私行。但我以为和尚也是人子，在直接经验上虽然没有恋爱，但在他底体验的世界中恐怕也有美女，也有恋爱。而性欲上加抑压作用的心的伤害，更是当然有的。他是把这等在称为歌的一种梦的形式上表现出来的，这决不是无理的看法。

把和尚作恋歌的事一想，又忆起心理学者所说的二重人格，人格分裂的话。例如史蒂芬孙(Stevenson)底杰作的，有名的小说 *Dr. Jekyll and Mr. Hyde* 中，在同一人格，可看出善人的 Jekyll 和恶人的 Hyde 的两个精神状态来。这便是把我最初所述的两种力底冲突具象化的。我以为原来人间底性格上有矛盾的一说，也可用这人格分裂、二重人格的意义来解释。即一方面虽然有罪恶性，平素但被抑压作用压进在无意识中而不现出到表面来。一朝入了催眠状态或进了像咏歌的自由创造的境地时，这罪恶性或性的渴望(libido)就突然跃出到意识底表面，或发生与这善人或高僧底平素的意识状态毫不相似的行为，或歌咏同类诗歌。像佛教里所谓"降魔"，或佛罗贝尔底小说《圣安德昂底诱惑》(*Tentation de St. Antoine*)，大概就是心的伤害的苦闷从无意识向意识跃出的精神状态底具象化罢。又在平素非常阴郁的厌世的(misanthropic)人中，滑稽作家很多。例如夏目漱石似的严肃阴郁的人，是作《坊チヤン》(小娃娃)和《吾辈ハ貓デアル》(我辈是猫)的滑稽家(humorist)；像斯威夫德(Jonathan Swift)样的人，也曾作《一只桶的话》(*Tale of a Tub*)。又是据最近的研究，《膝栗毛》底作者十返舍一九是个极阴郁的人。像这等，我信为都是可用这人格分裂说来解释的。这岂不是因为平素被压抑而伏在无意识的圈内的，只在纯粹创造的文艺创作的时候向表面跃出而与自己意识相结合，所以这样的么？精神分析学派的人们中，有的把嘲讽(cynicism)等也用这理论来解释。

把艺术创作的情状用譬喻来说，是与酒醉时同样的。血气刚盛的职员在公司银行底事务室中时，垂头在总理或店长底面前。这是因为利害所及，影响于年终的犒赏金，所以自己加着抑压作用的。然而往往有在酒宴的席上等冒犯总理老人或课长的，便是酩酊之后脱去了利害关系和善恶批评的抑压作用,而真生命猛然地跃出的状态。到了明天再进后门去向总理夫人谢罪,或托人说情的时候,便是抑压作用又把盖塞住,就成了与昨晚毫不相似的一个别种人间。罗马人说,"酒中有真"(in vino veritas)。艺术家在他底创作时候,与酩酊时同样地表现着最纯真不伪的自我,与机关报底主笔作社说时的心理状态相正反对。

四　白日的梦

诗人或艺术家等底所谓 inspiration,是自古常常说起的话。或译作"神来的灵兴",这并不是突然从天外下降来的,是从作家自己底无意识心理底根柢中涌出来的生命的跳跃底别名,是真的自我,真的个性。唯其是"无意识"心理底所产,所以可贵。倘然是用显在意识似的表面的精神作用来造成的,这作品就变成捏造物,变成做作事,要真果传达强的震动于读者底中心生命,就不可能了。故所谓制作感兴(Schaffens-stimmung)是从深的无意识心理底根柢里出发的,我信为诚然。

作品真果是作家底创造生活底所产时,当作对象而描写在作品中的事象,总是作家这人底生活内容。描出"我"以外的人物事件,实在就是在那里描出"我"来。(鉴赏者也因"吟味"这作品而发现鉴赏者自己的"我"。)所以要研究一种作品,须要晓得这作家底阅历体验,同时也要能熟悉作品而察知作家的人。富郎克·哈理士(Franc Harris)曾不根据传记旧说,单借了莎翁底戏曲而论断"人"的莎翁。这是足以惊吓向来一般默守考证的学究的大胆的态度。我信为在这种研究法中,还有充分的意义存在。读哥德底《惠尔推尔底苦患》,同时翻阅可当作他底自叙传的《诗与真实》;读卢骚底《新爱洛伊斯》(The New Héloïse)的恋谭,同时读他底《告白录》(*Confessions*)第九卷时,就可明知在实生活上失意于恋爱的这两个大天才底胸奥中的苦闷,怎样地成了"梦"而在这等作品中象征化着。

　　看了上文的,我把文艺创作的心境解释为一种的梦的话以后,倘读者再检查古来许多诗人和作家对于梦的经验的意见,就可说思过半了。现在想从我最近所读的与谢野夫人底随笔集《爱,理性及勇气》的一卷中引用下揭的一节,以供参考。

　　　　像古人在梦中得好诗的经验,原是没有;而在梦中捉得小说或童话底构想等事,屡屡有之。其中空想的也有,这大概是因为在梦中,意识集于一方面而照辉的缘故罢。不但是比醒觉中觉察微妙的心理和复杂的生活状态时更能写实地观察,且竟有适度地配着明暗,精确地形成一个艺术品而立体地浮出的构图。在这样的情形中,我以为人梦着的时候并不是睡着,正是营着艺术家的最纯粹的活动。

　　　　还有,平时所模糊的,或不会解释的,正在不解而恼着的问题等,在梦中被清楚地判断了的也有。在这样的情形中,使人觉得梦与现实之间好像是没有境界的。我虽然这样说,但自己毫不曾梦着,不过我觉得小野小町爱梦的感情,在我似乎也能想像。(与谢野夫人著《爱,理性及勇气》一四七页)

　　不但创作如此,鉴赏也要进了离开我们底日常的实际生活的"梦"的境地而方才可能。从来所谓"无关心"(disinterestedness)是文艺的快感底一种要素,也是指这点说的。即须得离开了实际生活的利害,方能对现实凝视、静观、观照，又批评吟味。譬如见了动物园里的狮子底雄姿，想起它在山野中咆哮的生活时，就觉得倘然没有这铁栅的阻拦，我们就要身受猛兽的危险，就到底不能凝视且静观狮子底真的姿态。因为有铁栅把我和它隔开，给我置身在无关心的状态中，以这艺术的观照就成立。穿着时髦服装的男子在石头上一绊，跌了一跤，这确是一场滑稽。但倘然这男子是我底亲兄弟或甚么，与我有直接的利害关系或实际上的interest的时候，我们岂不是就不能当它一场痛快的滑稽而领受的么？与自己底实际生活之间有些余裕或距离的时候，方才能深深地当作现实而感赏这场面。借前述的与谢野夫人底说话来讲，即在"梦"中得更加写实地观察，得营艺术家的活动。有人说，五岁之内，为艺术底根本的只是视觉和听觉。即这两种感觉不像别的味觉、嗅觉、触觉的直接且实际，而是隔着距离的。即视觉与听觉是隔了一个距离而接触的。无论怎样滑润的良好的天鹅绒，无论怎样美味的肴馔，决不是完全的诗，也不是完全的艺术品。厨司不能算是艺术家。在触觉和味觉，没有这"隔离"，所以是不入文艺的领域的感觉。因为把他们当作艺术的感觉，厌他们太肉感的，太实际的，仿佛狮子槛没有铁栅。（以上所谓"梦"，是离开着"实际的"[practical]生活的意义。更适切地说，"觉醒的人底白日的梦"，就是诗人所谓"waking dream"。）

这所谓"非实际的"，使我们从利己的情欲以及其他种种杂念的麻烦上脱离了，使我们营绝对自由的，不受拘囚的创造生活。解脱一切抑压的，净化的艺术生活、批评生活、思想生活，都以这"非实际的""非实利的"为一个最大要件而成立。见了美女想娶为妻，见了黄金想自己致富的，是我们底实际生活上的心境；倘单是从这样到底，便是动物生活，不是具有灵的精神的一面的，真的人间生活了。我们底生活从"实际""实利"上净化了,醇化了,入了得"离开了眺望"的"梦"的境地,方才我们底生命可以高起来,深起来,强调起来,扩大起来。这混沌的、无秩序的、无统一的世界,要当它一个连贯的、有秩序的、统一的世界而观照,只在这"梦的生活"中可能。拂拭去从"实际的"生出来的杂念底糊障而入清朗一碧,宛如明镜止水的心境的时候,方才达到艺术的观照生活底极致。(参照《出象牙塔》九一页至九八页说"观照"底意义一项)

在"白日的梦"中,我们底肉眼闭而心眼开。这就是入静思观照的三昧境的时候。离去实行,脱去欲念,逃却了外围的纷纷扰扰而来到的自由的美乡中,智慧的灵光仿佛悬在天心的日月似的流照着一切。这幻象,这情景,除了用象征来表现以外没有别法。

不限于一切文学,凡艺术创作,都是在那般混沌的不统一的日常生活的事象中看出统一的头绪来的。即作家与鉴赏者大家用无意识心理的作用来营自己底选择的活动。统一的创造创作,因了他们各人底选择作用,从各种的立场,用各种的态度,而由这混沌的事象中筑成。用浅近的例来说,譬如我底书斋中,原稿、纸片、文具、书籍、杂志、报纸等,纷然地在混乱状态中,从别人底眼中看来,这确是混沌的;但在我,别人走进这房间里来用指触乱一点都觉得讨厌,在我自己的眼中看来,这里面是很有秩序,而非常统一的。倘然被婢子底手整理一下,或依了出自别人的立场的选择作用,而把重要的原稿误作废纸了,把书物排列的顺序弄错了,把应放在手近的事物放在远处了的时候,在我就定然感到非常的不便。改变立场和态度而看事物时,自然因各个人而生差异,就是在同一人,也可看出不同的统一来。文艺创作底所以要极端地以个性为基础,原因也在此。例如对一片风景,A的人所见与B的人所见,各人所从这风景中捆出的大不相同。又从东从西,或从上下左右,因了各自的立场不同而各行不同的选择作用。犹之同一人对同一对象,从股间倒望的景色与普通直立了望见的景色全然异趣。(推而广之,不解用艺术的眼光看自然人生的,形式法则万能主义者,或道学先生,譬喻起来犹之整理我底书斋的婢子。就是甚么都不懂,只晓得依照书籍底长短大小或颜色,或但据因袭的方法配定砚箱和烟草盆底位置而破坏了我的"个人的"书斋底真味的人。)

五　文艺与道德

最后我想就文艺与世间普通的道德的关系说一说。"文艺中描写罪恶,鼓吹不健全的思想,是怪事;不是记录崇高的道念和健全的思想的文学,可算是大作么?"这样的话,是没有彻底地悟解文艺与人生的关系的人所常说的。就我在上面所历述的一看,这问题大概可以明白了。即文艺是生命底绝对自由的表现,是我们离开了社会生活、经济生活、劳动生活、政治生活中的善恶利害等一切价值判断,而不受一点抑压作用的,纯真的生命表现。所以道德的或罪恶的,美的或丑的,利益的或不利益的,都是在文艺的世界里所不问的。人间具有神性,同时又具有兽性和恶魔性。因此在我们的生活中,与美的一面同时具有丑的一面,也是不能否定的事。在文艺的世界里,与对丑而特别显示美,对恶而特别高唱善的作家底可贵同样,近代文学上所特别多的恶魔主义的诗人——例如波特莱尔似的《恶的华》底赞美者,以及自然派中的兽欲描写的作家,也各有充分的存在的意义。不过文学不以 moral 为必要条件,同样,也当然不以 immoral 为必要。因为这是像上文所也曾说过的,立在全然离去"实际的"世界中所通用着的一切的价值判断的立场上的 non-moral。(参照拙著《出象牙塔》自九一页至九八页。)

　　问者或则要说："然则从来的文学上以杀人、淫猥、贪欲等为材料的罪恶的作用特别多,是甚么缘故呢?"从作家方面说来,这是因为常常受着最多的抑压作用的生命的危险性、罪恶性、爆发性底一面,常常想在纯粹创造的文艺的世界中自由地表现的缘故。又从读者鉴赏者方面说来,因为只在接触文艺作品的时候,人间性里面的恶魔性和罪恶性脱离了抑压而与作品起共鸣共感,因此也可以营一种生命表现。在人间生命存在的限度内,在所有的求解放的欲望的限度内,人间对于突破抑压作用的"罪恶"的兴味,是永远不能绝灭的。在文艺以外,例如活动影戏中或报纸底新闻中的强盗、杀人、奸通等事件底所以永久惹人兴味,岂不也是为此?法兰西的顾尔蒙说:"许多人爱丑闻。因为别人底丑行底暴露,可给他看见自己底种种的丑。"这无非是我在上文所说的,发生自己发现的欢喜的共鸣共感。

　　所以文艺底内容,包含着人间生命底一切。不但是善和恶,美和丑,与欢喜同时又看出悲哀,与爱欲同时又看出憎恶,与心灵的叫声同时又可听到难抑的欲情的叫声。换言之,这是与人间生命底飞跃相接近的。在那里有一个不能用道德和法则来规律的流动无碍的新天地存在着。真的自己省察,真的实在观照,岂非都要进了这个毫不受拘囚的,"离开了看望"的境地而方才可能的么?(在这一点上,科学与文艺都同样。科学也是要从"实际的""实用的"上离开了看的。两点间最短的距离是直线,恶货驱逐良货:这是科学的理论所说的。但这是道德还是不道德,是善还是恶,在科学上是不问的。理论,即 theory 的一语底语源的希腊语 theoria,是静观、凝视、观照等意义。又剧场的 theatron 出于同一语源。从这点上看了,觉得很有兴味。)

六　酒、女与歌

在上述的意义上，"为艺术的艺术"（l'art pour l'art）的主张是正当的。即艺术为艺术自己而存在，即艺术在得营自由的个人的创造的一点上，方才"为人生的艺术"的意义也真能存在。倘要使艺术隶属于人生底别的某种目的，在这刹那间艺术底绝对自由的创造性——至少一部分——就被否定，被毁损了。因此就不是"为艺术的艺术"，同时也不成为"为人生的艺术"了。

希腊古代的阿那克来翁（Anacreon）底抒情诗，波斯古诗人渥马·伊亚姆（Omar Khayyam）底四行诗，都是歌咏得到酒和女的刹那间的欢乐的。又中世的欧洲大学的青年学者，曾经把"酒、女与歌"（Wein, Weib, und Gesang）的三种享乐并作一件事而赞美。在这三者中，实在有常常使古往今来的道学先生们颦蹙的共通性。即酒与女主在肉感方面，歌（即文学）在精神方面，都能在生命得自由解放、昂奋跳跃的时候给予愉悦和欢乐。探求其源，都是从离去日常生活中的抑压作用，因而意识地无意识地都想脱离人间苦的束缚的痛切的欲求上出发的。alcohol 的陶醉和性欲满足，与文艺的创作鉴赏同样，都不外乎是使人因脱离抑压而尝到畅然的"生的欢喜"，经验到"梦"的心状的。但它们太偏于生活底肉感的、感觉的方面，又不过是一时的、瞬间的、怯弱浅薄的昂奋，故在这两点上比起"歌"即文艺来，性质全然不同。（参照我底旧著《文艺思潮论》六十七页以下）

第四　文学底起源

一　祈祷与劳动

凡事发达,总是从单纯向复杂而进行的。所以要明白一事底本质,不可不先推溯起源,回顾它在最纯真且简单的原始时代时的状态。

"生"便是"求"。人间生活中,必有某种缺陷和不满。设法填充这缺陷和这不满的欲求,同时又可看作生命底创造性。像进僧院而度禁欲生活的那班修道者,骤见好像是断绝一切欲求和欲望的,其实不然。他们是被煽惑于想脱离现世的肉欲和物欲,以求真的自由和解放而入灵的具足圆满的超然的新生活境的一个别的大欲望的。一切的极端和极端相似,到了生的欲求极度地强烈的时候,虽做到绝灭其生命的自杀行为,也定要满足其欲求的,不是有的么?

缺陷和不满,就是生命的力在内的外的都被抑压着,被阻止着的状态,也就是人间的烦恼、苦恼。个人的生活,是欲望和满足底无限的连续。一个满足了,又生出次的新欲望来,这新欲望再以次及次,连续不尽地下去。人类的历史,也与这同样地从原始时代到今日——不,直向未来永劫,是只管反复着这个状态的。

解脱从抑压所生的苦闷,畅然地求自由的生命的表现,而得到"生的欢喜"，那么原始时代的人类何所事事呢？我们底生活，与文明底进步相共而在精神上物质上都增加复杂的程度，所以在现在，又在未来，这复杂性必与变化底增加相共而益增加下去。虽然，只要人间生命底本来的要求没有变化，换言之，只要在根本上不变的人间性俨然不动地存在，虽在现在或未来，原始人类底单纯的生活中所见的现象总是永远地被反复着的。

　　述欧洲中世的裴耐提克德派(Benedict)僧院的生活的话中，有"祈祷与劳动"(orare et laborare)的一语。这话所指说的，就是与日本的禅寺中托钵僧对于衣食住的万事也像坐禅和修行一样地当作宗教的修行而用敬虔的态度来躬自处理相同的生活。与这相类的，可说就是营人间中极单纯的生活的原始人类。原始时代的人，为了要满足目前的日常生活中的衣食住等物欲求而猎于山，耕于野，从事于劳动，同时一方面又跪拜于异教的诸神前，叩首于木雕石造的偶像前。在这时代，最惹他们底目的生命宇宙的发现有二事，换言之，他们以这二事为对象而描他们底"梦"：便是"日月星辰"和性欲的表象的"生殖器"。他们起卧在露天之下而朝朝暮暮地眺望天体，就在那里梦见支配宇宙的不变的法则和无始无终的悠久的世界，就认识了人间所万万不可能的绝大的无限力。再回顾自己时，又觉得身内像燃烧的烈火似的欲望，以性欲为中心而正达着白热点。在人间的生活意志底最强烈的表现的食欲和性欲中，他们对于前者得勉强因劳动而满足，一方面就晓得后者的欲求更为力强。因为他们对于两性相交而创造一新生命以保存种族的事实，禁不住大大地惊叹。

二　原始人底梦

　　把这两种现象置在两极端了,他们在中间"梦见"森罗万象,礼赞它们,礼拜他们。即唱赞美歌,读祝文,献祈祷,把自己生命的要求欲望向这等客观界的具象的事物而放射,而作极幼稚的简单的表现。到了生的跃动使他们在有限界中仰慕无限且渴望绝大的欲望底充足的时候,就发生原始宗教底最普通形的天然神教和生殖器崇拜教。欲求受抑制时所生的人间苦和原始宗教,梦和象征,倘然这样地联络了一想,聪明的读者大概已可明白文艺底起源究在何处了。原始时代的宗教祭式和文艺的关系,实在是姊妹,是兄弟。可知"一切艺术生自宗教的祭坛"一句话,意义也便在此。这现象在日本,在中国,又在埃及、希腊,在印度、巴律斯坦,或在至今还是原始状态的蛮民的国里,都同样地是可指摘的事实。

　　在原始状态中,人间底欲求极简单,同时表现也很单纯。最初从日常生活中的实利的欲求上出发而成立为简单的梦。例如苦于旱魃而思雨心切的时候,偶然望见云霓,他们就祈祷于天。祈祷后降雨了,他们又献感谢和赞美。水灾或风害夺了谷物和家畜,他们就咒诅这等自然现象,同时又或要恐怖畏惧它们。因为他们抵抗的自然力很弱,所以对于地水火风,对于日月星辰,都只用感谢、赞美或咒诅恐怖的感情来对付。星辰、天空、风雨,恐怕就是在这时候成为诗化、象征化的梦而被表现的。尤其是因为在原始人类的幼稚的头脑中,自己与外界自然物的差别不甚明了,所以把森罗万象都看作与自己同样地生着的,甚至在万物中看出喜怒哀乐的感情来。把轰轰的雷鸣当作神底怒声,对鸟鸣花开,以为是春的女神底消息。这样的感情和这样的想像算是一座摇篮,在这里面养育着诗和宗教的双生儿。

从这原始状态更进一步，就是智力作用增加，而好奇心也起了，模仿欲也生了。以前的畏敬和恐怖，又一转而为无限的信仰和信赖。见了火，见了生殖器，见了猿底红色的尻，都想起它们底由来而按以理义，结果就礼赞、渴仰、崇拜它们。推求其源，都不外乎是从生命底自由的飞跃被阻止抑压而生的苦闷上，即心的伤害上生出来的象征的梦。这就是不满足的欲求或不能在实行的世界里肆行的生的要求变换了形态而表现的。诗是个人的梦，神话是民族的梦。

就这最单纯的原始状态一看，在这种祈祷礼拜时的感情里和文艺的创作鉴赏时的心境里，分明可以见到一致和共通性。

卷末附言

镰仓之秋十月,晴爽的一天,厨川夫人和矢野君和我立在先生底别邸底废墟而正驰遐想的时候,锄土的小工发掘出一个褐色纸的包裹,拿到我们这里来。包着的便是这《苦闷的象征》底原稿。

《苦闷的象征》是先生底不朽的大著底未定稿底一部。把这未定稿发表于世的一事,在我们间也早已颇有议论。对于自己的著书抱着深厚的良心的先生,也曾发过意见,以为恐推敲未足,不愿它就此出世。

但本书底后半,有许多还没有发表于世。而深远的造诣和丰足的鉴赏力不可思议地融合着的,先生在讲坛上的面影,只在本书中残留着。故不忍使它空委箧底的我们的心,就把本书发表了。

题名的"苦闷的象征",是根据本书前半在《改造》杂志上发表时的由绪的。但我以为多少晓得一点先生底内生活的人,大概可相信这题名冠在先生底无论哪一部著作上都是不致十分不调和的。因为先生底生涯,是尽于揭在卷头的雪莱底诗"They learn in suffering what they teach in song."(在苦恼中悟得,在诗歌中教示)的一句中的。

本书校订时,关于不解的地方曾请教于新村出、阪仓笃太郎两先生。又承同窗友矢野峰人氏底援助。并致感谢。

本书中的《创作论》分为六节,在开始处标出《两种的力》《创造生活的欲求》等名目。但在别的部分,没有设定这种的区分。不得已,单据我底意见把它分节，又设了自信为确当的标题。此外关于本书底内容外形倘有一点不备，是由于我底无知而生的，愿把这责任声明。

山本修二
十三年二月二日

初

恋

〔俄〕屠格涅夫 著

丰子恺 译

译者序

　　我是用了对于英语法——英语的思想方法——的兴味而译这小说的。欧洲人说话大概比我们精密、周详、紧张得多,往往有用十来个形容词与五六句短语来形容一种动作,而造出占到半个 page 的长句子。我觉得其思想的精密与描写的深刻确是可喜,但有时读到太长的句子,顾了后面,忘记前面;或有时读得太长久了,又觉得沉闷,重浊得可厌——这种时候往往使我想起西洋画:西洋画的表现法大概比东洋画精密、周详而紧张得多,确是可喜,但看得太多了,又不免嫌其沉闷而重浊。我是用了看西洋画一般的兴味而译这《初恋》的。

　　因上述的缘故,我译的时候看重原文的构造,竭力想保存原文的句法,宁可译成很费力或很不自然的文句。但遇不得已的时候,句子太长或竟看不懂的时候,也只得切断或变更句法。今举数例如下。例如第一章第二节里:

　　　...I did what I liked, especially after parting with my last tutor, a Frenchman who had never been able to get used to the idea that he had fallen "like a bomb" into Russia, and would lie sluggishly in bed with an expression of exasperation on his face for days together.

　　……我恣意做我所欢喜的事，尤其是自从我离开了我的最后的家庭教师以后，越发自由了。这家庭教师是法国人，他想起了自己"炮弹似的"从法国流入俄国来，心中总不能自然，常常现出愤慨的神气，连日奄卧在床上。

照原文的语气，这一句的主要的意思，只是说"我离开了甚样甚样的一个家庭教师之后越发自由了"，不应该另外开一端，而特别提出这家庭教师来说。但没有办法，只得把它切断了。

　　又如第十四章第三节是同样的例：

　　... but at that point my attention was absorbed by the appearance of a speckled woodpecker who climbed busily up the slender stem of a birchtree and peeped out uneasily from behind it, first to the right, then to the left, like a musician behind the bass-viol.

　　……但这时候我的注意忽然被一只斑纹的啄木鸟占夺了去。这鸟急急忙忙地爬上一株桦树的细枝，从枝的后面不安心似的伸出头来探望，忽而向右，忽而向左，好像立在低音四弦琴后面的一个音乐家。

照原文的语气，全句的主意只是说"我的注意被一甚样甚样的啄木鸟夺去"，不应该特别提出这鸟来说。也是不得已而切断的。

　　除切断句子以外，有时我又用一括线以表明长大的形容部分。例如第二十一章第十五节里：

　　...and my love, with all its transports and sufferings struck me myself as something small and childish and pitiful beside this other unimagined something, which I could hardly fully grasp, and which frightened me like an unknown, beautiful, but menacing face, which one strives in vain to make out clearly in the halfdarkness...

　　……我的受了种种的狂喜与苦痛的恋爱，同另外一种我所向来不会想像到的东西——捉摸不牢的，像一副素不相识的美丽而严肃的颜貌而威吓我的，在薄暗中无论如何也看不清楚的一种东西——相比较起来，觉得微小、稚气而又可怜得很！……

　　这两直线之间的部分，都是描写那种"东西"的。这一句的主意是"我的爱和另一种东西相比较起来，微小、稚气而可怜得很"。但不加这括线，很不容易弄得清楚。添设这两个直线，仍是很不自然。

　　又有直译很不自然的句子，只得把句法改变。例如第十七章第十二节：

　　...the consciousness that I was doing all this for nothing, that I was even a little absurd, that Malevsky had been making fun of me, began to steal over me.

　　……我渐渐悟到自己所做的都是无意义的事，竟是有些愚蠢的，马来符斯奇是戏弄我。

原文的意思是说"一种甚样甚样的意识开始偷偷地来袭我"。但这样写起句子来,更不自然,所以权把"the conscionsness"及后面的"began to steal over me"勉强改为"我渐渐地悟到"。但句子的构造大变了。

这种同样的例很多。有些动词,我国没有相当的字可以妥帖地译出。例如序章第五节末了的"enliven",我想不出相当的一个动词译述。又如第十六章第一节后半中的"regaled"也找不出相当的一个动词。都只能变更句的构造,或勉强译成一个词。有时很难在一句中把英文的一句的意义全部译出。例如第十二章第七节末了有一句看似很平常而极难译的句子:

...jump down into the road to me...

要把"跳""下""路上""向我"的四种意义极自然地装在一句中,非常困难。我译作"向我跳下到这路上来",其实很生硬。

关于难译的例很多。我也没有逐句推敲的忍耐力,译文中不妥的地方一定很多。这里揭出来的几句,不过是我所特别注意到的而已。我所以特别列举而说述者,无非欲使读此书的学生诸君,不要把兴味放在小说的内容(初恋)上,而放在英语法的研究上。我是这样地译的,故希望读者也这样地读。

八年之前,我在东京购得一册《初恋》的英日对译本,英译者为Garnett,日译并注者是藤浪由之。读了之后,对于其文章特别感到兴味,就初试翻译,一九二二年春间译毕。这是我第一次从事翻译。自知译得很草率,不敢发表。曾请几位师友改改,看看,后来一直塞在书架上面。去年方光焘兄的英汉对译本《姊姊的日记》出版,我方才想起了我的

《初恋》。现在始把它重校一遍,跟了他出版。这稿子是我的文笔生涯的"初恋",在我自己是一种纪念物。

我的汉译当然是依据 Garnett 的英译本的,又参考藤浪氏的日译本,注解[1]大都是抄藤浪氏的。谨声明于此。

一九二九年端午节记于江湾缘缘堂

---

〔1〕 "注解"是针对英文的,收入此卷时被删除。——编者注

宴会久已散了。时钟打十二时半。留在室中的只有主人,赛尔给伊·尼古拉哀微契,和符拉地米尔·比得洛微契。

主人按呼铃,命仆人把残余的晚餐收去。

"事体就决定了,"他把身体深深地埋在一把安乐椅中,烧起一枝卷烟,一面口里说,"我们每人来讲自己的初恋,赛尔给伊·尼古拉哀微契君,你先讲罢。"

赛尔给伊·尼古拉哀微契是一个颜貌明亮、体态圆肥而小巧的男子,他向主人注视了一下,举眼向着天花板,后来说道:"我没有初恋,我是从第二次恋爱开始的。"

"这话怎样讲?"

"理由很简单。我十八岁时,最初对一美丽的少女生爱情,但我求得她的爱,似乎并不觉得甚么新奇;与此后对别的女子们求爱一样。老实说,我的最初又最后的爱,是我六岁的时候对于我的乳母的爱;但这是久已过去了的事。我们二人间的详细的关系,我已不能记忆,即使我记了起来,有谁要听那种话呢?"

"那么怎么呢?"主人说,"我的初恋也没有甚么趣味。我自遇到安娜·尼古拉哀微娜——我现在的妻子——之前,一次也没有和别人发生过恋爱。我们的恋爱的经过十分顺手;我们的父母给我们寻好了对手,我们不久深深地相爱着,婚事即便完成。我的初恋的故事可用两句话说完。诸位,我老实对你们说,我提出初恋这话,正看中你们,你们不算老人,但也不是少年的独身者了。符拉地米尔·比得洛微契,你能讲一点有趣的话给我们听么?"

"是的,我的初恋的确不很平凡。"符拉地米尔·比得洛微契,是一个黑的头发已渐灰白了的四十岁模样的男子,他带着几分嫌恶的神气,这样回答。主人与赛尔给伊·尼古拉哀微契同声叫道:"啊,那最好了……请讲给我们听。"

"你们如果要我讲……且慢,我不欢喜讲。我不善于讲话,勉强讲起来一定枯燥而简短,或冗长而不自然。倘你们允许我,我可把我所记得的尽数写出来读给你们听。"

他的朋友们起初不同意,但符拉地米尔·比得洛微契固执这主张。两礼拜之后他们又会在一处,符拉地米尔·比得洛微契就实践了他的前言。

他的原稿中记录着下面的故事:

一

当时我正是十六岁。这是一八三三年夏天的事。

我和我的父母同住在莫斯科。他们在朝纳斯苛契尼公园的卞路茄门附近借了一所避暑的别庄。我正在预备入大学校,但不甚用功,也并不赶紧。

没有人干涉我的自由。我恣意做我所欢喜做的事,尤其是自从我离开了我的最后的家庭教师以后,越发自由了。这家庭教师是法国人,他想起了自己"炮弹似的"从法国流入俄国来,心中总不自然,常常现出愤慨的神气,连日奄卧在床上。我的父亲待我用一种无心的亲切。母亲不甚注意我,虽然她只有我一个儿子。她的心全被别的事占据去了。

　　我的父亲是还年轻而且丰采很好的人,他是以财产为目的而和母亲结婚的。母亲比父亲年长十岁。我的母亲度阴郁的生活。她常常焦虑妒忌,而且愤怒,但不表露在父亲面前。她很怕他,他常作严肃、冷淡又疏远的态度。……我从来没有见过比我父亲更稳静、自信,而且有威严的人。

　　我将永不忘记在这别庄里的最初的几星期。天气正晴朗,我们于五月九日——圣尼古拉斯祭日——离开市镇。我常常在自家的庭中,或纳斯苛契尼公园中,或郊外散步。我总是带一册书在身边——例如侃达诺符的《世界历史》——但难得读它,我最常做的是朗吟诗歌。我能背诵许多诗歌。我的血潮涌起,我的胸中常常怀着一种很甘美而又无端的忧伤。我全身都是希望和预想,有时对于某种事物觉得恐惧,有时对于一切事物都觉得惊异,我正在期待一种事物。我的想像不绝地运动,又像那黎明时候环绕寺院的钟楼而飞回的燕子一般迅速地反复同样的空想。我耽于梦幻,沉于悲哀,甚至于哭泣,然而从音乐的诗歌或夕暮的美所诱起的泪和悲哀中,像春草一般地迸出青春和沸腾的生命的甘美的感觉来。

　　我有一头马,常常骑了独自远出,有时疾驰,想像我自己是一个拟战的骑士。风在我耳边呼啸得何等快美!我又常举头向着天空,将那闪耀的光辉和碧蓝吸收到我的广开了去迎受的神魂中。

　　我记得那时候,女人的姿态和爱的幻影,在我脑中还没有现出清楚的形象,但觉得自己的一切思想和一切感觉中,潜隐着一种新鲜的,甘美不可言喻的,女性的……半意识的羞涩的预感。

　　这种预感,这种期待,渗透了我的全身。我在这里面呼吸,这又在我血管中随了每滴的血而周转……这已被制定,不久将要实现了。

我们那年夏天所居的屋子,共有一所有圆柱的宏壮的木造的邸宅和两间小舍。左面的一间小舍是一所制造廉价的糊壁纸的小工场。……我有好几次在那里徘徊,看那十余个瘦弱而蓬头的孩子穿着油污的裤子,露出憔悴的脸孔,不绝地在那压下印刷机的方木版的木杠杆上跳跃,靠了他们的微弱的身体的重力,印刷出糊壁纸的种种模样来。

右面的小舍空着,是要出租的。有一天——五月九日之后三星期光景——这小舍的窗帏开了,露出女人们的面孔来——原来已有人家租住了。我记得这一天正餐时光,母亲问家里的厨子,新来的邻家是谁,才听到札西京公爵夫人的名字,她最初听到,颇注意地说道:

"啊! 是公爵夫人!"……继续又说,"我料想一定是个贫苦的公爵夫人罢?"

"他们是雇了三辆马车来的,"厨子手中捧着一只盘子,恭敬地说明,"他们自己没有车马,他们的家具都是非常粗劣的。"

"啊。"母亲回答,"那更好了!"

父亲对她使个冷眼,她默然了。

札西京公爵夫人看来的确不是富人。她所租住的小屋,非常废颓、狭窄,而且低小,是稍有资产的人家所决计不要租住的。但当那时候,这种事体在我左耳朵进右耳朵出,毫不关心。公爵的称号在我也全无甚么感动,我正在读席勒尔的《群盗》。

二

我的习惯,每天夕暮的时候必定带了枪在园中窥伺老鸟。我对于那种小心、狡猾、贪婪的老鸟,久已抱着憎恶之念。就是那一天,我照例到园中去,遍跑了一回,没有获得甚么(那些老鸟已认识我,只是继续地在远处啼噪),我偶然走近了我们的邸宅和扩张在右面的小舍的那边而附属于这小舍的狭长的园地相交界的低垣旁边。我两眼看着地,沿了低垣走去。忽然听到一种人声,我隔垣一望,吃了一惊。……我看到了一种奇异的光景。

离开我数步之前,在那黑莓丛的中间,草地上立着一个长身纤腰的少女,穿着蔷薇色的条纹的衣服,戴着白色的头巾,四个青年男子迫近在她的周围,她正拿着孩儿们中都熟知而我却不知道其名称的一种灰色的小花,在那四个青年们的额上轮流地打击。那种花作小袋形,在坚硬的物件上打击一下,就会发出声音,爆裂开来。

那青年们十分情愿地用额去迎受,而那少女的姿态中(我看见她的侧面),有十分迷人的、专横的、亲昵的、调笑的又妩媚的地方,使我艳羡又欢喜得几乎叫出来,我想,但得那种秀美的手指来叩击我的额,我便抛弃世间一切,也不足惜。我的枪从手中脱出,落在草地上,我忘却了一切,不知餍足地贪看她那优雅的体态和项颈、可爱的臂、白的头巾下面的蓬松的发、半闭的明慧的眼、睫毛及其下面的嫩柔的双颊……

"青年啊,唅,青年啊!"忽然我的近旁有人叫着,"你可以这样地注视不相识的少女么?"

我吃了一惊,哑子一般了……在我近旁,低垣的那一边立着一个有短的黑发的男子,讥讽似的对着我看。同时那女子也转向了我……我刚在明媚而生动的颜面中看见一双大而灰色的眼,忽然全部的颜面微微地动起来笑出来,闪出洁白的牙齿,双眉滑稽似的向上一挺。……

我脸孔绯红了,从地上拾起了我的枪,被一种音乐的,但非恶意的笑声护送着,逃归我自己的房中,把身子倒在床上,把面孔埋藏在自己的两手中。我的心怦怦地跳动。我觉得异常地羞耻又欢喜，我感到一种从未经验过的刺激。

休息了一回之后，我整理我的头发，洗了手，下楼来吃茶。那少女的影像，浮出在我眼前，我的心已经不再跳动，但充满着一种甘美的压迫。

"怎么样了？"父亲突然地问我，"你打着了一只老鸟么？"

我正想把一切情形告诉他，忽然又自己阻止了，只是独自微笑。将就寝的时候，我——不知为甚么缘故——独脚在地板上回旋了三次，又把香水撒在发上，翻进床中，熟睡了一夜。天将晓时，我醒觉来，抬起头来茫然地向四周一看，又倒下熟睡了。

三

"我怎样可和他们相识呢？"是我那一天醒来的时候的最初的念头。朝茶之前，我即出门走到园中，但不十分走近那低垣去，并且也不见一个人。朝茶之后，我在屋前面的街上往复跑了数次，远远地眺望那小舍的窗……在窗帘上想像出那女子的颜面来，心中惊慌，连忙跑开了。

"但我定要认识这女子，"我在纳斯苛契尼公园前面的沙地上闷闷不乐地徘徊，心中这样想……"但是用甚么方法呢，这是一个问题。"

我回想昨日会见那女子的时候的极详细的情形；不知为甚么缘故，那女子对我一笑的时候的情景，在我有特别明了的回想。……但当我压榨我的脑浆，作种种计划的时候，运命已经给我准备很好的机会了。

我不在家的时候，母亲从那新来的邻家收到了一封用灰色纸写，而用邮局的通知书上或廉价的葡萄酒的瓶盖上所特用的棕色的蜡封固的信。这信中写着不通顺的文字，不精美的笔迹，是那公爵夫人恳托我母亲鼎力援助她。她说我母亲和大官员们很熟识,现在她因为发生了非常重大的事件,她的运命和她的子女们的运命都操在这等大官员们的手里。

她信上写着:"我以贵妇人的同等地位,致书于夫人,因这缘故,我很欣幸利用这机会。"信的结末,她要求我母亲允许她来访问。

母亲因为决不下办法,样子似很不高兴。父亲又不在家,她没有人可以商量。对手是贵妇人,不答复是不可以的。但母亲难于决定怎样答才好。用法语答复觉得有些不配;俄语的缀字,又不是母亲所十分得意的,她自己明知这一点,所以不愿将自己的缺点暴露于他人。

因此母亲见我来了,非常欢喜,即刻吩咐我到公爵夫人那里去,用口信告诉她,母亲如果能力所及,随时都乐愿为她效劳,又邀她当日下午一点钟来访。

我的秘密的愿望不料这样急速地实现,使我又喜又惊。但我并不表露我心中所起的动乱。我就预备,回到自己房中,换上一条新的领带和新的燕尾服;我在家中还穿着短的上衣和挂下的领,我实在非常嫌恶这个。

四

我四肢带了一种不期的震颤而走进这小舍的狭窄而不整洁的正门的时候,遇见一个面如紫铜,眼小而丑如猪眼,且额及颧颥上有我所从未见过的极深极深的皱纹的,灰色头发的仆人。他手中捧一个盛着咬残的鲱鱼背骨的盘子,正在用他的足关闭通房间的门,突然叫道:"你有怎么干?"

“札西京公爵夫人在家么?”我问。

“服尼发谛!”一个聒耳的女声从里面叫出。

那仆人不作一声,背向了我,现出他的缀着孤零零的一粒带红色而有花纹的纽子的制服的极褴褛的背部。他把盘子放在地板上就去了。

“你警察署里去过了没有?”同样的女声又说。那老仆格格地在那里回答。

“啊……有客人来么?”我又听得这样说……“是邻家的小主人! 那么请他进来。”

“请进客堂来。”老仆又走出来,一面从地板上拾起盘子,一面对我这样说。

我抑住了感情,走进客堂去。

所谓客堂,是一间狭小而不甚清洁的房间,有几件粗陋的家具,草率地放置在那里。近窗口一只缺一个挡手的安乐椅上,坐着一位身穿旧的绿色的衣服,项中围着一个条纹的毛丝制的围巾,不戴帽而颜貌丑陋的,五十来岁的妇人。她的一双小眼像针一般盯着我。

我走上前去,对她鞠躬。

“这位是札西京公爵夫人么?”

“我正是札西京公爵夫人。你就是符先生的令郎么?”

“正是。我是母亲叫我传言来的。”

“请坐。服尼发谛,我的钥匙哪里去了,你看见么?”

我对公爵夫人陈述了母亲对她的信的答复。她一壁倾听我说,一壁用她的肥大而红的手指重重地叩击那玻璃窗,我讲完了,她又对我注视一番。

“那好极了,我准定来。”后来她这样说,“你真年轻啊! 请问你今年几岁了?"

"十六岁。"我不知甚么缘故格格不吐地回答。

夫人从囊中取出几枚写满字的油污的纸张来,一直提起到自己的鼻头前面——详细审视。

"真青年啊!"她把身体不绝地在椅子上变换方向,突然这样叫,"啊,你不要客气,尽管同在自己家里一样。我是不拘礼节的。"

"的确太不拘礼节了。"我心中这样想,一面细看夫人的不可爱的风采,发生一种不可抑制的恶感。

这时候另外一边的门忽然开了,门中立着我昨日在园中所见的少女。她举起一只手,脸上显出一种讥讽似的微笑。

"她是我的女儿。"夫人指着那少女说,"蕊娜契卡,他是邻家符先生的令郎。失礼了,请问你叫甚么名字?"

"符拉地米尔。"我立起身来回答,因为感情兴奋,语言支吾了。

"那么,你家的尊姓呢?"

"比得洛微契。"

"啊,我有一个相识的警察署长,也叫做符拉地米尔·比得洛微契。服尼发谛!不要找我的钥匙了,钥匙在我袋里。"

那少女依然作同样的微笑,微微地开合她的眼帘,又把头略倾在一边,注视着我。

"我以前曾经见过服尔第马尔君。"她开始说。(那银铃一般的声音,使我全身起一种甘美的战栗。)"你许我这样称呼你。好否?"

"好,就请……"我吃着口回答。

"你在哪里见过的?"夫人问她。

公主没有回答她母亲的问。

"此刻你有事么?"她不绝地注视着我,这样问我。

"没有事。"

"你来帮我卷毛线,好么? 请到我这儿——房里来。"

她点头招呼我,走出客堂去。我跟了她走。

我们如今走进的一间房间,用具比较的好些,且布置得较有趣味。其实当那时候,我对于无论何物都没有留意的余暇了。我仿佛在梦中行动,觉得全身充满着一种近于精神衰弱的,强烈的幸福的感觉。

公主坐下了,取出一绺红色的毛线来,教我坐在她的对面,仔细解开了那红毛线,把它放在我的两手中。在这时间她始终装着一种诙谐的沉思的态度,微开的唇上带着那种同样的鲜明而狡狯的微笑,默默不语。然后她把那毛线卷在一块弯曲的牌上,忽然她用非常鲜明而且活泼的眼向我一闪,使我不得不垂下我的两眼。她的平常半闭着的眼睛满满地张开了的时候,她的容貌完全变更,仿佛有一种光辉流泛在她的脸上。

"你昨天对我怎样想,服尔第马尔君?"略停了一回之后她这样问我,"大约你对我怀了不好的感想罢?"

"我……公主……我并不……哪里我可? ……"我狼狈地回答。

"我告诉你,"她又说,"你还没有理解我。我是一个奇怪的人,我常常欢喜听别人的真话。你,我刚才听得你说是十六岁,但我是二十一岁了,我比你年长得多,所以你应该常常对我说你的真话……又听从我的话。"她又说:"请你看着我的脸孔,为甚么不看我?"

我越发面红了,只得大了胆举起眼睛来看她。她微笑了,不是以前那种恶意的微笑,却换了一种满足的微笑。"看着我呀!"她温柔地放低她的声音,说道:"我不嫌你看我……我欢喜你的脸儿。我觉得我们可做朋友。但不知你欢喜我否?"她又狡猾地这样补足了说。

"公主……"我正想说话，被她的话拦阻了。

"第一件事，你应当呼我为蕊娜伊达·亚历山特洛符娜。第二件事，孩子们"——（她立刻又改正了说）"青年们——不把他们心中所想的事老实说出，是一种恶习气。大人方才可以如此。你是欢喜我的么？"

她这样自由地和我说话，我虽然非常欢喜，但心中仍有些懊恼。我想使她知道她的对手已不仅是一个孩子，于是竭力装出一种自然而庄严的神气来，说道："我确是非常欢喜你的，蕊娜伊达·亚历山特洛符娜君，我绝不想隐瞒。"

她摇着头，好像在沉思的样子。

"你有家庭教师么？"她突然地问我。

"没有，我早已没有家庭教师了。"

我说了一句谎话，其实我离开我的法国人还不到一个月。

"啊！是的——你早已是成人了。"

她轻轻地扣我的手。

"把你的手放直来！"

说着，她连忙卷她的毛线。

我乘她俯视的时候，偷看她的容颜，起初是胆小地看，后来就渐渐大胆地看。我觉得她的容颜比昨日初见时更加妖艳了，没有一处不婉美、玲珑，而且可爱。

她背了张白窗帘的窗子而坐着，日光通过了那窗帏而流入，在她的绒毛似的黄金色的卷曲的发上、纯洁的颈上、平坦的肩上和柔顺而平稳的胸上，映着一种柔和的美光。我注视她，她现在已经对我如何亲密而且接近啊！我似乎觉得同她相识已久了，又似乎觉得在同她相识以前，并不曾知道有甚么世间，也并不曾生活过……她穿着一件黑色的极随常的衣服和一条前褂,我觉得很想和这衣服及前褂的个个褶纹亲吻。她的小靴尖在她的裙子下面露出来,我很想用了崇敬的心念而拜倒在这靴下面……

"如今我坐在她的前面了,"我想,"我已同她相识了……唉,何等幸福!"

我大欢喜之下,不禁要从椅子上跳起来,但我不过微微地摆动我的两足,好像一个得着了糖果的小孩。

我欢喜得像鱼得了水一般,我但愿永远住在这房间中,永远不离去这地方。

她的眼帘慢慢地举起来,那明净的眼睛又温和地照着我,又微笑了。

"你这般地看我!"她缓缓地说,举起一个威严的手指。

我面红了……"她一切都晓得了,一切都觉察了。"这一念闪过我的心头,"她哪里会不晓得一切,不觉察一切呢?"

突然邻室中发生一种音响——军刀的磨击声。

"蕊娜!"公爵夫人在客堂中叫着,"比洛符左洛符带一只小猫来给你了。"

"小猫!"蕊娜伊达叫着,蓦地从椅子里立起身来,把毛线球抛在我的膝上,便走了出去。

我也起身,将那线绺和线球放在窗缘上,走出到客堂里,逡巡不决地立停了。在室的中央,蹲着一只张着爪的斑花小猫,蕊娜伊达俯伏在它的前面,正在仔细地托起它的小头来。在公爵夫人的旁边,而几乎填满了两窗之间的空地的,是一个有亚麻色的弯发、蔷薇色的颊和突出的眼睛的青年的骑兵。

"这小东西何等有趣!"蕊娜伊达正在说,"它的眼儿不是灰色的,倒是青的,那耳朵好长呀!谢谢你,费克尔咸·各费契君!你真亲切。"

那骑兵——我认得是我昨晚在公园中看见的四个少年中的一人——笑嘻嘻地鞠一个躬,他的靴铁和军刀的链条锵锵地擦响起来。

"昨天你说起要一只长耳朵的斑猫……所以我就把这个办到了。你的话我当作法令守着呢。"他说着又鞠躬。

那小猫轻轻地叫,又在地上嗅。

"饿了罢!"蕊娜伊达叫,"服尼发谛·索尼亚!拿些牛奶来。"

一个穿着一件旧的黄色的长衣,围着褪色的颈卷的婢女,拿了一盆牛奶进来,放在小猫的面前。那小猫飞跑过来,张着眼一看,就去舔食了。

"好一个蔷薇色的小舌头啊!"蕊娜伊达把头差不多贴在地上,从那小猫的鼻的下方斜窥,这样说。

那小猫一吃饱,喉头微微发出一种声音,又鼓动它的爪。蕊娜伊达立起身来,随随便便地向那婢女说道:"拿去。"

"为这小猫——请你的手。"那骑兵略耸动他的裹在一套装纽扣的新军服里面的壮健的身体,这样说。

"请把我的两手……"蕊娜伊达伸出两手给他。当他吻她的两手的时候,她隔着他的肩向我看着。

我像钉住一般直立原处,不晓得还是笑好,还是说甚么好,还是不作声好。忽然我从门外的走廊里看见我家的仆人富耀独尔。他正在对我招呼。我机械一般地走了出来。

"有什么事情?"我问他。

"你母亲差我来的。"他轻轻地说,"她在动怒,为了你不带回音转去。"

"嗄,我在这里长久了么?"

"一个多钟头了!"

"一个多钟头了!"我不知不觉地顺了他一遍,就走进客堂去,鞠躬告辞,把脚在地板上摩擦。

"你到哪里去?"公主从骑兵后面对我一看,这样问。

"我现在非归家不可了。"我说,又向了老夫人说,"夫人一准下午二时请过来?"

"准如你所说罢,好官人。"

公爵夫人忙着取出她的鼻烟匣子,大声地吸鼻烟,使我惊异得极。

"准如你所说罢。"她正在打嚏,流眼泪,重新对我说一句。

我又鞠躬,回转身来,走出室外,觉得背部带着一种年轻的人晓得背后有人看送他的时候所感到的,局踏不安的感觉。

"下次再来看我们,不要忘记,服尔第马尔君。"蕊娜伊达这样叫,她又笑了。

"她为甚么常常笑呢?"当富耀独尔带一种不满意的神气而默默地送我归家的时候,我这样想。到了家中,母亲责备我,且怪我在公爵夫人家有甚么事,要这样长久。我默默不答,就回到自己房间里。忽然心中觉得非常悲哀……我几乎要啼哭……我嫉妒那个骑兵。

五

公爵夫人如约来访我的母亲,使我的母亲感到了一个可嫌的印象。她们会面的时候我不在家,后来晚餐时光,听得母亲对父亲说起,这公爵夫人是一个"极卑俗的女子",她要母亲为他办赛尔给伊公爵的交涉,弄得母亲十分为难,又说她似乎关系着无数的讼案和事件——"卑陋的金钱上的事件"——所以她定是一个极讨厌的又好诉讼的人。但母亲又说她已经请公爵夫人和她的女儿明天晚上来我家共餐(听见了"女儿"两个字,我忙把鼻子藏在盆子里了),因为她毕竟是我们的邻人,而且是有爵位的人。

父亲听了,便对母亲说,他已记起这公爵夫人是谁。他说他小时候,曾经认识这已故的札西京公爵,他出身于上品人家,但天生是一个很轻薄又愚昧的人。因为他曾久居在巴黎,交际社会上给他取了一个绰号,叫做"巴黎子";又说他原是很富的,但为赌博丧尽了财产,此后又不知为了甚么理由,大概是为了金钱——父亲又冷笑一笑,先补足一句:其实就是为金钱,也不难选择一个较好的女子。——他和一个商人的女儿结了婚,结婚以后他又干投机事业,就全部破了产。

"她只要不说起借钱就好了。"母亲说。

"那一定可能的罢。"父亲慢慢地回答,"她会讲法语么?"

"讲得很不好。"

"哼,那倒也没有甚么关系,你说你也邀请她的女儿,有人对我说,她的女儿倒是一个极伶俐而且有教育的女子。"

"啊,那么不像她母亲。"

"也不像她的父亲,"父亲接着说,"他虽然受过教育,但是一个愚人。"

母亲叹息,陷入沉思。父亲不再说甚么,我在这场会话中,觉得很不愉快。

正餐后,我走到园中去,但不带枪。我自己立誓不再走近札西京家的庭边去,但一种不可抵抗的力把我拉近那边去,且这一去并不徒劳。

我刚才走到那短垣旁边,恰巧遇见蕊娜伊达。这回只有她一人。她手中拿着一册书,慢慢地沿了小路走来。她没有留意我。

我想让她过去了,忽然我又改变了心,咳嗽了一声。

她回转头来,但不立停,用一手掠开她的草帽上的阔青色的围带,看着了我,慢慢地微笑,又把眼俯看书上。

我脱了帽,踌躇了一回之后,心中怀着苦闷而走开了。"她当我甚么?"我心中(不知道为甚么缘故)用法兰西语这样想。

熟悉的足音在我后面响着,我回顾时,见我的父亲用他的轻快的步调,正在向我走来。

"这是那公爵家的女儿么?"他问我。

"是的。"

"嗄,你认识她的?"

"今天早晨我在公爵夫人家中看见她过的。"

父亲立停了,他的脚踵敏捷地旋转来,走了回去。

他走到蕊娜伊达面前,对她恭恭敬敬地行一个礼。她也对他行礼,面上现出惊奇的颜色,同时翻落了她的书。我看见她怎样地目送我的父亲。父亲的服装平常总是无瑕可指,简单而有他所独得的格调,但我觉得他的风采从来没有像今日那样优美,他的灰色的帽子,从来没有像今日那样恰好地戴在他的比年轻时并不薄了些的卷发上。

我向着了蕊娜伊达走去,但她并不看我,拾起了她的书就走了去。

六

这一夜和次日,我完全在一种颓丧而失感觉的状态中。我记得我曾想用功,拿侃达诺符的《世界历史》来读,但这有名的教科书的印刷很清楚的行和页,徒然地在我眼前经过。我将"球理亚斯·该撒以其战士的勇气而成名"的文句读了十遍,但一点也不懂得,终于把书抛弃了。正餐之前,我在发上再撒一回香水,又穿上了我的燕尾服和领带。

"你为甚么打扮得这样?"母亲问我。"你现在还不是一个大学生,你能不能通过你的入学试验,还未可知。且你的短上衣做得并不长久! 不可弃掉的!"

"恐防有客人来。"我差不多绝望地,格格不吐地回答。

"何等没道理的话! 有贵客来咧!"

我只得服从。脱去燕尾服,仍旧换上了短上衣,但不除去我的领带。

公爵夫人和她的女儿在正餐前三十分时光来了。这老夫人在昨日我已见过的青色外衣上,添上了一个黄色的肩挂,戴一个老式的装着火红色的围带的帽子。她开口就说她的经济困难,太息,愁诉她的贫乏,且要求帮助,但她的举止很不客气:照例大声地吸鼻烟,又照例自由地在椅子上偃仰转侧,好像全不顾着自己是一位公爵夫人。

反之,蕊娜伊达态度很严肃,又差不多高慢,处处见得是一位公爵家的公主。她的脸上有一种冷静的安定和威严,几乎使我不认识这是她的本来的容貌。她如今的微笑和斜睇,我也没有见过,然而这种新的样子,我也觉得非常美。她穿着一件有淡青色的花的轻的巴兰其纱的衣服;她的发挂下很长的云卷在颊上,作英吉利风,这式样十分适合于她的脸孔的冷淡的表情。

共餐的时候,父亲坐在她的旁边,他用他所独得的老练而镇定的殷勤的态度招待他的邻席。他时常对她看,她也对他看,但样子非常奇怪,差不多各怀敌意。他们的会话用法语。我曾记得,我非常惊叹蕊娜伊达的发音的正确。

公爵夫人在席上，与前一样地不拘礼节。她管自大嚼，且称赞肴馔的味美。母亲明明被她所困了，用一种倦怠而疏忽的态度对付她；父亲时常微微地皱眉头。母亲连蕊娜伊达也不欢喜。

"一个傲慢的泼婆，"次日母亲这样说，"你想她有甚么可以傲慢，装着那像 Grisette 的脸孔！"

"你也没有见过甚样叫做 Grisette 呢。"父亲对她说。

"幸而我没有见过！"

"幸而你，没有见过……那么你怎么提出她们来说呢？"

蕊娜伊达对我全同素不相识一样。会餐毕后，公爵夫人就起身来告辞。

"马利亚·尼古拉哀符那君和比屋托尔·伐西利契君，我全仗你们的亲切的照拂了。"她用一种悲哀的单调的语气对父亲和母亲说，"我如今全然没有办法！以前曾有好的日子，但是已经过去。如今我虽有这爵位，不过是一个贫乏的空名，没有可受用的实在了。"

父亲对她恭敬地行了礼，送她到厅堂的门口。我穿了短上衣立着，眼看着地板上，仿佛一个受了死刑宣告的人。蕊娜伊达对我的态度，完全使我心碎了。却不料当她走过我身边的时候，她的眼中忽然露出和从前一样的温柔的表情，急速地低声对我说：

"今夜八点钟到我们那儿来，听见了么？一准来……"

我但伸一伸我的手，她把白的肩巾一搭上项颈，早已走过去了。

七

八点整,我换上了燕尾服,将发在额上梳成一丛,走进公爵夫人所住的小屋中去。那老仆对我嫌恶似的一看,不愿意似的从他的凳上立起来。客堂里有一种欢喜的喧嚣声。我推门进去,吓得几乎退了出来。那室的中央,椅子上立着公爵的女儿,手里正拿着一顶男子的帽子,放在前面。椅的周围聚立着五六个男子。那女子拿帽子在他们的头上猛烈地摇动,男子们争把他们的手放进帽子里去。

那女子看见了我,叫道:"且慢,且慢,又来一客人了,也该给他一张入场券。"就轻轻地从椅子上跳下,拉住了我的衣袖。"到这儿来呀,"她说,"你为甚么立着不动?诸君,让我介绍这位客人:这位是服尔第马尔君,就是我们的邻家的儿子。这位是——"她又向着我说,为我顺次介绍她的客人,"马来符斯奇伯爵,这位是罗兴医生,这位是漫伊达诺符诗人,这位是退职大尉尼尔马次奇君,这位是骑兵官比洛符左洛符君,你所已认识的。我希望你们大家做好朋友。"

我非常慌张,连对他们行礼都不行。那罗兴医生,我认得就是前回在园中极残酷地弄得我羞耻的黑发男子,其余的人我都不认识。

"伯爵!"蕊娜伊达继续说,"请写一张券给服尔第马尔君。"

"这不行的,"伯爵用轻佻的波兰风的语气回答,他是一服装很时髦、面色浅黑的美男子,有表情的棕色眼睛,细小的白鼻,又有可爱的细胡髭在小小的口上,"因为这位先生没有和我们竞赌过。"

"这是不行的。"比洛符左洛符和那所谓退职大尉也异口同声地说。这大尉是四十来岁的男子,颜面上痘疮痕迹多得可嫌,头发弯曲像黑人一般,背脊隆起,两脚屈曲,穿着没有肩章纽子的军服,纽子也不扣上。

"我说要写一张给他。"公主又说,"你们为甚么这样地反抗? 服尔第马尔君是第一次来此,对他还不能用甚么规则。你们无须反对——写给他罢,我说要写给他。"

伯爵耸一耸肩,但柔顺地低了头,把笔拿在他的戴着指环的白手中,撕下一块纸,就写了。

"我们总应当把现在举行的事对服尔第马尔君说明一下,"罗兴用讥讽似的语调说,"否则他将完全输了。你知道么,青年,我们如今是竞赌? 这公主是给奖的,拈着好签的人,得着吻她的手的特权。我所说的你都明白了么?"

我但对他注视,依旧发痴似的直立着,这时候公主又跳上椅子,把那帽子摇动起来。男子们争向她拥挤过去,我挨在他们的后面。

"漫伊达诺符,"公主对一个有瘦削的颜面、小而润的眼睛和极长的黑发的长身少年人说,"你是诗人,应该豁达的,你的签让给服尔第马尔君,使他得了两次罢。"

但漫伊达诺符摇摇他的头,表示不愿意,振动他的发。别人都试过之后,轮值到我,我也把手一投伸进那帽子中,打开签来一看……呀! 当我看见"接吻"两字的时候,我心中不知怎么样了!

"接吻!"我不由地高声叫起来。

"好! 他赢着了,"公主急速地说,"我何等快活呵!"她从椅子上跳下来,对我非常明朗可爱地一看,使我的心狂跳。

"你欢喜么?"她问我。

"我? ……"我含糊地说。

"你的签卖给我罢,"比洛符左洛符突然在我耳边大叫,"我给你一百个卢布。"

我用极轻蔑的一看拒绝这骑兵,蕊娜伊达拍起手来,罗兴也叫道:"好呵! 好呵!"

"但是,我是这仪式的主宰者,"他又继续说,"故我有监督一切规则的履行的义务。服尔第马尔,你得跪下一膝。这是我们的规则。"

蕊娜伊达立在我面前,她的头略倾在一边,似乎要对我更详细地观看。她带着一种威严,伸出手给我。一阵朦胧的雾经过我的眼前,我想跪倒一膝,竟把两膝一齐跪下了,很不自然地接近我的唇到蕊娜伊达的指上,甚至被她的爪在我鼻端上微微地搔了一下。

"好了,好了!"罗兴叫了就扶我起来。

竞赌的游戏继续做下去。蕊娜伊达使我坐在她的身旁。她提议种种奇异的游戏! 内中有一次,她自己装作一个"立像",选那丑男子尼尔马次奇装作立像的台座,命他把身子弯成弓形,俯下他的头在自己的胸前。

笑声一刻也不停止。在我,一个从小生长在上品的贵族家庭的重门深院中的孩子看来,这种喧哗和骚乱,这种近于乱暴的放浪的欢乐,和这种对于素不相识的人的交际,但觉得心中如梦地摇荡。我头脑像酒醉一般地渐渐晕眩了。后来我竟会比别人更高声地说笑,使得那正在邻室里和从脱凡尔斯奇门招请来的某书记商谈事情的公爵夫人听见了,特地走进来看我。但我觉得非常快乐,对于甚么都不顾虑,就是他人的指点嘲笑,我也毫不介意了。

蕊娜伊达始终对我特别要好,常常教我住在她身边。在有一回游戏中,我须得与她并坐了,用一块丝帕将我们二人遮盖:我在这下面告诉她我的"秘密"。我曾记得我们两人的头忽然被包围在一种温暖、微明而芳香的黑暗中,在这黑暗中的她的眼的柔美而迫近的光辉,从她的张开的唇间吐出来的燃烧似的气息,她的皓齿的光辉,发的尖梢接触我的颜面,使我的感情像火一般燃烧起来。我默默不语。她狡猾地又神秘地微笑,最后轻轻地问我:

"唔,甚么秘密?"

我只是红了面,笑着,闭着气息转向他方。

我们对于竞赌已经疲倦了——又开始作一种绳的游戏。唉!当我不留心被她在指上猛打了一下的时候,我何等魂飞一般地欢喜,我后来又如何装出毫不介意的样子,她又如何戏弄我,不肯接触我伸出来的手!

我们那一晚做了种种的事!我们弹洋琴,唱歌,跳舞,效仿 gypsy 的营宿。尼尔马次奇被他们打扮做一只熊,使他饮盐水。马来符斯奇伯爵做出种种的骨牌游戏来,把骨牌推杂之后,做 whist 游戏,结果一切的牌归他自己,于是罗兴"有祝贺他的光荣"。漫伊达诺符背诵他所作的《杀人者》的诗数章(这时代是浪漫主义达于绝顶的时候),这诗是他打算用黑封面题血色的红字而出版的。他们又从书记的膝上偷取他的帽子,逼他做哥萨克跳舞,赎回他的帽子;他们使那老服尼发谛戴了妇人的帽子,公主戴了男子的帽子……我不能一一记忆当时所做的事情。只有比洛符左洛符颦蹙又愤怒,渐渐退缩到后面去……有时他的眼睛似乎要射出血来,他的面孔通红,他似乎常想向我们冲突过来,把我们同刨屑一般地蹴散,但公主时时对他举眼,对他摇手,于是他再退回本来的一角里。

后来大家十分疲倦了。就是那自称没有一事做不到且不怕骚扰的公爵夫人,到后来也疲倦起来,盼望静止与休息了。夜中十二时,办出晚餐来,有一片枯燥的干酪和几个包着切细的火腿的冷的馒头,然我觉得这比我以前所尝过的一切点心甘美得多。只有一瓶葡萄酒,且是很奇怪的一瓶：一个阔颈黑色的瓶，里面的酒作桃红色，但没有一人去喝它。疲倦了，又因过于欢乐而困乏了之后，我就离去这公爵家。临别的时候，蕊娜伊达殷勤地和我握手，又哑谜一般地微笑。

夜气沉重而润湿地接触我的火热的脸。雷雨似乎要来了，黑的雨云显著地变动其如烟的轮廓，渐渐地升起来，徐徐地横过天空。风在黑暗的树林中不绝地颤动，有一处辽远的地平线上，钝重的雷声愤怒地自言自语似的响着。

我由后面的扶梯走进我的房间中。我的老仆人躺在地板上熟睡了，我必须由他身上跨过，他醒来，看见了我，对我说，母亲今朝又为我动怒，又要着人来唤我，但被父亲阻止了。（我从来没有一次不向母亲道了晚安，又为她祝了福而就寝。然而今晚没有法子了！）

我对老仆人说，我自己会脱衣就寝的，就熄了蜡烛。但我并不脱衣，也不就寝。

我坐下在椅子上，坐了很久，似乎着了魔一般。我的感觉非常新鲜又非常甘美……我静静地坐着，几乎绝不回顾，也不移动，缓缓地呼吸，但有时对于一种回想悄悄地微笑，又或想起了我如今已落入恋爱，那女子是我的对手，这是真的恋爱，便浑身发冷。蕊娜伊达的颜貌在黑暗中常浮现到我眼前——浮现出来，便不消去。她的唇上依然表现着同样的哑谜的微笑，她的眼睛带着一种疑问的，如梦的，温柔的……恰如刚才和我分别的时候的表情，从侧面眺望我。

后来我立起身来，踮着脚趾走到床边，不脱衣服，轻轻地把头靠在枕上，似乎谨防突然的动作惊扰了充满在我的灵魂的那种东西……我躺下了，但并不闭眼。忽然觉得有一种微光不绝地照进房中来……我起来向窗外瞧视。那窗棂和那神秘而朦胧地发光着的窗玻璃，显然地可以辨别。

我想，这是雷雨了。这是真的雷雨了，但它咆哮在很远的地方，故雷声也听不到。只见微茫的，长的电光，犹似分枝一般地不绝地闪过天空。但这与其说是闪耀，不如说是像将死的鸟的翅膀一般地战栗又痉挛。

我就起床，走到窗边，在那里一直站到天明……那闪电一刻也不停止，这便是农民间所唤做"雀夜"的。我注视那好像随了每次的闪电而一齐震颤的默默的沙原、纳斯苛契尼公园的黑块和远处的房屋的微黄色的门面……我不绝地注视，不能离开那地方。这种默默的电光，这种闪烁，好像同我的胸中燃烧着的秘密的无声的情火相应和着。

天黎明了，天空现出块块的红云来。太阳渐渐近地平线来，电光渐渐淡起来，后来平静了。那闪耀的光辉也渐渐减少起来，后来湮没在那将到的白昼的正确的光明中而消灭了……我的情火的闪烁也消灭了。我觉得非常疲劳且安静……然而蕊娜伊达的幻影，依然得意似的浮现在我心头。但这幻影也好像比以前稳静：犹似一只方从池沼的芦苇中飞出来的白鹄，显著地被衬出在其周围的别的不美的物体中间，当我将睡着的时候，我心中充满了诀别的敬慕之念，把自己的身体抛投在它面前……

唉，甘美的情绪，温柔的和谐，柔和的心的善与和平，恋的最初的欢乐的至福，它们在哪里呢，它们在哪里呢？

八

次日早上，我下楼来吃早茶的时候，母亲责备我——但不如我所期望的厉害——且盘问我昨夜在哪里。我隐没了许多详细点，且处处装着极自然的样子,而简单地回答她。

"总而言之,他们不是善良人,"母亲对我解说,"你不准备你的大学试验,也不用功,而专在那里游荡,是不应该的。"

我已明知母亲关于我的课业的挂念只限于此数语,觉得无回答之必要,但早茶之后,父亲挽了我的臂,同我到园中去,强逼我告诉他我在札西京家中的所见。

父亲对我有一种不可思议的力,我们父子间的关系也甚不可思议。他差不多全不注意我的教育,又极少和我讲话,但他又决不伤害我的感情。他尊重我的自由,他待我——倘我不妨这样说——用一种礼貌……但他决不使我真个接近他。我爱他,我尊敬他,他是我的理想的男子——唉!我将怎样热情地倾向他,倘然我心中没有父亲常要远离我的意识!但当他高兴的时候,他差不多能将一句话或一个举动即刻唤起我对他的无限的信仰。我打开了我的心腹,对他说话,像对贤达的朋友或亲切的教师一样……忽然他舍弃我,又拒远我了,似乎温和且有爱情,然而他仍是拒远我了。

有时他非常高兴,就会和我一同玩耍,游戏,像一个孩子(他欢喜各种活泼的肉体运动)。有一次——这种机会是永没有第二次的!——他非常亲切地抚爱我,使我几乎流泪……但是这高兴和亲切忽然又一齐消灭得影迹全无,我们二人间的经过情形,竟像一个梦,使我无可系维将来的希望。有时我细审他的聪明秀美而且光明的颜面……我的心会战栗起来,我的全身倾向他了……他似乎觉察我心中所起的现象,顺手在我的颊上一抚,便走开去,或便做他的某种工作,又或立刻同冰一样地完全冷却,仿佛他是专会冷却的,于是我立刻退缩,也冷却了。

他对我的难得发作的爱情,决不是我对他的不言而可意会的恳愿所能唤起的,而往往不期地发作。后来我仔细考察父亲的性格,达到了这样一个结论:他对于我和家庭,是无暇顾虑的;他的心常向着别的事件,而且是对于别的事件觉得十分满足的。

"你自己能力所及的,尽管自己去做,决勿为他人所支配。要依从自己的意志——人生一切滋味都在这里了。"他有一天对我这样说。又有一次我装民主主义者的腔调,对他表示我对于"自由"的意见(我常说他这一天是"优待"我的,在这种时候,我可以自由自在地对他说话)。

"自由,"他回答,"你晓得甚么能给人自由?"

"甚么呢?"

"便是意志,自己的意志,它能给一种力,这力比自由更好。懂得了意志的用法,就可得到自由,也会支配了。"

我的父亲,对于生比甚么都要爱惜。……恐怕他是预觉他自己不能长久享人生的"味"的:他在四十二岁上就死去。

我把我昨夜在札西京家的一夜的光景细细地说与父亲听了。他坐在园中的椅子上,用他的杖在砂地上划来划去,似注意,又似不注意地倾听我。他时时微笑,时时举起明亮而滑稽似的眼来看我,且时时用琐细的质问和同意的表示来探我的话。我起初连蕊娜伊达的名字也说不出口,但后来耐不住了,我就开始赞美她。父亲依旧微笑,然后他沉思了,挺一挺腰,站了起来。

我记得他出门的时候,曾吩咐预备他的马。他是一个很高明的骑手,且有远胜于拉莱氏的,驾驭最恶的马的秘诀。

"父亲,我也同去好么?"我问。

"不要。"他回答,他的脸孔变成了他本来的和气而冷淡的态度,"你要去,独自去罢。给我对马夫说我不去了。"

"他背向了我,快步走了去。我目送他。他在门中消失了。但见他的帽子在低垣外移行,他走进札西京公爵家里去了。他在那里住了不过一小时光景,就出来,又向市中去,直到晚上归家。

正餐之后,我到札西京家去。只见公爵夫人独自在客堂中。她见了我,拿起一枝编物针来在帽子下面搔她的头发,突然问我可为她写一张诉愿书否。

"好的。"我坐下在椅子边上,回答她。

"只要留意把文字写大些。"她递一张油污的纸给我,说道,"不晓得你今天能写好否,先生?"

"可以,我今天写好是了。"

恰好邻室的门开出,我从门隙间看见蕊娜伊达的脸,苍白且带忧愁,她的发随便地抛在后面,她用大而冷的眼睛对我注视,轻轻地关上了门。

"蕊娜,蕊娜!"老夫人叫她。蕊娜伊达不答应。我拿了老夫人的诉愿书回家,费整个黄昏给她写。

九

我的"爱情"从这一天开始了。我记得当时感到一种像人们初就职务的时候所必须感到的滋味,即我现在已不仅是一个孩子,我是已经在恋爱了。我曾经说过,我的爱情是从这一天开始的;我又可补说一句,我的苦痛也是从这一天开始的;我离开了蕊娜伊达便焦虑,便万事不入我的心中,万事惹我的讨厌,接连数日地热烈地想念她……我离开了她,便焦虑……但在她面前这焦虑也毫不轻松一点。我嫉妒,我自恨我是一个不足取的孩子。我自己愚蠢地愤怒或卑陋自己,然而有一种不可抵抗的势力，将我拖近她去，我每次走进她的房间的门的时候，不能不感到一种欢喜的战栗。

蕊娜伊达立刻明白我是在对她恋爱了，其实我也决不——连想也不想——隐讳。她玩弄我的爱情，愚弄我，爱抚我又虐待我了。为别人的最大的欢喜与最大的苦痛的唯一源泉，与专制的又不负责任的原因，定是一件愉快的事，我已经像一块蜡在蕊娜伊达的手中。然而她的恋人，实在又不止我一个，凡访问这公爵家的人们，个个为了她而热狂，她把个个人当作奴隶一般地自由操纵。诱起他们的希望，再诱起他们的恐惧，又恣意玩弄他们（她常称这为"搀拢他们的头"），他们做梦也不想抵抗，个个热诚地服从她，这在她是快意的。

她的充满生命和美的全身，有一种由狡狯和疏忽，机巧和单纯，沉静和诙谐混合而成的独得的魔力。她的一切所说与所为，一切动作，有一种美妙的魅力，在这里面她所特有的力显著地活动着。她的颜面又时时变化，时时有作用，又差不多在同时现出一种讽刺、梦想、热情的表情。各种各样的情绪，像大风的晴空中的云影一般美妙而迅速变化，不绝地在她的唇和眼上相追逐。

凡崇拜她的人们，个个是她所需要的。比洛符左洛符，她常唤他做"我的猛兽"，有时单唤"我的"，他是为了她赴汤蹈火都乐愿的。他自信没有甚么智力和别种能力，所以常常在谈话中暗示其他的人们都不过是无意的缠扰而没有真正的愿望，而向她求婚。漫伊达诺符是适合于她的性格的诗人的一面的。他是类似一般作家的气质较冷静的人，他欲使她——或恐使他自己——相信他是同女神一般地崇拜她的，为她作极长的赞美诗，且用了一种又似做作又似真率的特别的热忱，读给她听。她给他同情，同时又略有嘲弄他的意思。她不甚信用他，每每听他罄诉了他的热情之后,便叫他朗吟普西金的诗,说用以"洗净空气"。

讽刺家又说话非常刻薄的医生罗兴,比别的无论哪一个都更理解她的性质,又最爱她,虽然在她当面或背后常常责备她。她不得不尊敬他,但也因此而虐待他,有时她用一种特别的恶意的慰安,使他觉得他自己也是在她势力之下的人。

"我是浮薄的人,冷酷的人,我天生是一个女优伶。"有一次她在我面前对他这样说,"很好,很好!把你的手给我。我将用这针来刺,你被这位少年看见了一定怕羞,刺了又一定很痛,但你不过一笑,你这老实人。"

罗兴红着脸转向他方,又咬他的唇,终于遵命伸出他的手来。她用针刺入,他果然笑了……她也笑着,把针刺得很深,又窥看他那徒然拼命转向别处去的眼……

蕊娜伊达和马来符斯奇伯爵的关系,我最不了解。他是一个聪明、秀美且多才的男子,但带些暧昧,又带些虚伪,就像我一个十六岁的孩子,也能分明看出,但蕊娜伊达却没有注意,我真觉得奇怪。大概实际注意到他这虚伪的点,但没有表示罢了。她的不规则的教育,奇怪的交游和习惯,母亲的常不在家,家庭的贫乏和紊乱,这少女享受自由以来的一切的事件,和她的在周围的人们中最为优秀的自觉:凡此种种原因,在她心中扩大成了一种半轻蔑的、疏忽的、傲岸的习风。所以在无论甚么时候,有无论甚么事件发生,例如服尼发谛说砂糖没有了,或者有甚么诽谤传到她的耳中了,或者她的客人们中起了口角了——她但摇一摇她的卷发,说道:"这有甚么要紧?"差不多全不介意。

但当我看见马来符斯奇走近她的身边,用一种狡猾的狐狸一般的态度,轻俊地靠在她的椅背上,带着一种自得的又谄媚的笑容,在她耳边唧唧喁喁地细语,她两手抱着胸窝,也带着微笑而专心注视他,摇她的头的时候,我便怒气直冲,全身的血沸腾起来。

"甚么原因诱致你欢喜马来符斯奇伯爵呢?"有一天我问她。

"他有那样可爱的胡须呢,"她回答,"但这是与你不同的。"

"你不必挂念我的欢喜他,"又有一次她对我这样说,"不,我决不会欢喜我眼下的人。我需要一个能够支配我的人……但是,谢谢天,我希望我决不要逢到那样的人! 我不愿受无论何人的支配,关于无论甚么事情。"

"那么,你决不会有爱的么?"

"你呢? 我不是爱你的么?"她说着,用指尖在我鼻上扣了一下。

不错! 蕊娜伊达是拿我来玩弄取乐了。我和她在这三星期内天天见面,她和我甚么事都一同做! 她难得到我们家里来,但这点我并不怪她,她一到我们家中就变了一个青年的贵女子,一个青年的公爵家的公主,使我觉得有些威吓。我深恐在母亲前面露出我的秘密,她非常嫌恶蕊娜伊达,常用敌意的眼看我们两人。父亲,我倒没有这样怕他,他似乎并不注意我。他难得对她谈话,但其谈话总用特殊的才智和有意义的说话。

我抛弃了用功和读书,连近郊散步和乘马也都停止了。我像一只被缚住了脚的甲虫,不绝地环绕着所爱的小舍而行动。我似乎情愿永远留在那里,从此不去……但这是不可能的事。母亲责备我,有时蕊娜伊达也催我回去。那时我就笼闭在自己房间里,或者走到园地的尽头,爬到那高的石造温室废址上,在面着道路的墙头上挂下两脚,接连几小时地坐着,只管向前方注视,但并不看甚么东西。白的蝴蝶在我旁边的积着灰尘的荨麻上懒洋洋地飞回;不避人的麻雀停在离我不远的半坏的红砖瓦堆上,不绝地扭尾,回转,又用嘴整理它的尾毛,焦灼似的鸣噪;我所未能信用的那老鸟,高高地坐在一株桦树的无叶的梢上,忽断忽续地啼眄;日光和风轻轻地掉动树的柔软的枝条;铜寺的钟声,时时幽静又寂寥地飘到我的耳边。这时候我默坐着,注视着,倾听着,胸中充满着一种包括悲哀、欢乐、未来的预想、生的欲求与恐怖等一切的不可名状的感想。但在那时候,我对于这种感想全不懂得,对于纷纷地在我心头经过的一切感想,都不能命名,或者只能把它们全体唤做一个名字——"蕊娜伊达"。

蕊娜伊达依然玩弄我。她和我戏狎,我就觉得异常焦灼又欢乐,于是她忽然又抛弃了我,使我不敢近她——连看都不敢看她。

我记得有一次,她接连好几天对我非常冷淡,我完全沮丧了,拘谨地悄悄地走到他们家里,不顾管老夫人正在怒骂又懊悔的环境,走过去亲近她。她的经济的事件遭逢失败,已经和警察厅办了二次"解判"。

有一天,我正在园中的驯染的低垣外散步,看见了蕊娜伊达。她支着两臂,坐在草地上,一动也不动。我想悄悄地走开了,忽然她抬起头来,严重地招呼我过去。

我心慌了,起初不懂她的意思,她又招呼我,我连忙跳过那短垣,欢喜地跑到她身边,她用眼色命我止步,使我立在离开她两步光景的小径上。我狼狈得很,不晓得怎样才好,我就跪在小径的边上了。她的面色十分苍白,非常苦痛的烦闷,非常剧烈的疲劳,在她的面上处处表现着,使我心中非常难过。我口中不由地说出:"你为甚么呀?"

蕊娜伊达伸出手来,摘一片草叶,在口中咬了一回,又抛弃了。

"你是十分爱我的罢?"后来她说,"是的罢。"

我不回答——其实这时候哪有回答的必要呢?

"是的。"她与前一样地看着我,又说一遍。"是的,同样的眼。"——她又继续说,她沉思了,藏她的脸在两手中。"我对于一切都厌烦了,"她低声地说,"我悔不最初就到世界的彼端去——我不耐忍受了,我不能克制这个了……我的前途还有甚么呢!……唉,我真不幸呵……天,我何等不幸呵!"

"为甚么呀?"我胆小地问她。

蕊娜伊达并不回答,但略耸她的肩。我依然跪着,怀着极深的悲哀而看着她。她所说的话,个个字刺入我的胸中。在这时候,只要能除去她的悲哀,便教我舍弃我的生命,也极情愿。我注视她——虽然我不能知道她为甚么而不幸,但是她受了不堪的苦恼而忽然跑到这园中,像被大镰杀倒一般地奄伏在地上的光景,明明白白地描出在我的脑中。

她的周围完全明亮而青绿。风在木叶间微啸,时时把黑莓丛里的一根长枝摇曳过她的头上。又有鸠的鸣声,蜜蜂低飞在疏朗朗的草地上,嗡嗡地闹着。头上有光明的太阳照在碧蓝的天空中——而我却非常地悲哀……

"吟些诗给我听听罢,"她低声地说,用臂支住了她的身体,"我欢喜听你吟诗。你的吟声很单调,但这是不妨的,这是因为你年轻的缘故。你把《登乔尔其亚峰》的诗吟给我听罢。先坐下了。"

我坐下了,吟《登乔尔其亚峰》的诗。

"'人的心不许没有恋爱,'"蕊娜伊达和了我一句,"可见诗是很美的;诗所歌咏的是没有的事,但没有的事不但比有的事更好,且更近于真理,'不许没有恋爱'——这便是虽欲没有,却不得不有。"

她又沉默了,突然立起身来,说:

"来,漫伊达诺符正在母亲那里,他带他的诗来给我,我却背弃了他。他现在一定很不高兴了……但我也没有法子!将来你总有一天可以晓得这一切……但请你不要恨我!"

　　蕊娜伊达急忙地握我的手,就在前面跑了。我们回到屋里。漫伊达诺符开始把他的新出版的诗《杀人者》读给我们听,但我并不听他。他朗诵又低吟他的四脚短长格的诗,那交互的韵律骚乱而无意味,好像小的铃声一般地鸣响,当时我依旧看着蕊娜伊达,仔细推究她的最后的几句话的意义。

　　　　也许有一个秘密的敌手,

　　　　惊吓了又征服了你么?

　　漫伊达诺符忽然用鼻声读出这两句来——我的视线与蕊娜伊达的相交。她把眼俯下,微微地面红。我见她面红了,恐怖得全身发冷。我以前常留心防备她有恋爱,但到了这瞬间,心中方始浮出她已在恋爱了的念头。

　　"唉! 蕊娜伊达已在恋爱了!"

十

　　我的真的苦恼,从这时候开始。我榨压我的脑浆,改变我的思想,再改变它,使它复原,不断地,但又竭力地对蕊娜伊达作秘密的窥察。她如今明明是完全一变了。她如今常常独自散步——长的散步。有时不要见客,接连几小时地坐在房中。这是她向来绝对没有的习惯。我忽然变成——或想像我已变成——非常明察了。

　　"恐怕是这个人罢? 或是那个人罢?"我内心焦灼地把她的崇拜者一个个地猜过来,自己问自己。马来符斯奇伯爵,在我的内心中似乎比别人更加非防备不可，但是为了蕊娜伊达的缘故，我自己认定这种见解，觉得很羞耻。

　　然而我的秘密的守备的眼没有看到我的鼻尖以外，而我这秘密似乎瞒不过无论何人，所以罗兴医生不久就看出我了。但他近来也变更了态度。他的身体瘦了，他与前同样地笑，但这笑似乎更空虚、更恶意而短促了，一种无意识的神经质的焦虑，代替了他以前的轻快的讽刺和果敢的嘲骂。

　　"你为甚么不断地攒在这里呢，少年人呵？"有一天只剩我们两人留在札西京家的客间中的时候他对我这样说。（这时候公主散步没有回来，里面有老夫人的尖锐的声音，她正在骂使女。）"你应该读书，用功——当你年轻的时候——现在你在干甚么？"

　　"你不能知道我在家里是否用功。"我带些傲慢的态度，但同时又带些踌躇的态度而回答。

　　"你是很用功的！恐怕这不是你的真心的话罢！我并不是怪你……因为照你的年纪，这原是应有的事。但你也算不幸之极而选了这个目的。你晓得这里是甚么样的人家？"

　　"我不懂你的话。"我说。

　　"你不懂？那你更不行了。我是想对你尽警告的义务的。像我这样一个老鳏夫，不妨来这里，有甚么害处能及于我们身上呢！我们的心肠已经坚硬了，没有东西能伤我们，有甚么害处能及于我们身上呢。但是你的皮肤还嫩——这人家的空气有害于你——真的呢，你总要受这空气的伤害咧。"

　　"为甚么呢？"

　　"唵，你如今是一个健全的人么？是普通的康健状态的人么？那么你现在心中所想的事——是造福你自己的么——是于你有益的么?"

"唔,我在想甚么?"我说,但我心中晓得这医生的话是不错的。

"唉!少年人呀,少年人呀,"医生用一种暗示这两句话里含有对于我的非常的侮辱的音调而继续说道,"唉,你心中的想念都表现在你的脸上,你只管遁词有甚么用? 但是,这种议论是不相干的。我也不会到这里来,倘然……(医生咬紧他的唇)……倘然我不是这样奇怪的人。不过我所怪者,像你这样的聪明的少年人,怎么会不懂得自己的环境中所起的情形?"

"起的甚么情形?"我立刻被引起了注意,插口问他。

医生用一种讽刺的怜悯的眼光对我一看。

"哎哟!"他像对自己说一般,"他竟像一些也不晓得的。我再告诉你罢,"他提高了声音,又说,"这里的空气是不利于你的。你欢喜住在这里,是甚么用意! 温室里边虽然清洁又芳香,但是不适于居人的。真的呢! 我劝你听我的话,回到你的教科书中去罢。"

老夫人进来了,开始把她的牙痛病告诉这医生。后来蕊娜伊达也来了。

"唅!"老夫人叫道,"医生,请你骂这女儿一顿。她一天到晚在饮冰水。这样纤弱的胸窝,那里不要吃坏呢?"

"你为甚么这样?"罗兴问她。

"唔,这有甚么妨害呢?"

"甚么妨害? 你得了寒病,要死也未可知呢。"

"真的? 真果这样的么? 好呵! ——这样最好了。"

"真好见解!"医生自言自语地说。

老夫人早已出去了。

"是的,确是好见解。"蕊娜伊达顺着说,"生在这世间是这样幸福的事么? 请看你的环境……是不是幸福的? 或者你以为我对于这个全然不懂得,又不觉得么? 我饮冰水,便得到快乐。你能够确定拿我这样的生命来博得一时的快乐是不合算的么? ——所谓幸福,我连谈都不要谈起它。"

"啊,好极了!"罗兴回答,"容易变化与不负责任……这两句话总括了你,你的性质全部被包含在这两句话中。"

蕊娜伊达神经质地笑了。

"先生,你的思想已经陈腐了。你对于事物不用正当的眼光来看,你已经是时代落伍的人了。请你戴起眼镜来。我现在并没有好变的脾气了。我玩弄你们,又玩弄我自己……因为这是很有趣的缘故! ——讲到不负责任呢……服尔第马尔君,"蕊娜伊达忽然顿她的足,对着我说,"不要装这样阴郁的脸孔。我最不欢喜受人怜悯。"她快步走出室去。

"少年人呀,这于你有害的,很有害的,这种空气。"罗兴又对我说。

十一

这一天的晚上,照例的几个客人又齐集在札西京家中了。我也在其中。

会话谈到漫伊达诺符的诗。蕊娜伊达对它表示真心地赞美。

"但是你看如何?"她对他说。"倘使我是诗人,我定要选择十分奇异的主题。这大概都是没有甚么意思的,但我的头脑中常常浮出奇妙的思想来,尤其是当那黎明时候,天空同时变出蔷薇色和灰色,而我微醒的时候。譬如我要……你们不笑我么?"

"不笑不笑!"我们同声地叫。

"我要描写,"她把两臂交叉在胸窝上,眼睛看着别处,继续说道,"一大群少女,在夜里坐了一艘大船,浮在一片静寂的江上。月亮照在空中,她们大家穿白色的衣服,戴白花结成的花冠,一齐唱歌,唱的是圣歌一类的歌。"

"唔——唔,再呢?"漫伊达诺符装出梦中一般的有意味的样子而答应。

"蓦地江边起了一片叫声,笑声,火炬,鼓声……这是一队正在唱歌又呐喊而跳舞的罢康脱女神。诗人,这描写是你的工作了……不过我欢喜写得这火炬很红,放出许多烟来,罢康脱女神们的眼睛都在她们的花圈下面放光辉,花圈都变成薄暗色。又不要忘记描写那虎皮、连台的杯子和黄金——许多黄金……"

"这黄金须放在甚么地方呢?"漫伊达诺符掠他的光泽的头发,涨一涨他的鼻孔这样问。

"甚么地方? 她们的肩上、臂上和脚上——任凭甚么地方。听说古时的妇人脚上戴金环的。罢康脱招呼船中的少女们。少女们停止了唱歌——她们已经不能再唱下去了,但她们并不动,江水漂她们近岸边来。忽然其中有一人徐徐地立起来……这里你要描得好:她如何在月光中徐徐地立起来,她的同伴如何恐怖……她跨出了船,罢康脱们围住了她,夺了她到夜和黑暗中去了……这里要描出像云一般的烟气和一切混乱的情形。只听得罢康脱们的尖锐的呐喊声。少女的白花冠遗留在江岸上。"

说到了这里,蕊娜伊达停止了。("唉! 她已在恋爱了!"我又这样想。)

"就此完结了么?"漫伊达诺符问。

"完结了。"

"这不能为一首完全的诗的题材,"他昂然地说,"但我要利用你的意思来做一首未完成的抒情诗。"

"浪漫主义风的么?"马来符斯奇问。

"当然,浪漫主义风的——拜伦风的。"

"哙,依我看来,拜伦不及许戈,"那少年的伯爵随意地说,"许戈的更加有趣。"

"许戈是第一流的作家。"漫伊达诺符回答,"我有一个朋友叫做通可喜符的,他在所作的西班牙语小说《哀尔·脱洛伐独尔》中……"

"哙! 就是那疑问符号倒置的书么?"蕊娜伊达打断了他的话。

"是的,这是西班牙人的习惯。我说那通可喜符……"

"哙,你们又要讲甚么古典主义和浪漫主义了。"蕊娜伊达又打断了他,"我们还是玩玩罢。……"

"竞赌游戏?"罗兴接口说。

"竞赌游戏厌烦了,我们还是来比方事物吧。"(这是蕊娜伊达自己发明的游戏。说出一件事物来,各人想出别的一件事物来比方它,比方得最适当的人得褒奖。)

她走近窗边。那时太阳正在落山,天空的高处挂着大块的红云。

"这云像甚么?"蕊娜伊达问。她不待我们的回答,又说:"我想这正像那克莱奥派脱拉女王乘了去会见昂多尼的黄金船的紫帆。漫伊达诺符君,你记得么,你不多时以前讲这段故事给我听的?"

我们大家皆以为那云比紫帆,最为适切,没有一个人能发现一件更适切的东西了。

"昂多尼多少年纪了?"蕊娜伊达问。

"总是一个少年人罢。"马来符斯奇回答。

"是的,一个少年人。"漫伊达诺符十分肯定地确证。

"对不起,"罗兴叫道,"他是四十多岁的人了。"

"四十多岁了。"蕊娜伊达敏捷地对他一看,反复了这一句……

后来我不久就回家。"她已在恋爱了。"我无意地反复地说……"但是对哪一个呢?"

十二

好几天过去了。蕊娜伊达的样子愈加奇怪,愈加使人不解了。有一天我去看她,见她正坐在藤椅上,她的头靠在桌子的锐的边上。她立起身来……满面都是眼泪。

"啊,你!"她带一种残酷的微笑对我说,"你走过来。"

我就走近她去。她把手放在我的头上,忽然攫住我的发,开始拉拔。

"这样我痛的呢!"我叫了。

"唉! 你痛的? 你以为我是一点不痛么?"她回答。

"啊?"她看见她已把我的发拔脱了一丛,突然叫出。

"你怎么样了? 可怜的服尔第马尔君!"

她仔细地抚弄这拔下来的头发,卷在她的手指上,把它变成一个指环。

"我将把你的头发放在一只小金匣里,又挂在我的颈上,"她说的时候眼泪还在眶中发光,"这样,也许对你可有几分的安慰罢……现在我们且暂别了。"

　　我回家,晓得家中发生了一件不快的事。母亲与父亲曾起口角,她为了某事责备他,他呢,照他本来的习惯,守着温和而冷静的沉默,不久就离开了她,我不能听见母亲所说的是甚么事,但实在我也没有顾虑的余裕。我但记得那场口角经过之后,母亲叫我到她房中,大为不快地责备我的常到她所称为"无所不为的女子"的公爵夫人家去。我吻她的手(这是我要打断会话时所惯做的事),就回到自己房中。蕊娜伊达的眼泪全部挫折了我,我全然不晓得怎样想好,几乎我哭出来了。我到底还是一个孩子,虽然年纪已经十六岁了。

　　我自今不再注意马来符斯奇了,虽然比洛符左洛符的样子一天一天地可怕起来,像狼对羊一般地注目这狡猾的伯爵。我从此甚么事也不想,甚么人也不想了。我没头于梦想中,常常追求隐遁和孤独。我特别欢喜那颓废的温室。我常常爬到那温室的高墙上,坐在那里,这样不幸,这样寂寥,这样忧郁的一个青年,使我自己也觉得悲伤——同时又觉得这种悲哀的感觉何等地慰藉我,我何等沉浸在其中!……

　　有一天,我正坐在这高墙上,向远方闲眺,又静听寺院的钟声……忽然觉得有一种事物飘过来——不是风的呼吸,也不是树的震颤,但觉得飘过一阵香气来——似乎是有人走近来的样子……我望下一看。在下面的小径上,穿着淡灰色的上衣,肩着一把桃花色的阳伞的蕊娜伊达,正在急忙地走来。她看见了我,立停了,掠开她的草帽上的缘带,举起她的天鹅绒似的眼睛来对我看。

　　"你坐在这样高的地方做甚么?"她带着一种稍奇怪的笑容问我。"哈,"她又说,"你常常说你是爱我的,倘使你真果爱我,向我跳下到这路上来。"

　　蕊娜伊达的话没有说完,仿佛有人在我后面猛力地一推,我就飞了下来。这墙大约有十四尺高。我跳下来是脚着地的，但这一跌很是厉害，竟使我站不起来；我倒在地上，一时晕去。当我醒来，还没有张开眼睛的时候，我觉得蕊娜伊达在我身边。

"可爱的孩儿啊，"她弯下身子说着，作一种惊恐的温柔的声调，"你怎么竟这样了，你怎么竟照我的话做了呢？……我是爱你的……起来罢。"

她的胸窝在我身边鼓动着，她用两手抚我的头，忽然——这时候我的感觉不知怎么样了——她的柔软而新鲜的唇覆在我的面上……接触了我的唇……我的眼睛虽然还闭着，但蕊娜伊达看了我的面色的表情，晓得我已经复原了，她立刻站起身来说道：

"起来罢，痴孩儿，为甚么躺在这灰尘里？"

我坐起了。

"我的阳伞呢？"她说，"我不知丢在哪里了，你不要这样地对我看……这是何等的痴态！你没有受伤么？不要被荨麻刺伤了？不要对我看了，我对你说……唉，他不懂的，他不回答我的。"她似乎对自己说一般……"回家去罢，服尔第马尔君，回去洗刷这灰尘，不要跟我来，否则我要动气，不再……"

她没有说完，就急急地走了，我正坐在路旁……我的两腿不肯教我站起来。荨麻刺伤了我的手，我的背脊疼痛，我的头目晕眩，但我这次所经验的快感，在我的全生涯中决不再来了。这在我的全身中变成了一种甘美的痛，最后又表现于外部，变成欢乐的跳跃和欢呼。我原来还是一个孩子。

十三

　　这一天我终日非常得意而且轻松,蕊娜伊达和我接吻的感觉,非常明了地保留在我的脸上,我带了一种欢喜的战栗而回想她所说的每句的话,我贪享我这意外的幸福,觉得实在怕见,又实在不愿见使我起这种新的感觉的她。我似乎觉得,现在我对于运命之神可以不再有所要求,现在我可以"抽了一口最后的深呼吸而死了"。

　　但到了次日,当我走进那小屋去的时候,我觉得非常局踏不安,我竭力装出一种同那要使人明白他是懂得守藏秘密的人相像的,稳重自信的样子,以遮蔽这一点。蕊娜伊达对待我极冷淡,并没有甚么热情,她但向我挥她的指问我身上可没有跌青的斑点。我的一切的稳重自信与秘密的态度,一刹那间都消失了,那局踏不安的感觉也一同消失了。我此来本无甚么特别的预期,可是蕊娜伊达对我这种冷淡的态度好像一桶冷水浇了我的全身。我知道我在她眼中不过是一个孩子,心中感到极度的悲伤! 蕊娜伊达在室中走来走去,每逢和我视线相交,她就对我短促地一笑,但是她的心远在别的地方,这是我所明明看出的……

　　"我要不要提起昨日的事呢?"我心中这样考虑着,"问她,她昨天这样急急忙忙地到哪里去? 这定要问她出来。"……但是我终于不过作一种绝望的态度而坐在壁角里。

　　比洛符左洛符进来了,我见了他觉得很安慰。

　　"我没有能给你找到一匹温良的马,"他用一种不快的音调说,"弗拉哀搭格推荐一匹,但我恐防靠不住,我恐怕……"

　　"恐怕甚么?"蕊娜伊达说,"可告诉我么?"

"我恐怕甚么？因为你是不懂骑马术的。难保不发生了甚么故障！甚么好变心又使得你这样性急？"

"这是我的意愿,野兽君。那么,我问壁奥德尔·伐西利哀微契便是了……"(我的父亲的名字是壁奥德尔·伐西利哀微契。她说这个名字非常轻松而且自然,似乎她是确信这人无论何时都预备为她效劳的,我听了觉得非常惊奇。)

"哦,对了,"比洛符左洛符回答,"你打算同他一道去乘马么？"

"同他或同别人,不干你事,但无论如何不同你去。"

"不同我去。"比洛符左洛符顺她一句。"悉听尊意。我总归为你办到一匹马是了。"

"好的,不过我要关照你,不要拉一匹老马来。我是要骑了快跑的。"

"一定可以快跑……是哪一个,马来符斯奇么,同你去跑马的？"

"就是同他,有甚么不可,你这闹事先生？好,不要噪了,"她又说,"不要对我这样看。我也带你去罢。你一定晓得,我现在想起了马来符斯奇,真是讨厌！"

她说过,摇一摇头。

"你是用这话来安慰我。"比洛符左洛符愤愤地说。

蕊娜伊达半闭了她的眼。

"这安慰了你么？嗄……嗄……嗄……闹事先生！"最后她这样说,似乎没有别的话可对他讲了。"你呢,服尔第马尔君,你也要和我们同去么？"

"我不欢喜……同着许多人。"我并不举起眼来,恨恨地说。

"你欢喜'密谈'的么？……好,'自由者给予自由,圣僧给予天国'。"她说着,叹一口气。"去罢,比洛符左洛符,出一点力,我明天一定要一匹马的。"

"啊,哪里来这笔钱呢?"老夫人插口说。

蕊娜伊达颦了眉头。

"我不会向母亲要的。比洛符左洛符君能信用我。"

"他能信用你,他?……"老夫人念着,突然用她的极高的声音叫道,"杜尼亚喜加!"

"母亲,我曾经给你一个叫人铃呢。"蕊娜伊达说。

"杜尼亚喜加!"老夫人又叫。

比洛符左洛符告辞了,我也与他一同出去。蕊娜伊达并不留我。

十四

次日,我一早起来,自己用木头斩成一根杖,拿了到郊外去散步了。我想,我可用散步来遣愁。这一天天气甚佳,晴朗而并不太热,新鲜而爽快的微风带着适度的呼啸和舞荡,在地面上徘徊,吹得一切物事都颤动,却并不骚乱。我上小丘,穿林木,盘桓了许久。我不曾感到幸福,我出门的时候打算投身于忧郁中的,但是那青春,那清丽的天气,新鲜的空气,畅游的愉快,卧在那寂寥的地角的青草地上休憩时的甘美,倒在我的心中占了胜利。那永远不能忘却的话与接吻的回想,又自行浮起在我的灵魂中了。

我想起了蕊娜伊达对于我的果敢与刚勇决不会没有正当的报酬,心中觉得非常愉快……"别的人,也许在她看来比我更好。"我默想,"听他们罢!然他们不过说说愿做什么而已,我却真果实行了。我为了她,还有甚么事不愿做呢!"

　　我深入于空想了。我便想像我如何从敌人手里救出她;我将如何全身涂了血而拼命地从牢狱中救出她,而死在她的脚下。我想起了我们客堂中挂着的一幅画——马来克亚特尔救出马谛尔达之图——但这时候我的注意忽然被一只斑纹的啄木鸟占夺了去。这鸟急急忙忙地爬上一株桦树的细枝,从枝的后面不安心似的伸出头来探望,忽而向右,忽而向左,好像立在低音四弦琴后面的一个音乐家。

　　于是我唱《不是白雪》的歌,唱完之后,又唱当时有名的歌《浩荡西风时节,我望君》,然后我又朗诵霍美约可符的悲剧中的伊尔马克和星的对话,我又自己试做一篇感伤的诗,安排每节用"唉,蕊娜伊达,蕊娜伊达!"来结尾,但没有继续做成。

　　时候已近午餐光景了。我走下到谷间,这里有一条沙泥的小路,蜿蜒地通到市里。我沿了这小路走……听见背后有得得的马蹄声。我无意中回头一看,立停了脚,脱了帽。我看见父亲和蕊娜伊达。他们正在并马而来。父亲把手支在马头上,微笑着,倾身向右面,正在对她说话。蕊娜伊达默默地倾听他,她的眼睛严肃地挂下,她的嘴唇紧紧闭着。

　　起初我只看见他们两人,稍迟一回,比洛符左洛符也从树间的路的弯角上出现,他穿着骑兵的制服,外面披一件毛皮的短上衣,跨一头热腾腾的黑马。这勇壮的马昂着首,鼻鸣,又向左右跳跃,它的骑者立刻拉住了它,拨它前进。我立在旁边。看见父亲拉着缰绳,离开了蕊娜伊达,她慢慢地举起眼来向着他,一同跑了去……比洛符左洛符背后响着军刀的声音,飞一般地追从他们。

　　"他的脸红得像蟹一般,"我回想,"她却……她的面色为什么这样苍白? 跑了一早晨马,面色苍白了?"

　　我两步并作一步,跑回家中,恰好正餐时候。父亲早已更衣,洗手,坐在母亲的椅子旁边,从容地预备用午餐了。他正在用他的圆滑的音乐的声调诵读《乔尔那·特·特罢》新闻纸中的一节,但母亲并不注意听他,她看见了我,便问我整天在甚么地方,又说她不喜欢我只管流连在不晓得的地方,和不晓得的人做伴。

“我是独自去散步的。”我正想这样回答,我对父亲一看,不知为甚么缘故,又不说了。

十五

此后五六日间,我差不多完全不见蕊娜伊达,她说她有病,但并不谢绝常来访问这小舍的——他们所谓来尽他们职务的——客人,只有不得供献热诚的机会就立刻懊丧而翻脸的漫伊达诺符不来。比洛符左洛符满胸缀着纽扣,红着脸,阴沉沉地坐在壁角里。马来符斯奇的贵公子风的脸上不绝地浮出一种恶意的微笑。他确已遭了蕊娜伊达的嫌恶,故特别殷勤地奉承老夫人,甚至陪了她坐马车到总督署去。但这回的远行又终于失败,竟使马来符斯奇因此遭逢不快的经验。他又被人揭发了关系于某工兵官的丑闻,不得不在他的辩解中自认当时的年幼无知。

罗兴每天来两次,但不久留。我自从那一天和他争论之后,有些怕他,但同时又觉得对他有一种真正的敬爱。他有一天和我在纳斯苛契尼公园中散步,我觉得他是天性极好而可爱的人。他告诉我各种花草的名称与特性,突然之间,并无甚么动机,他自己叩他的额,叫道:

“唉,我真愚笨,我只当她是一个轻佻的女子! 自己牺牲在有的人确是引为甘美的!”

“你这话是甚么意思?”我问他。

"我不是对你讲话。"罗兴突然回答。

蕊娜伊达避去我,我在座——我不得不注意这一点——便使她不快。她常常无意识地避开我……无意识地。这实在使我非常苦痛,这实在是挫击我的! 但也无可奈何,我留心不接近她的身旁,只是远远地守视她,然而往往不能如意。她又同从前一样地变出一种不可解的样子,她的颜貌变更,她的全身都变更了。

有一个温暖而闲静的晚上,她所起的变化,最使我感动。我正坐在园中一株枝叶繁茂的接骨木下面的低矮的户外椅子上,我欢喜这块地方;我可从这里望见蕊娜伊达的房间的窗。我坐着,在我的头上,有一只小鸟正在树叶的黑暗中匆忙地跳跃,一只灰色的猫,极度地伸长它的身子打一个欠伸,用心地在园中巡行,初生的甲虫,在虽不明亮而仍可看得清楚的空中嗡嗡地飞鸣着。

我坐着,注视那窗,看它开出来否。窗果然开了,蕊娜伊达现出在窗口。她穿着白的衣服,她的全身,她的颜面,她的肩,她的臂,都同雪一样青白。她立着好久不移动,从她的颦蹙的眉下一直向前面注看。我从来没曾见过她这种样子。然后她紧紧地合拢她的两手,提起到唇边,到额上,忽然她又分开她的手指,把头发掠向耳后,又把它振一振,带着一种决心的态度点一点头,碰上了窗子。

三天之后,她在园中遇见我。我想走开,她却唤住了我。

"把你的腕给我,"她用从前的温情的态度对我说,"我们长久不聚谈了。"

我偷看她一眼。她的眼中充满着一种柔软的光辉,她的脸孔似乎隔着一层雾而在那里微笑。

"你身体还没有好么?"我问她。

"不,现在完全好了。"她回答了以后,摘取一朵小而红的蔷薇花。"不过略有些疲倦,但这也就可复原的。"

"那么,你可以再变成从前的样子么?"我问。

蕊娜伊达拿起那蔷薇花到她脸上,我记得那花的明亮的瓣的反影正落在她的颊上。

"呀,我岂曾变过了么?"她质问我。

"是的,你已变过了。"我用低的声音回答。

"我晓得,我曾经冷淡你,"她说,"但你不可介意……我是不得已的……唅,不要讲这等事了!"

"你不要我爱你,定是这样的!"我不知不觉地愤慨起来,用阴惨的声调说。

"哪里?请你爱我,但不要像从前的样子。"

"那么怎样呢?"

"我们做朋友罢——唅!"蕊娜伊达拿那蔷薇花给我嗅。

"我对你说,我比你年长得多——我真可做你的叔母,不,不是叔母,你的年长的姊姊。你呢……"

"你当我一个孩子。"我打断了她的话。

"是的,一个孩子,但是一个可爱的、温良而聪明的孩子,是我所最爱的。我告诉你:从今日起,我给你我的侍僮的爵位。你不要忘记,侍僮们须得常常接近他们的女主人。这是你的新的爵位的表征,"她把那蔷薇花插在我的短上衣的纽孔里,又说,"我的宠爱的表征。"

"我曾经受过你别的宠爱。"我吃吃地说。

"啊!"她斜眼对我一看,说道,"他记性真好! 好,我正要给你……"她弯身向我,在我额上亲一个纯洁而平稳的吻。

　　我但对她看,这时候她已离开我,对我说道:"跟我来,我的侍僮!"就走进那小屋里去了。我跟她进去——我完全发呆了。

　　"这温雅而聪慧的女子,"我想,"就是我所见惯的蕊娜伊达么?"我记得这时候她的步行的态度比前更加端详,她的全身比前更加威风而优美了……然而,哎呀! 恋爱又用了何等新鲜的力而在我体中燃烧了!

十六

　　正餐之后,常例的客人又会集在那小屋中,公主也出来了。这会集闹热得很,和我所永远不能忘记的那最初的一晚同样,连那尼尔马次奇也拖了跛足而到会。漫伊达诺符来得最早,他带了几首新诗来。竞赌的游戏又开始了,但没有同从前一样的奇异的恶戏、刻毒的谐谑和喧哗——自由放肆的分子已没有了。蕊娜伊达在诸事的进行上加了一种与前不同的色彩。我以侍僮的资格坐在她的身边。种种的游戏中,有一次她提出,凡赌输了的人须要讲他的一个梦,但这方法不见成功。因为他们所述的梦或者无趣味(比洛符左洛符说他梦中拿鲤鱼来喂他的牝马,那牝马的头是木的),或者不自然的、捏造的。漫伊达诺符讲出一个正式的小说来娱乐我们,其中有墓穴,有持琴的天使,有会说话的花和远处飘来的音乐。蕊娜伊达没有让他讲完。

　　"倘使我们要创作故事,"她说,"让我们每人讲一个造出来的故事,要是无所依托的。"轮值第一个讲的又是比洛符左洛符。这少年的骑兵慌张了。"我造不出什么话来!"他叫道。

　　"没道理的话!"蕊娜伊达说,"譬如,想像你已经结婚了,你告诉我们你怎样待遇你的夫人。你将闭锁她的么?"

"是的,我要闭锁她的。"

"那么,你自己和她同居么?"

"是的,我当然和她同居。"

"很好。但是,倘然她被关得厌烦起来,不贞于你了,怎样呢?"

"我杀了她。"

"倘然她逃走了呢?"

"我追她回来,也杀了她。"

"唉! 假定我是你的夫人,你怎样呢?"

比洛符左洛符略想了一想,说道:"我杀了我自己……"

蕊娜伊达笑了:"我看你讲的不是长的故事。"

第二个是轮值到蕊娜伊达。她眼睛看着天花板想了一想。

"好,请听。"后来她开始说,"我所想到的是……你们各自想像一所壮丽的宫殿、一个夏天的晚上和一个奇妙的跳舞会。这跳舞会是一个女王所开的。宫殿里处处是黄金和大理石、水晶、绫罗、灯火、金刚石、花、馨香,千变万化的奢华品。"

"你欢喜奢华的么?"罗兴插口问。

"奢华是美丽的,"她回答,"我欢喜一切美丽的东西。"

"比高尚的东西更好么?"他问。

"这质问有些妙,我不懂得这等事。不要打断我的话。所以这跳舞会也很壮丽。有大群的来宾,他们都年青、俊美而勇敢,都发狂似的爱这女王。"

"来宾中没有女客么?"马来符斯奇问。

"没有——且慢——有的,有几位女客的。"

"她们都是丑陋的?"

"不,也很美丽,但男子们都爱那女王。她身长而优美,她的黑发上戴着一个小的黄金的王冠。"

我对蕊娜伊达看,我觉得这时候她似乎远在我们一切人之上,非常明敏的才智与伟大的力潜蓄在她的镇静的眉间,使我想起:"你正是这女王罢!"

"他们群集在她的周围,"蕊娜伊达继续说,"各人尽量地把最谄媚的话供献她。"

"她欢喜谄媚的么?"罗兴质问。

"你这人真讨嫌! 专会打断人家的话……哪个不欢喜谄媚呢?"

"许我一次最后的问,"马来符斯奇说,"女王有丈夫么?"

"这我没有想到。没有的,何必有丈夫呢?"

"不错,"马来符斯奇应着说,"何必有丈夫呢?"

"静些!"漫伊达诺符用极拙劣的法兰西语叫道。

"谢你!"蕊娜伊达也用法兰西语对他说。"那女王听了他们的话,又听了音乐,但并不对一个来宾看。六扇窗门自天花板至地板全部开通了,窗外有点着许多的大星的黑暗的天空,立着许多大树木的黑暗的花园。女王向这园中眺望。外面树木中间有一个喷水泉,泉水在暗中成为白色,高高地喷起来,好像一个妖怪。女王从谈话和音乐的声音中,听见那泉水的静静的飞瀑声。她注视且默想:你们都是缙绅、贵族、才子和富人,你们围绕我,你们珍重我所说的一言一语,你们都情愿舍身在我的脚下,你们都在我的掌中……但在外面,泉水的旁边,飞瀑的旁边,伫立着我所爱的,我所献身的人。他不穿华丽的衣服,也没有珍贵的宝石,没有一个人认识他,但他等着我,确信我是一定来的——我也一定要去的——当我要从这里走出,去到他那边,要和他一同在木叶的呼啸声与泉水的飞瀑声之下隐迹,在花园的黑暗中的时候,没有一种力能阻止我……"蕊娜伊达停止了。

"这就是所谓造出的故事么?"马来符斯奇狡猾地问。蕊娜伊达看都不看他。

"那么,诸君,"罗兴忽然开口说道,"倘使我们也在那来宾之中,而且认识那喷水泉旁边的幸福的人,我们怎么样呢?"

"且慢,且慢,"蕊娜伊达拦住了说,"我自己来告诉你们,各人应当怎样。你,比洛符左洛符,可以挑拨他决斗。你,漫伊达诺符,可为他作一首讽刺诗……不对,你不会写讽刺诗的,你可为他作一篇巴尔比哀式的长诗,把这作品发表在《推来格拉夫》新闻纸上。你,尼尔马次奇,可向他借……不是,你可抽重利息借给他金钱。你,医生……"她停顿了。"你做甚么,我真想不出了……"

"我可当侍医的职司,"罗兴回答,"我可忠告那女王,教她在没有应酬客人的心思的时候不要开跳舞会。……"

"就是这样罢。那么,你呢,伯爵?……"

"我?"马来符斯奇带着他的恶意的笑容,顺着她说一声……

"你可给那男子吃个有毒的糖果。"

马来符斯奇的颜貌略略变更,装了片刻犹太人的表情,但他立刻就笑了。

"还有你,服尔第马尔……"蕊娜伊达继续说,"我们讲得够了。我们玩别的游戏罢。"

"服尔第马尔君,做女王的侍僮,当女王跑到园中去的时候可为她提衣服的长裙。"马来符斯奇带着恶意说。

我愤怒得面红了,但蕊娜伊达急忙伸起她的手来在搭我的肩上,立

起身来,用微颤的声音说:

"我决不给你先生以犯越礼仪的权利,请你离席罢!"

她指着门口。

"公主,我罚咒……"马来符斯奇吃吃地说,他的脸十分苍白了。

"公主的话极是。"比洛符左洛符叫着,也立起来了。

"唉? 我全不想到这样的,"马来符斯奇继续说,"我的话中实在全无一点儿恶意……我全然没有想冒犯你们的意思……请原谅我!"

蕊娜伊达对他冷酷地看了一回,又对他冷笑。"那么,你且住,你放心罢,"她说的时候随便动一动她的臂,"服尔第马尔君和我本来不必动怒。嘲弄我们,是你的愉快……你尽管说罢。"

"原谅我!"马来符斯奇重说一句。这时候我正在想蕊娜伊达刚才的举动,又在我自己心中说道,恐怕没有一个真的女王能用了比蕊娜伊达更大的权威,指着门口而立刻驱逐失礼的臣下罢。

这事发生了之后,又继续了短时间的竞赌游戏。各人都觉得有些不安,并非专为刚才的冲突,更重要的缘由却在于另一种不明了的压迫的感觉。没有一人讲起这事,但各人自己心里都感觉到,又知道其邻席的人也感觉到。漫伊达诺符把他的诗读给我们听,马来符斯奇特别热心地褒奖他。

"他要表示他现在是一个极好的人呢。"罗兴轻轻地对我说。不久我们都散去了。蕊娜伊达似乎变成了一种梦迷的样子,老夫人传言她的头痛,尼尔马次奇也说起他的疯气病……

我不能有长时间的安眠,我心中悬想着蕊娜伊达所说的故事。

"这故事中有甚么暗示么?"我自问。"她所暗指的是谁,是甚么事? 倘然真有所暗指的……教我们怎样决心呢? 不会的,这不会有的。"我独自轻轻地说着,从靠热的颊翻过身来,把另一个颊靠在枕上了……但我回想到蕊娜伊达讲这故事的时候的表情……我回想到在纳斯苛契尼公园中罗兴所说的话和她对我的忽然的变态,我陷入猜疑的心境中了。"他是谁?"这三个字似乎判然地现出在我的眼前的黑暗中,又似乎一块险恶的云挂在我的头上,我感到它的压迫,盼望它的散去。我近来习惯了种种的事,我在札西京家的见闻中学得了不少的知识。他们的无秩序的生活状态,点残的蜡烛头,断破的小刀和肉叉,粗暴的服尼发谛和丑陋的婢子,老夫人的态度——他们的一切奇怪的状态,在我已经不以为怪了……只有现在我对于蕊娜伊达的朦胧的推测,决不能释然于怀……"一个大胆妄为的女子!"有一天母亲这样说她。她是我的偶像,我的女神——难道是一个大胆妄为的女子? 这话像针一般刺痛我的胸,我竭力想避去这种想念而就睡,我觉得异常不安——同时又想起我但得做那喷水泉旁边的幸福的人,我哪一件事不愿为,哪一件事舍不得呢! ……

　　我的血在体中发热又沸腾了。"那花园……那喷水泉。"我默想……"我要到这园中去!"我立刻披了衣,悄悄地跑出门外。夜色非常黑暗,树木都无一点声息,柔软的冷风从天上吹下,一阵茴香的气味从野菜田里飘送过来。我走遍了一条条的路,我自己的清楚的足音立刻使我狼狈,又使我大胆。我立停了,静听我自己的心的急速而又明晰的跳跃。最后我走近那低垣,靠在那细的栏杆上。忽然,或者是我的幻想,一个女子的姿态在距我三四步的前面闪过……我竭力张开我的眼,屏绝了呼吸,在黑暗中探望。这是甚么? 我的确听见步声么,或者又是我的心跳跃么?"谁在这里?"我用几乎听不出的声音含糊地叫。那又是一种甚么声音了,一种忍不住的笑声……或者是树叶的摩擦声……或者是在我耳边的一种叹息声么? 我害怕起来……"谁在这里?"我用更轻的声音又说一句。

　　空气一时间飘起狂风来。一抹的火光从天空闪过,这是流星。"蕊娜伊达?"我想要这样叫出来,但这几个字在我唇上消灭了。忽然周围的万象变成了深沉的静寂,正像午夜的光景……连树上的草虫也不鸣了——但听得某处的窗子摇动的声音。我继续立了一回,就回到我的房里,钻进我的冰冷的眠床中。我感到一种奇妙的感觉,仿佛我在一处密会所,空待了一回,经过别人的幸福的旁边而回家。

十七

　　次日我但瞥见蕊娜伊达一次:她正和老夫人坐了马车到那里去。我又看见罗兴(但他只对我打个招呼就走)和马来符斯奇伯爵。这青年的伯爵便露着齿对我笑,亲切地和我讲话。访问那小屋的一切人中,只有他能走进我们家里,给我母亲以好的印象。父亲不同他讲话,用一种几近于侮慢的殷勤态度对待他。

　　"啊,女王的侍僮,"马来符斯奇对我说,"难得难得。你家的可爱的女王好么?"

　　他的美貌的脸孔这时候使我觉得非常厌恶,他又用一种非常轻蔑的取笑的态度看着我,我并不回答他一个字。

　　"你还在动怒么?"他又说,"你不必动怒。不是我呼你侍僮的。侍僮应当特别接近女王。但我要说,你是不会尽你的职务的。"

　　"甚么呢?"

　　"侍僮应当不离开他的女主人,侍僮应当晓得女主人所做的一切事,他们实在应当时时刻刻看守着他们的女主人,"他又低声说,"日里和夜里。"

"你是甚么意思?"

"我是甚么意思? 我以为我已经说得很明白了。日里和夜里。日里是不甚紧要的。日里天是亮的,处处都有人,但在夜里,要谨防发生的事情了。我劝你夜里不要睡觉,而去看守,尽力地看守。你该记得,在那花园中,夜里,喷水泉的旁边,这种地方正是要看守的。你应当感谢我咧。"

马来符斯奇笑着,背向了我。他对我说的话,大约没有甚么重大的意思,他有懂得魔术的名誉,又在假装舞蹈会里有善于骗人的法术,他这名望,因了他的全性质所沉浸着的一种无意识的虚伪十分增大了……他不过想揶揄我而已。但他所说的每个字,都是弥漫于我的一切血中的毒药。血涌上我的头来。

"唉! 对了!"我对自己说。"唉! 我的心常常牵系在这园中,有理由了! 这不行!"我大声地叫出,又用拳拍自己的胸,然而甚么事不行,我自己也不能说。

"是否马来符斯奇自己到园中去?"我想(也许是他自己夸张罢,他足有这样夸张的傲慢心),"或者是别的人罢(我们园中的垣墙很低,很容易跳过),无论如何,倘使哪一个落在我手中了,他就该死! 我留心不被人看见! 我将向全世界的人和她,那叛逆妇(我实际用'叛逆妇'的名称)告白我的复仇!"

我回到房中,从写字桌的屉斗里拿出我新近买得的英吉利小刀来,试试它的锋芒,然后带着一种冷静又断然的决心的神气而锁着眉头,把小刀插入衣袋里,仿佛做这种事体在我毫不认为越礼,又不是第一遭。我的心愤激地紧张起来,觉得和石头一般硬化了。

我终日锁着眉头,咬紧着牙齿,我用手在袋中紧握那已经握得火热了的小刀,而不绝地走来走去,在预先准备一件可怕的举动。这种新的从来未有的感觉充分占夺了我的心,又使我快乐,竟使我差不多不想起蕊娜伊达了。我头脑中不绝地浮现出那少年的浪游者阿来苕的影像——"你到哪里去,美少年啊? 躺下在这里!"又说,"你满身都染了血。……唉,你做了甚么事? ……不做甚么!"我装一种十分残忍的微笑,再叫一声"不做甚么?"

父亲不在家。近来差不多不绝地装着闷闷的表情的母亲,注意到了我的阴郁而豪侠的样子,晚餐的时候她对我说:"你为甚么恨恨地像碾粉桶里的老鼠一般了?"

我但回复她一个温和的微笑,心中想道:"倘然被他们得知了……了不得!"

十一点钟打出了,我回到房中,但并不解衣,我要等到半夜。后来果然打十二点钟了。

"时候到了!"我齿间轻轻地说,扣好了我的上衣的全部的纽扣,把衣袖都卷起,跑到园中去了。

我已定好了看守的地点。在园中的一端,分隔我们的屋和札西京家的屋的短垣,和共通的墙壁相连接的地方,那里立着一株孤松。我立在它的低垂而浓密的树枝下面,在夜的黑暗所许可的限度内可以望见四周所起的一切情形。附近有一条蜿蜒的小径,这小径,常常使我觉得神秘。它像蛇一般地游到矮垣下面,这里的矮垣上似有被人爬过的痕迹,这小径又通到一座刺毯荐造成的亭子里。我走近那松树旁边,把背靠在树干上,而开始我的看守了。

这夜间和前夜一样沉静,但天空中的云更为稀少,那灌木林的轮廓线,连那高处的花都可分明看出。守候的最初几分钟很是苦闷,差不多战栗！我对于一切事都已决心。但计划怎样实行呢？我想：要不要先喝问"你走哪里去？立停！跑出来，否则要你死！"或者不作声而直接杀过去？……我觉得一切音响，一切声息，似乎都是凶恶的预兆或异常的……我准备了……我把身子弯向前方……

但其间经过了半小时，又经过了一小时，我的血静起来，冷起来了。我渐渐悟到自己所做的都是无意义的事，竟是有些愚蠢的，马来符斯奇是戏弄我。我离去了我的埋伏地在园中漫跑。四周都听不见一点声息，似乎在对我愤怒。一切都睡眠了。连我家的狗也在门边弯成球形而熟睡了。我爬上那温室的废址，对着眼前一片广大的村落的夜景，回想蕊娜伊达的会晤，耽入了梦想……

忽然我吓了一跳……我似乎听见一种开门的声音，又听见一种折断树枝的微音。我就两步跳下这废址来，木头一般地立停了。一种急速的，轻松的，但又小心的步声在园中清楚地响着渐渐近我来了。

"他来了……他到底来了！"这一念闪过我的心头。我用电光一般的速度向袋中拿出小刀来，又用电光一般的速度把它张开来。红的闪光在我眼前回转，我恐怖又愤怒，头上的毛发都竖起来……那步声一直向我接近来，我弯下身子——我像鹤一般地伸长了颈去迎接他……看见一个男子来了……呀！这是我的父亲！

我立刻认到他，虽然他周身裹着一件黑外套，他的帽子罩住着他的脸孔。他踮着脚尖走过了。他不曾注意我，虽然没有东西遮蔽我。我畏缩又贴伏在地上，觉得身子几乎与地面平行。预备杀人的嫉妒的渥赛洛忽然变成了一个小学生……父亲的不期的出现使我非常吃惊，最初我竟无暇注意到父亲从哪方来与向哪方去。我只是立起身来，当万物又肃静无声了的时候想道："父亲为甚么夜间在园子里走？"

我在恐怖中把小刀失落在草地里了,但我并不想去找寻它。我自己觉得非常羞耻,立刻完全回复了认真的态度。我回家的时候,走过接骨木下面的椅子旁边,向蕊娜伊达的窗眺望。看见那小而稍凸的窗玻璃,受了夜的天空所投射的微光,映作模糊的蓝色。忽然——它们的颜色变更起来……在那一面——我看见这个,分明地看见这个——柔软地、端正地挂下一条白窗帏,恰好挂到窗子的框边上,十分地稳定。

"这是为甚么呢?"当我到了自己的房中,我差不多无意识高声叫出。"是做梦? 是邂逅? 或者……"这突然闯入我的脑中的推测,非常新鲜而奇妙,使我不敢仔细吟味。

十八

我早晨起来觉得头痛。昨日的那种心情已经消灭。却又来了一种我所从来不曾尝过的空虚的恐怖和一种悲哀,仿佛我的体中丧失了一件东西。

"你为甚么好像一只割去半个脑子的兔子了?"罗兴遇见我时这样问我。

午饭的时候,我先偷看父亲一眼,然后再看母亲:他同平时一样安定,她也同平时一样地怀着内心的焦灼。我等着父亲看他对我有没有像以前所常有的亲爱的话……但他连照例的冷淡的招呼都不对我打一个。"我要不要向蕊娜伊达说明一切呢?"我疑惑不决地想……"无论如何总归一样的。我们二人间的关系一切完结了。"

我去看她,但不告诉她甚么,其实我即使对她说,这种话也说不出口。老夫人的儿子,一个十二岁的小学生,从彼得斯堡放假回来,蕊娜伊达立刻带了她的弟弟到我这里来。

"现在，"她说，"可爱的服洛琪亚君，"——这是她第一次给我这个爱称——"有一位你的好伴侣来了。他的名字也叫做服洛琪亚。请你亲爱他。他还有些怕羞，但是一个好孩子。你领他去看看纳斯苛契尼公园，同他去散步，看管他，你高兴么？你也是一个很好的孩子！"

她亲切地把两手搭在我的肩上，我完全着迷了。在这孩子面前，我也变成了一个孩子。我默默地对那小学生看，他也默默地对我看。蕊娜伊达笑起来，把我们两人对面搀拢来，说道：

"互相抱抱，孩儿们！"我们互相抱了一抱。"你要我同去看纳斯苛契尼公园么？"我问那小学生。"请你领我去。"他作一种普通的小学生风的不谐和的语调回答。

蕊娜伊达又笑起来……我在其间注意到她的脸上从来不曾有过这样美丽的色彩。我同了那小学生出去了。我们的园中有一架老式的秋千。我教他坐在秋千的狭的坐板上，给他摆动。他穿着有阔的金纽扣的，质地坚牢的新的小制服，端正地坐着，两手紧握住钢索。

"你还是解开了你领上的纽扣罢。"我对他说。

"不要紧，我们是惯常的。"他说着，又作咳嗽。他像他的姊姊。眼睛尤其像她。我欢喜亲爱他，但同时有一种悲痛在我心中侵蚀着。"现在我确是一个孩子，"我想，"但是昨夜呢……"

我记得我昨夜失落小刀的地方，就去找到了。那小学生向我借去，拾起一枝野生荷兰芹的干来，把它削做一管笛，他就吹起笛来。渥赛洛也吹吹笛。

但到了晚上，当他被蕊娜伊达在园子的角里寻到，问他为甚么这样郁郁的时候，这渥赛洛何等地在她的臂上哀泣。我的眼泪非常激切地流出,甚至使她惊骇。

"你有甚么悲痛? 为甚么呀,服洛琪亚?"她再三地问。见我不回答,而且不住地哭,她想来吻我的泪湿的颊。但我转了开去,呜咽地说道:"我都知道了。你为甚么玩弄我? ……你要我的爱来做甚么?"

"服洛琪亚,是我错了……"蕊娜伊达说,"我真是大错了……"她绞她的手,又说:"我的一身,秽恶与罪过何等多! ……但我现在不是玩弄你了。我爱你,你不必疑问为甚么与怎样……但你所知道了的是甚么?"

教我怎样回答她呢? 她立在我面前,看着我,她一看着我,我立刻自顶至足全身归属于她了……

一刻钟之后,我又同了那学生和蕊娜伊达在园中赛跑了。我不哭了,我笑了,虽然笑的时候还有一两点眼泪从我的红肿的眼眶里流出来。我要蕊娜伊达的帽带来围在颈中,当做围巾,我每逢追上了她抱住了她的腰,便高声地欢呼。她随她的欢喜而和我游戏。

十九

倘使强要我精密地记录出我那次失败的深夜的壮举以后一礼拜间心中所起的情形来,我将大为困难了。这是异样的狂热的时期,一种混沌的境地,在这里面有极端相反的感觉,思想、疑惑、希望、欢乐和苦痛,像飓风一般地回旋着。我怕敢自己省察自己的心境,倘使一个十六岁的孩子能省察自己的心境。我怕敢注意观察一切事物。

我每天只想快快地过去。晚上我睡了……孩子期的放心来帮助我。我不愿知道我是否被人爱着,又不愿承认自己是不被人爱着的。我回避父亲——但不能回避蕊娜伊达……我一到她面前,就像火一般地燃烧……但我并不要晓得我所燃烧着又溶化着的火是甚么火——只要感得燃烧和溶化的愉快已够了。我只管沉浸在刹那间的感觉中,欺骗自己,避去过去的回想,不管我所预想的前途……但这种怯弱的状态到底不能长久继续……一个雷电落下来,刹那间把他们一切打断,把我抛掷到一条新的路上。

有一天我跑了一次较长的散步而回家吃饭,听说父亲出去了,母亲有些不舒服,笼闭在房中不要吃,我须得独自吃饭了,非常惊异。我从那些仆人的脸上,推测到有甚么特别的事故发生……我不敢特地问他们,但我有一个同朋友一样的青年仆人叫做菲列泼的,这人极欢喜诗,又会弹六弦琴。我就问他。

我因了他而晓得父亲和母亲之间起了一回可怕的冲突。(父亲和母亲说的话在女仆人的房中都能听见。他们讲的大都是法兰西语,但那女仆人马夏曾经和一个女裁缝师在巴黎住过五年,所以她完全听得懂。)听说母亲责备父亲的不贞,对于邻家的少女的私情,父亲起初还辩解,后来发怒了,也说了许多残酷的话,说道:"你自己想想自己的年龄看。"这话使母亲哭了。母亲又说起一笔好像是贷给老公爵夫人的借款,又极口毁谤那公爵夫人和那少女,于是父亲就威吓她。

"种种的不幸,"菲列泼继续说,"是从一封无头信来的。没有人晓得这信是谁写的,倘然没有这封信,这事决不会发觉。"

"但这事确有根据的么?"我很费力地说出了这一句,我的手足都发冷了,一阵战栗通过我全身的内部。

菲列泼含着意思似的瞬一瞬眼。"确有根据。这种事体是瞒不过人的。虽然你的父亲近来很小心——但你想,他总须雇一辆马车,或有别的甚么事……又非从婢仆们手里经过不行。"

我差去了菲列泼,躺在我的床中了。我也不泣哭,也不消沉于绝望。我也不探究这事在甚么时候怎样发生,也不惊诧自己在一直以前为甚么没有料想到。我连咎父亲都不咎……我对于所听到的事,差不多全然不能相信,这突然的爆发使我闷倒了……一切都完结了。我心中一切的美丽的花,霎时间被全部摧残,撒散在我的四周,抛弃在地上,践踏在脚下了。

二十

次日,母亲提出了回到市里去的旨意。这天朝晨,父亲到她房中,独自和她住了长久。没有人听见他对她说些甚么,但母亲不再哭泣,她回复了平日的安定,命拿饭来吃。但并不走出来,也不改变她的计划。我记得,这一天我尽日在外散步,但不走进园中去,绝不眺望那小舍;到了晚上,我目击一种惊异的光景:父亲捉住了马来符斯奇伯爵的臂,通过食堂,到正厅里,当着一个仆人的面前,冷酷地对他说:

“二三日之前,我曾请阁下不要再来这里。现在我决不与你和解,但我警告你,倘然你下次再来,我要把你从窗子里掷出去。我不欢喜你的笔迹。”

伯爵点头,咬他的唇,退出去,不见了。

我们预备迁居到市里,到我们自己有房子在那里的阿尔罢谛街上去了。父亲自己大约也不要再留在这别庄里,但他显然已经说服了母亲,叫她不要把今次的事宣扬到外间。诸事静静地从容地准备定当。母亲差人去向公爵夫人辞行也都去过,她差人去道她的歉忱,说她为微恙所阻,不能在离去以前再来拜访她了。

　　我像着了魔一般在各处跑转来,我但盼望一件事体,盼望一切都完结得愈快愈好。只有一事不能离开我的心:她,一个少女,又到底是一个公爵家的公主,既然晓得我的父亲不是一个自由身体的人,又有和别人——例如比洛符左洛符——结婚的机会,她为甚么要做到这个地步?她希望甚么? 她怎么不怕她的前途将完全破产? 是了,我想,这便是恋爱,这便是热情,这便是献身……我又忆到了罗兴的话:自己牺牲在有的人确是引为甘美的。

　　我偶然瞥见小屋的一个窗中有一种白的东西……"这是蕊娜伊达的脸么?"我想……是的,这果然是她的脸。我情不自禁了。我不能没有一回最后的诀别而离去她。我找得一个适当的机会,走进那小屋中去。

　　在客堂中,老夫人用了她的照例的疏慢和随便的态度而迎接我。

　　"你们的家眷怎么这样忽忽地迁去了?"她一面把鼻烟塞入鼻孔中,一面说话。我对她一看,觉得心里似乎取去了一块石头。菲列泼说起的"借款"一事,使我觉得非常苦痛。但她却毫不疑心……至少我当时这样想。蕊娜伊达从邻室走进来,面色苍白,穿着黑的衣服,头发松松地挂着。她默然地握住了我的手,拉我同去了。

　　"我听见了你的声音,"她开始说,"立刻走出来。你这样容易地离去我们,顽孩儿?"

　　"公主,我是来和你告别的,"我回答,"大约是永诀了。你恐怕也晓得,我们要迁居了。"

　　蕊娜伊达不断地注视我。

　　"是的,我听见过了。谢谢你特地来告别。我正在想起我不能再见你。请你不要怀恨于我。我有时虐待了你,但我决不是像你所想像的一个人。"

她走开去,靠在窗子上了。

"真的,我不是这样的人,我晓得你一定是怨我的。"

"我?"

"正是,你……你。"

"我?"我悲愤地又叫一声,我的心又同从前一样地在她的强大的,不可名状的魔力的影响之下急跳了。"我? 请你信用我,蕊娜伊达·亚历山特洛符娜,你无论做甚么事,无论怎样虐待我,我总爱你,崇拜你,直到我的末日。"

她急速地转向着我,张开她的两臂来抱住了我的头,给我一个温暖而情深的吻。这永远诀别的接吻,不知在找求哪一个,我却热心地领略了它的甘美。我晓得这是决不会再来的了。"会再,再会。"我反复地说着……

她就离开我,走了出去。我也离去了。我不能描写我离去时的心情。我不愿再经验这种心情,但倘我全然不曾经验过这样的心情,我又将叹自己的不幸。

我们迁回市内了。我并不立刻抛却过去,也不立刻用功。我的创伤慢慢地复原起来,但我对于父亲并没有不好的感情。我似乎反而对他起好感了……让心理学者来详细说明这矛盾罢。

有一天,我正在路旁的树荫下散步,遇见了罗兴,感到不可名状的快乐。我欢喜他,为了他的率直而不做作的性格,又为了他唤起我许多回忆,使我觉得他更可亲爱。我跑近他身边。

"啊哈!"他蹙着眉头说,"是你,小朋友。让我看看你看。你仍旧和从前一样面黄,但眼睛里没有像从前的茫然的样子了。你已像成人的样子,不复像小狗一般了。这是很好的。你近来做点甚么? 用功?"

我叹息一声。我不欢喜说诳话,但说出真话来又觉得难为情。

"不要紧的,"罗兴又说,"不要怕难为情。我们最紧要的是须作不逸常轨的生活,不要做情欲的奴隶。否则有甚么好结果呢？被情欲的潮流漂去,无论到甚么地方——都是不好的前途。一个人即使只有一块岩石的立脚地,也应当用自己的脚来立身。请看,我要咳嗽了……那比洛符左洛符——你听见过关于他的消息么？"

"没有,他怎样了？"

"他隐迹了,消息全无。他们说他是到哥卡萨斯去的。这是你的好教训,小朋友！这全为了不懂得及时退身,不懂得那脱却罗网的方法的缘故。你似乎脱身得很好。切记不要再投到同样的网里去。再会！"

"我决不,"我想……"我决不再见她了。"但运命制定我再见蕊娜伊达一面。

二十一

父亲惯常每天出外骑马。他所有的马是一匹斑色的、栗毛的英吉利牝马,一只颈细脚高、根气充足而有恶癖的野兽。它的名字叫做电光。除父亲之外,没有人会驾驭它。有一天他很高兴,带了一种我所久没有见过了的和蔼,走近我来。他正在预备去骑马,靴距已经穿上了。我便请他带我同去。

"我们还是去作跳马游戏有趣得多。"父亲回答。"你骑在那肥马上一定追我不上。"

"我会追上的,我也加鞭。"

"好,那么去罢。"

　　我们出发了。我骑一匹壮健而精神尚好的粗毛黑马。果然那电光跑得极快的时候,我的马也会出全力赶上,并不落后。我从来没有见过像父亲的善骑的人。他坐得非常自然又稳健,他所坐的马似乎懂得这一点,在夸耀它的骑手。

　　我们跑过一切列树的道路,跑到了"处女野"地方,跳过了几个矮墙(我起初不敢跳,但父亲是看轻胆怯人的,我不久也不觉得害怕了),两次跳过莫斯克伐河,我以为我们将回家去了,尤其是因为父亲也说过我的马已经疲倦,忽然到了克里米亚滩上,他转向别处,沿了河岸跑去了。

　　我跟了他跑。跑到积着一大堆旧木材的地方,他即刻下马,教我也跳下马来,他把他的手纲给我,命我在木材堆的地方等他一等。他自己步行到一道小街里,不见。我拉着两匹马,在河畔跑来跑去,呼喝那电光,这畜生走的时候不绝地颠荡,掉它的头,鼻鸣,又嘶叫;当我立停了,他又没有一次不用蹄搔地,作哀鸣,且咬我的马的颈。它的举动,全然表示它是一匹恶性的纯种马。

　　父亲久不回来。河里起了一片不快的湿雾,细雨霏霏地降下,在我所反复经过了好几次而现在已经看厌了的那粗笨而灰色的木材堆上面点了许多小的黑点。我焦灼得恐慌了,但父亲依然不来。一个穿着同木材一样的灰色的衣服,头上戴着像一个钵的老式军帽,手中拿着矛戟的哨兵似的芬兰人(试想想看,怎么莫斯克伐河畔会来了一个哨兵!)向我走来,把他的老婆子一般的皱皮脸孔转向着我,说道:"你带了这两匹马在这里做甚么,小官人? 我给你带罢。"

　　我不睬他。他又问我索卷烟。我想避开他(也因为不耐烦的缘故),就向父亲去的方向走了几步,终于走到那街道的尽头,转一个弯,立停了。我看见这街上离我约四十步的地方,在一间小的木造屋的窗外,立着我的父亲,他背向我,靠在窗阈上。在屋的里面,窗帷半遮的地方,坐着一个穿黑衣服的女人,正在和父亲谈话。这女人是蕊娜伊达。

我同石化一般了。这实在是我千万料想不到的事。我当时的最初的冲动是想跑走。

"恐怕父亲要旋转身来,"我想,"那时我怎么办?……"一种异常的感觉——一种比好奇心还强,比嫉妒还强,甚至但比恐怖也还强的感觉——把我固定在那里。我就观察他们。我倾着耳朵听。

父亲似乎在主张一件事。蕊娜伊达不赞成。我到现在似乎还能看见她的颜面——悲哀、严肃、可爱,又带一种献身、愁苦、恋慕和一种失望的不可名状的表情——我再想不出别的字来形容了。她说话极简短,并不举起眼睛来,只是微笑——其笑容是顺从而又毅然的。单凭这笑容,我便可认识我的旧日的蕊娜伊达。父亲耸他的肩,正他的帽,这是他平常不耐烦时候的表象……后来我听得一句话:"你非离去此地不可……"蕊娜伊达立起身来,伸出她的臂……忽然在我眼前一件不可能的事体发生了。

父亲忽然举起他的拂衣尘用的鞭来,我听见在她的露出肘的肉臂上发出一声锐音的打击声。我几乎要叫起来。蕊娜伊达发抖了,默默地看着父亲,慢慢地举起她的臂到唇边,自己吻那打红的痕迹。父亲抛弃了鞭子,急急地跨上门口的踏步,闯入屋中……蕊娜伊达转个方向,伸开她的两臂,垂着头,也离开了窗而去。

我的心因了惊骇和一种畏敬的恐怖而消沉了,我连忙回转身来,跑出小街,回到河岸,几乎放走了那电光。

我不能一一清楚地记忆。我晓得我的冷淡而沉静的父亲有时也会被积愤所激。然而我到底不能了解刚才所见的是甚么一回事。……但同时我觉得,我在全生涯中决不能忘记蕊娜伊达这态度、这眼色和这微笑;又觉得她这姿态,突然现出在我眼前的这姿态,永远铭刻在我的记忆中了。我呆然地向河中注视,不觉滴下了许多眼泪来。"她被打,"我想……"被打……被打……"

"唅,你在做甚么? 把我的马带来!"我听见父亲的声音在我后面叫着。

我机械地把手纲递给他。他跳上电光……这牝马,立了长久之后受了寒气,昂起它的上半身,向前跳了一丈多路……但父亲不久就克制它,他用靴距踢马的旁腹,又用拳打他的颈。……

"呀,我的鞭子没有了。"他自言自语地说。

我想起了不多时以前我听见的那鞭的摇曳和打击,战栗起来。

"你放在哪里了?"稍停了一回之后我问他。

父亲不回答,他只管在前面跑。我赶上去。我定要看看他的脸孔看。

"你等得厌烦么?"他从齿间说出。

"没有甚么,你的鞭失落在哪里了?"我又问。

父亲极快地对我一看。

"并没有失落,"他回答,"是我抛弃的。"他垂下了他的头而沉思了……这是我最初次或最后次看见他的严格的颜貌中也能显出非常的温顺和怜悯来。

他又向前快跑了,这回我赶他不上,我比他迟十五分钟回到家里。

"这就是恋爱,"我夜间坐在我新近放着书和笔的写字桌前时又独自这样说,"这就是热情……要忍受无论何人的……即使最亲爱的人的鞭打而不反抗,是不可能的事! 但在恋爱的人似乎是可能的……我呢……

我在想像这等事……"

在这个月里,我自己觉得长大得多了,我的受了种种的狂喜与苦痛的恋爱,同另外一种我所向来不曾想像到的东西——捉摸不牢的,像一副素不相识的美丽而又严肃的颜貌而威吓我的,在薄暗中无论如何也看不清楚的一种东西——相比较起来,觉得微小,稚气,又可怜得很!……

这一天晚上我做了一个奇怪而且可怕的梦。我梦到一所低而且暗的屋中……见父亲手执一根鞭立着,愤怒地顿足,屋角里伏着蕊娜伊达,一条打伤的红痕,不在她的臂上而在她的额上……他们二人的后面,耸立着全身涂血的比洛符左洛符,他张开他的苍白的唇,在厉声地威吓父亲。

两个月之后,我进了大学。此后不满六个月,父亲在我们新近迁居的彼得斯堡患急病死了。他死的前几日,接到莫斯科来的一封信,使他受了猛烈的刺激……他到母亲处去,恳托她甚么事体。我听说他竟对母亲流泪——他,我的父亲!在暴死的那一天的早晨,曾经开始用法兰西语写一封信,预备给我。

"我儿,"他写着,"谨防女子的爱情,谨防这种幸福,这种毒药。"

他死后,母亲送一大笔的金钱到莫斯科去。

二十二

经过了四年。我刚才出大学,一时还不晓得怎样处置自身,走哪一条路。我暂时赋闲,不做事体。有一个快美的晚上,我在剧场里遇见漫伊达诺符。他已结婚,且就官职了,但我看他比从前没有甚么变更。他依然忽而过度地狂喜,忽而忧郁,正同从前一样。

“你晓得么?”他对我谈的许多话中有一次这样说,“独尔斯奇夫人在这里呢。”

“谁是独尔斯奇夫人?”

“你可忘记她的? ——那札西京公爵家的公主,我们曾经大家恋爱她的,你也恋爱她的。在纳斯苛契尼公园的旁边的庄屋里,你记得么?”

“他同独尔斯奇氏结婚了?”

“正是。”

“她在这里,这剧场里?”

“不,她在彼得斯堡,前几天她到过这里。听说她将赴外国游历了。”

“她的丈夫是甚样的人?”我问。

“一个漂亮的男子,且有财产。他是我在莫斯科时的同事。你也明白晓得的罢——那件丑闻……你应该是完全晓得的……”(漫伊达诺符作含着意思的微笑)“这位公主要拣一个好的丈夫是有些困难的,因为凡事总有结果……但是照她的聪明伶俐,其实要无论怎样都可能。你去访问她罢,她见了你一定欢喜。她比从前更加美丽了。”

漫伊达诺符告诉我蕊娜伊达的地址。她寓在特谟德旅馆中。旧日的记忆在我心中涌起来……我决定明天去访问我的旧日的恋人。然为事所阻,经过了一礼拜,又经过一礼拜,我方才到特谟德旅馆去访问独尔斯奇夫人,听说她已在四天之前为了难产而暴死了。

我觉得心中像被针刺一般。想起了我可以见她而不曾见她,且永远不得见她——这悲痛的想念用了它们的全部的强大的苛责的力而猛烈地刺我的心。“她死了。”我呆然地注视那门役,连说了几遍。我悄悄走出街上,自己不晓得走到哪里,只是茫然地向前走。一切过去的情形,霎时浮出在我眼前。这便是解决,这便是青春的、热烈的、光彩的生命所匆匆忙忙地赶到的决胜点！我这样默想。我想像那种可爱的姿态，那种眼，那种卷发——闭在狭长的箱子里，埋在潮湿的地下的黑暗中——横在离开还活着的我不远的地方，又恐怕离开我父亲也只有几步……我想起这一切的事。我耽于种种的想像，这时候——"我从不相干的口中闻知她的死耗，我也不相干地倾听"的诗句不绝地在我心中响着。

唉，青年，青年！你们差不多可以全无顾虑；你们是所谓宇宙的一切珍宝的主有者——虽忧愁也可使你欢乐，虽悲哀也可被你利用；你们是自信且傲慢的人，你们说，"看哪！只有我生着！"——但是你们的岁月也在时时刻刻地飞度过去，也会消灭得无影无踪；属于你们的一切事物，都要像日光里的蜡或雪地消灭……你们的魔力的一切秘密不在乎能做无论甚么事，而在乎能想做无论甚么事，在乎能抛弃不可利用的力，又在乎各人认真地自命为浪费者，认真以为自己应该说："唉，我哪一件事不能做呢？假使我不浪费我的时间！"

然而我……我的初恋的幻影，只在一瞬间浮现，只唤起一声叹息，一种哀情，我还有甚么希望，甚么期待，甚么丰富的未来的预想呢？

我所希望的一切，现在甚么样了？现在，人生的暮色已偷偷地照到我的一生上，除却那黎明时的、青春的———一瞬间就过去的——暴风雨的追忆之外，还剩有甚么更新鲜更可贵的回想呢？

然而我的自己批判是不公正的。虽然那时候我还是容易动心的青年时代，但对于那悲哀来访我时的叫声和从来世漂过来的严肃的音节，我不是聋子。我曾记得我得了蕊娜伊达的死耗后二三日曾被一种不可思议又不可自制的冲动所驱，走到了和我们同居的一个贫苦的老妪的临终的床边。盖着褴褛的衣服，枕着一只袋而躺在硬的板上的老妪，死得非常苦闷又凄惨。

她的一生是与每天的穷困苦战恶斗地度过的。她不具有欢乐,也不曾尝过幸福的蜜。在别人想来,她对于她的死,她的脱离,她的安息,一定是乐愿的。然而在她的老朽的身体尚能支持下去的限度内,在她的胸尚能在她的冰的手下面呼吸的限度内,直到她的最后的力离开她的时候,她划着十字,不住地低声称念"上帝,饶我的罪过"。只有到了她的意识的最后的一个火花的时候,才从她的眼上消灭了对于临终的恐怖与畏惧的颜色。我记得当时我在这可怜的老妪的临终的床前,为了蕊娜伊达,曾惊恐自失而盼望为她祈祷——为父亲祈祷,又为我自己祈祷。

一九二二年春初译
一九二九年六月重校

自杀俱乐部

[英]史蒂文生 著

丰子恺 译

译者序言

在家里,写稿往往是我一人的世界中的事,儿童们不得参与其间。唯最近的翻译《自杀俱乐部》,我和儿童们共感兴味:我欣赏 Stevenson 的文章,他们则热衷于自杀俱乐部的故事。白天我从书中钻研;晚间纳凉的时候他们从我口中倾听。睡后我梦见种种 Stevenson 风的 sentences、clauses 和 phrases;他们则在呓语中叫喊"王子""琪拉尔定"和"会长"。这是我近来的生活中最有精彩的数星期!

因翻译的经验,我确信这是对于文章和故事俱有兴味的青年学生的适当的英语读物,便使拙译与原文对照,又摘取叶河宪吉的日译本的注解,(但注重文法,字典上容易查考之生字都不录,)作成这一册自修书。略为本书介绍如下:

Robert Louise Stevenson 于一八五〇年十一月十三日生于 Scotland,Edinburgh 的 Howard Place,于一八九四年十二月三日死于 Samoa 岛上的 Apia,为英文学史上最著名的作家之一。The Suicide Club 是他所著 *New Arabian Nights* 中的冒头一篇。据说他的著作 *New Arabian Nights* 的动机,由于其从兄弟 Robert Alan Mowbray Stevenson 的一言。The Suicide Club 中的 a young man with the cream-tarts 的 young man,便是以这 R. A. M. Stevenson 为 model 的;其 Prince Frolizel 则为当时的 Prince of Wales——Edward Ⅷ。关于 *New Arabian Nights*,G.

K. Chesterton 氏有这样的评语:

I will not say that the *New Arabian Nights* is the greatest
of Stevenson's works; though a considerable care might be made
for the challenge. But I will say that it is probably the most
unique; there was nothing like it before, and, I think, nothing
equal to it since.

民国二十年七月九日子恺记于嘉兴

一　分送乳酪果馅馒头的青年

多才多艺的波希米亚王子弗洛律才尔寓居在伦敦的时候，曾以其举动的吸引力及深切的慈悲心获得一切阶级的人心的倾仰。仅就其为世人所知的事迹而论，这王子已是一位非凡的人物，但这些不过是他所实行的事迹中的一小部分而已。他在平日是一个温和稳健的人，常用与农夫野人一般的眼光观看世间，然而对于其运命所制定的波希米亚王子的身份以外的种种冒险而奇特的生活并非没有趣味。每逢兴致不佳的时候，伦敦的各剧场中都无好戏可观的时候，或季候不适于他的凌驾一切竞争者的种种野外竞技的时候，他就召唤他的马寮长又心腹友的琪拉尔定大佐，命他准备夜游。这马寮长是一个勇敢而有些鲁莽气质的青年士官。

大佐欣然地奉了命，连忙去准备。长久的习惯与世间的种种经验，使他于变装上有了无比的敏腕。他不但能用颜貌及态度，又能用声音，甚至于思想，来适应各种阶级、性格及国土的人们，因此他能使王子避去人目的注意，有时二人得入奇怪的社会中。当局者全然不知道他们这种秘密的冒险。王子的沉着的勇气，与大佐的机敏的智慧及骑士的忠节，使二人通过了屡次的危机。主从二人的信赖与日俱深了。

三月中有一个晚上，二人被一阵激烈的雨雪所驱，走进了利斯泰街邻近的一所牡蛎酒馆中。琪拉尔定大佐改装，变貌，扮作一个与零落的报纸有关的人；王子则照例用假胡须和一对大的假眉毛，装作滑稽的相貌。这些化装使他变成了一种毛发蓬松而饱受风霜的样子，在像他那样的上品的人，这全是不可推测的假装。主从二人这样打扮了，从容地在那里喝冲苏打水的白兰地。

酒馆里充满着男女顾客,虽然其中有两三人和这两个冒险者谈话,但没有一个人希望更接近他们。这里面都是伦敦的渣滓及平凡的下层社会的人们。王子已打欠伸,对于一日的行乐觉得疲倦了,这时候那自由扉猛然地推开,一个青年背后跟了两个男仆,走进酒馆来。两个男仆各捧着一大盘乳酪果馅馒头,上面盖着布,一进门就把布拿去。那青年在顾客间巡行了一周,用一种异常谦恭的礼貌,强请各顾客受取那些点心。他的请愿,有时被人笑纳;有时断然地,或竟严厉地被人谢绝。逢到后者的情形,他就说了几句滑稽的话,自己吃了那馒头。

最后他到弗洛律才尔王子这里来了。

"先生,"他装着极殷勤的态度,用拇指和食指夹了一个馒头呈上,同时这样说,"初次见面,也能赏光一个否? 我可担保这点心是上等的,我自己从五点钟到现在已经吃了二十七个了。"

"我的习惯,"王子回答,"对于赠品不重其物质,而宁贵其惠赐的精神。"

"先生,这精神,"青年又行一个礼,答道,"是嘲笑了。"

"是嘲笑?"弗洛律才尔顺他一句,"你意欲嘲笑哪一个?"

"我并非来这里讲哲学,"那人回答,"我不过是来分送这些乳酪果馅馒头的。倘然我说,我是真心地投身于这可笑的事业的,我想你一定十分光荣,请你屈就一下罢。不然,你就是强要我吃第二十八个,我实在已经吃厌了。"

"这的确使你为难,"王子说,"我满望为你解除这困难,但有一个条件:倘然我的朋友和我吃了你的点心——我们都是并不想吃的——我们要请你一同晚餐,作为报答。"

那青年似乎考虑了一下。

"我还有几打馒头在这里，"后来他说，"在了结我这大事以前，我非再去走访几处酒馆不可。这须费些时间，倘使你们的肚子饿了——"

王子用很谦恭的辞色拦住了他的话。

"我的朋友和我陪了你去，"他说，"因为我们对于你的消夜的极有趣的方法，已经感到深的兴味。现在和平的预议已经决定，请将条约双方签字罢。"

于是王子极愉快地吞食了那果馅馒头。

"滋味很好。"他说。

"我知道你是识者。"那青年回答。

琪拉尔定大佐也同样地领受了那馒头。这酒馆中所有的客人或者领受了或者谢却了他的佳贶，青年就拿了那些乳酪果馅馒头，引导二人到别的同样的酒馆中。那两个仆人，好像已经习惯于这种奇怪的事业，立刻跟在他后面。王子和大佐走在最后，挽着臂，一面互相笑视，一面走去。这一班人照这顺序访问了两家酒馆，在那里演出与上述同样的光景——有的人谢绝，有的人领受漂浪者的款待，青年自己吃了每次被谢绝的果馅馒头。

走出了第三个酒馆，青年数一数他的物品。剩下的已只有九个，一盘里三个，一盘里六个。

"诸位，"他对新来的两个从者说，"我不要延迟你们的晚餐。我确知你们必然肚饿了。我实在蒙了你们的特殊的盛情。在我所认为重大的这一天，当我做了这最显著的愚举而欲结束我的愚笨的一生涯的时候，我愿向给我援助的一切诸君充分地表示好意。诸位，你们可不再等待了。虽然我的脾胃已因了以前的过分多食而受伤，但我誓必实践这停顿条件。"

　　说过之后,他就把余剩的九个果馅馒头塞入口中,一个一口地吞食了。然后他转向那男仆们,给他们两个索佛林[1]。

　　"我须得感谢你们,"他说,"为了你们的特别的辛苦。"

　　他向每人鞠一躬,谢却了他们。然后他立着,向刚才开销仆人的钱囊中注视了一回,笑着,把这钱囊抛弃在街道的中央了,于是表示他的预备同赴晚餐。

　　在索霍街上,一所曾经负过盛名而今已被人忘却了的某法兰西小酒馆中,三层楼上的一间特别室里,三个人享用着上等的晚餐。啜着三四瓶香槟酒,娓娓不绝地纵谈各种的话题。那青年很会饶舌,又很快活,但他的笑声比一般教养良好的人的自然的笑声更响。他的手激烈地震颤,他的声音作唐突而惊人的抑扬,似乎不是有意的。食后的点心已经用毕,三人各点起一枝雪茄,于是王子对那青年这样说:

　　"我确信你一定能原谅我的探索。我看了你的举止,觉得非常愉快,更是非常惊骇。虽然我不欢喜为愚昧者,但我必须告诉你,我的朋友和我都很值得信托以一种秘密。人们各有种种的秘密,而且不绝地在泄漏到不配听的耳中。倘如我所想像,你的生涯是一个愚痴的故事,但你对于我们这两个全英国最愚痴的人,可不必客气。我的姓名是哥道尔,西奥斐勒斯·哥道尔;我的朋友是亚尔弗雷特·亨麦斯密史少佐——或者……但总之他是欢喜用这姓名被称呼的。我们的生活,全部是追求放纵的冒险,没有一种放纵的生活不能引起我们的同感。"

　　"我倾仰你,哥道尔兄,"青年回答,"你能引起我的自然的信仰;且我

---

　　〔1〕　金镑,旧时英国金币,面值一英镑。——编者注

对于你的朋友少佐，也全无一点异感，我料他是一个假装的贵人。至少，我确定他不是军人。"

大佐听见他极口赞美他的变装术，脸上显出微笑。那青年更加提起精神，继续说道：

"我不把我的一生的故事告诉你们，都有理由。恐怕这正是我现在所以要告诉你们的理由。你们似乎充分准备着听讲愚痴的故事，我总不致使你们失望。我的姓名，虽然你们已把姓名告诉我，我却不能告诉你们。至于我的年龄，在故事中不是必要的。我出身自清白的家世。从祖先们承受了像我现在这般强健的身体和三百镑一年的遗产。他们又遗传给我一种疏狂的性向，放恣于这种性向中，一向是我的主要的乐事。

"我曾受高尚的教育。我会奏提琴，几乎可在剧场的管弦乐队里赚钱，但并不充分。笛和法兰西喇叭我也曾学到同样的程度。我又懂得打牌，每年为这科学的游戏损失约一百镑之数。我的贯通法语，也足使我在巴黎散财几同在伦敦一样便利。总之，我是一个充分具有男性的嗜好的人。我经历过各种的冒险，就中有一次曾为了些些小事而赴决斗。

"才得两个月之前，我逢到一个心身都适合我的趣味的青年妇人，我觉得自己的心融化了。我自己知道终于逢到我的运命，将要堕入恋爱了。后来我一算自己所余剩的财产，发现其为数已不到四百镑了！试问——一个有自尊心的男子，能否拿了区区的四百镑而从事恋爱？我断定他决不可能，就远离了我的美人，从此我渐渐增加我的平常的费用的速度，到了今天朝晨而剩下我的最后的八十镑。我把它平分为二股，保留四十镑为某种特别用途，其余的四十镑便是我预备在今晚以前使完的。

"今天我过了很愉快的一天，除给我以拜识你们的好机会的乳酪果馅馒头的滑稽剧以外,我又演了许多滑稽剧。因为像刚才对你们说过,我决心欲在我的愚痴的生涯上加一个更愚痴的结尾。你们看见我把钱囊抛弃在路中的时候,便是那四十镑的使尽。现在你们已完全理解我了:我是一个愚笨人,但是始终一贯,愚笨到底的人;我要求你们相信我不是一个饮泣者或胆怯的人。"

从青年这番话的全体的调子上看来,他显然是怀抱着非常苦痛而玩蔑的思想的。他的两个听者就想像到那恋爱事件是他中心最重大的一事,他已在设法处置他自己的生命了。回想那乳酪果馅馒头的滑稽剧,更觉得是一幕假装的悲剧。

"咦,这不是奇缘吗?"琪拉尔定向弗洛律才尔王子一看,突然叫出,"我们三人因极小的机会而在这样广大的伦敦地方相会合,而三人的境遇如此相类似?"

"甚么样?"那青年问,"你们也是失意人吗? 这晚餐是同我的乳酪果馅馒头一样的愚举吗? 难道是恶魔召集了他的三个同志而开这最后的宴会?"

"这个无疑,恶魔又是的确会做很漂亮的事。"弗洛律才尔回答,"我对于这暗合,心中非常感动,虽然我们的境遇并不完全相同,但我想消灭其差别。让你的最后的乳酪果馅馒头的勇敢的办法做我的前例吧。"

王子说过之后,摸出他的钱囊,从其中取出一小束的钞票来。

"我虽然迟了你一星期,但我一定要赶上你,与你同赴决胜点。"他继续说。"这一点,"他放一张钞票在桌子上,"付账大约够了。余多的——"

他把余多的钞票投在炉火中,那些钞票一焚烧尽,上升入烟囱中。

青年想捉住王子的臂膀,但因为有桌子夹在他们中间,去拦阻已经来不及了。

"不幸的人,"他叫道,"你不该全部烧尽! 你应该保留四十镑呢。"

"四十镑!"王子反复一句。"为甚么要四十镑?"

"为甚么不八十镑呢?"大佐叫道,"我的确知道这一束钞票一定不下一百镑。"

"只要四十镑已经够了,"青年用阴郁的调子说,"但没有这四十镑不得许可。规则是严重的。每人四十镑。可恶的人世,连死都非有钱不行!"

王子和大佐面面相觑。

"请你说明其理由。"大佐说,"我身边还有一只充实的票篋,我当然愿意分送给哥道尔兄。但我必须知道这是为甚么目的,你必须把意思告诉我。"

青年似乎被促醒了,不安心地向二人看,他的脸通红了。

"你们可不是和我开玩笑?"他问,"你们果真是同我一样地破落了的么?"

"真的,至少我是真的。"大佐回答。

"我也是,"王子说,"我已有证据给你看了。除破落户以外,谁肯把钞票投在火里呢? 这一件事已足表明了。"

"破落户——不错。"青年怀疑似的回答,"否则大富翁。"

"好了好了,先生,"王子说,"我已经这么说过了,我不惯于隐藏自己的说话。"

"破落了?"青年说,"你们也同我一样地破落了? 你们是送尽了耽溺的一生,而现在达到了只能耽溺于这一道的关头么? 你们是——"他放低他的声音,继续说道:"你们是要委身于那最后的耽溺么? 你们是想用那唯一的不谬而容易的方法来避去你们的愚行所致的结果么？你们想从那唯一的出口逃避良心的苛责么？"

他突然住口，想装出笑来。

"祝你们健康！"他干了一杯酒，这样叫出，"再会，再会，快乐的破落户。"

他将要立起身来，琪拉尔定大佐捉住了他的臂。

"你不信用我们，"他说，"这是你的不是。对你的一切的质问，我都肯定地回答了，但我不是那样胆怯的人，不欢喜说暧昧而不负责任的话。我们都是同你一样，对于生活已经厌倦，而决心求死了。或早或晚，或独自或同行，我们决意要找到死神，在他所伏的地方拉住他的胡须。现在遇到了你，而你的情形更为切迫，那么就是今晚罢——现在立刻——倘然你愿意，我们三人一同来。这么一个分文不带的三人团，"他叫道，"可以挽着臂走进阎王殿里，而在亡灵之间得到互相的扶助呢！"

琪拉尔定突然注意到了他的符合于他所扮演的角色的态度与语调。王子不安心起来，用疑惑的眼色看他的心腹友。那青年，颊上又微微地堆起红潮。他的眼中射出光辉。

"你们真是我的同志！"他带了凄惨的欢喜而叫出，"我们握手缔盟罢！"（他的手冷而湿。）"你们恐怕没有知道你们将趋赴甚样的团体中！你们恐怕没有知道吃我的乳酪果馅馒头是于你们自己何等有益的机会！我不过是一个人，但我是一团体中的一个人。我知道死神的秘密的门户。我是他的一个亲友，能不费手续，不遭怪怨，而引导你们到他的永远的世界中。"

他们热心地要求他说明他的话的意义。

"你们间能凑集八十镑的金钱么？"他问。

琪拉尔定故意装腔地计数他的票篓,回答他有。

"那很幸运!"青年叫道。"四十镑是自杀俱乐部的入会费。"

"自杀俱乐部,"王子说,"这是甚么样的东西?"

"请听我说,"青年告诉他们,"现代是便利的世界。但我要告诉你们其最后完成的一种便利物。我们要赴各地办事务,于是发明了铁路。铁路能万无一失地使我们离去我们的友人。又造出电信,使我们可以隔着很远的距离而在瞬间通信。就是在旅馆中,也有升降机,可使我们免得攀登数百级的扶梯。于此可知这世间不过是我们欢喜扮演某角色的期间所用的演滑稽剧的舞台。在现代的娱乐中,还缺少着一种便利,即离去这舞台的一个适当而容易的方法,通自由之路的后门。换言之,即如我刚才所说,死神的秘密的门户。两位同志,自杀俱乐部就是提供这一事的。不要以为怀抱这极合理的愿望的人只有我和你,不要以为这是例外的。对于他们所必须每日或全生涯加入的演技真心地厌恶了的大多数的人类,都是仅为一二个理由所牵制,故不能逃脱。就中有几个人有家族,他们知道了这事将消魂,甚或责备;又有几个人心肠懦弱,遇到死便退却。这是我自己也多少经验过的。"

"我不能把手枪对着自己的头而捺下扳机,因为有一种比我自己更强的东西在拦阻我的举动。我虽然厌恶人世,却恨自己没有气力可以捉住死神而了却此生。自杀俱乐部,便是为了像我这样的人,以及一切希望免除身后的责备而脱却浮世的圈套的人而创办的。这俱乐部办理如何,其历史如何,或其在他国的支部情形如何等事,我自己也不知道;而我所知道的它的组织,也不便告诉你们。但在这样的限度内我可以为你们效劳:倘使你们真果倦于人世了,今晚我可以介绍你们到一个会里;那么即使今晚不能,在这一星期中你们总能安然地解脱你们的生命。现在是(审察他的时表)十一点钟,至迟十一点半我们必须离去这地方,所以你们还有半个钟头可以商酌我的建议。这比乳酪果馅馒头重大得多,"他微笑而附说道,"且我以为滋味也好得多。"

"当然,重大得多,"琪拉尔定大佐回答,"因为其如此重大,所以欲恳请你,可否让我和哥道尔兄二人作五分钟的私谈?"

"那当然可以。"青年回答,"倘你们容许,我就退席。"

"那我们感谢得很。"大佐说。

一到座上仅留两个人的时候,王子弗洛律才尔就说:"琪拉尔定,这私谈有甚么用?我知道你已在狼狈,我却已经极冷静地决心了。我要一探其究竟。"

"殿下,"大佐说时脸色苍白了,"伏愿殿下顾念自己的玉体,不仅对于朋友,又对于全体国民有重大的关系。那狂人曾说,'即使今晚不能',但试想,假如今晚有甚么不可挽回的灾害及于殿下的玉体,我的失望当如何,万民的忧患与不幸又当如何?"

"我要一探其究竟。"王子用沉静的语调反复说一遍,"琪拉尔定大佐,请你以绅士的资格,顾念又尊重你的誓言。无论何种情形,没有我的特别的命令,你不得把我在外边的微行泄露于他人。这是我的命令,现在我重说一遍。现在,"他又说,"我请你就付酒钞。"

琪拉尔定大佐顺从地鞠躬,但当他召请那乳酪果馅馒头的青年,而唤堂倌回账的时候,他的脸色十分苍白了。王子不失其镇静的态度,兴致勃勃地和那青年自杀者谈论巴雷·洛耶尔剧场中的滑稽剧。他极自然地避去大佐的哀诉的眼光,又用比平常更仔细的态度另选了一枝雪茄烟。三人中实在只有他一人态度镇静。

账回过了,王子把找出来的钱如数给了那堂倌,使他吃了一惊。三人就坐了一乘四轮马车而去。不久马车停在一处略暗的小路的口子上了。三人都下车。

琪拉尔定付了车钱之后，那青年回头向王子弗洛律才尔这样说：

"哥道尔兄，你倘要逃归人生的束缚中，现在还来得及呢。亨麦斯密史兄，你也如何？在更进一步之前，请你们充分思量。倘使你们心中说否——这里便是歧路。"

"请引导，先生，"王子说，"我不是有言在先而翻悔于后的人。"

"你的冷静于我有益。"他们的引导者回答，"我从未见过际此危机而像你这样不慌不忙的人，且你并非我所引导到此门来的第一个人。我的朋友中，先我而行的不止一个，我知道不久我也要跟他们走。但这对你们是无关的。请在这里略等片刻，我办妥了你们的介绍手续立刻回来。"

青年向他的伴侣一挥手。说了这句话，就转入那小路，跨进一个门口，不见了。

"在我们的一切愚举中，"琪拉尔定大佐低声说，"这是最荒唐而最危险的了。"

"我也完全承认。"王子回答。

"我们还有，"大佐接口说，"犹豫的余地呢。我恳求殿下利用这机会而退身。这一步的结果非常黑暗，非常严肃，所以我觉得我应该比平常更多要求一点殿下在私人间所惠许我的自由。"

"琪拉尔定大佐岂有胆怯之理？"殿下从唇间取去雪茄烟，用锐利的眼光注视对手的脸孔，这样问他。

"我的恐怖决不是为我个人的，"大佐傲然地回答，"这一点请殿下放心。"

"我也早已知道，"王子用冷静而舒泰的态度回答，"但我不愿使你挂念我们的地位的差异。好了——好了,"他看见琪拉尔定将要说话,又这样说,"你不说我也知道了。"

他靠在栏杆上,从容地吸烟,直到那青年回来。

"甚么样?"他问,"我们的求见的交涉办妥了么?"

"跟我来。"是他的回答。"会长将在私室中接见你们。我预先关照你,你们的答话务须坦白。我是你们的保证人,但俱乐部在入会之前须行一次讯问,因为一个会员不审慎,可使全会永远解散。"

王子和琪拉尔定交头接耳地密谈了片刻。一个说"在这一点上请帮助我",那个说"在那一点上请帮助我",大胆地装出互相知交的人们的特征,在转瞬间结束了他们的谈话,预备跟了他们的引导者到会长的私室中去。

途中没有甚么障碍。外面的门开放着,私室的门半开着,在一间小而高的室中,青年又离开了二人而去。

"他立刻就到这里来。"他离去的时候点一点头,这样说。

人声通过了一边的折叠门而达到私室中,时时有香槟酒的拔栓的音响,跟着的是夹杂在谈话中的笑声。一个单扇的窗,对了太晤士河和堤防而开着。他们从灯火的位置察知他们自己在于离开却林·克洛史车站不远的地方。家具很少。毯布已破得褴褛。除圆桌上一只叫人铃以外,别无可移动的物事,大批人员的帽子和外套挂在四周围的壁间的钉上。

"这是一种甚么巢窟?"琪拉尔定说。

"正是我所要来探察的。"王子回答,"倘然这屋里养着活的恶魔,那更妙了。"

恰当这时候,那折叠门开展到才通一人的大小,同时涌进了比前更啾杂的谈话声和可怕的自杀俱乐部的会长。会长是一个五十岁或五十以上的男子,步态大而缓,髭须蓬松,头颅秃顶,眼作朦胧的灰色,时时射出光辉。他的衔着一枝粗大的雪茄烟的嘴,当他敏捷而冷静地注视这两个新来的客人的时候,不绝地向上下左右扭动。他身穿淡色的苏格兰服装,他的颈全部露出在条纹的衬衫的领口中,一手臂下挟着一册记录簿。

"晚上好。"他闭上了他后面的门,这样说,"听说你们要和我谈话。"

"先生,我们意欲加入自杀俱乐部。"大佐回答。

会长旋转他口中的雪茄烟。

"这是甚么意思?"他突然地说。

"对不起,"大佐回答,"我相信这事只有你能指教我们。"

"我?"会长叫道,"自杀俱乐部? 莫非是万愚节上的戏谈么? 我只能容纳饮酒取乐的人,却不懂这种事。"

"俱乐部由你叫甚么名称,"大佐说,"但你有一班客人在这门里面,我们定要加入于他们中。"

"先生,"会长简略地回答,"你弄错了。这里是个人的住宅啊,你们应当立刻离去。"

王子在这短的会谈的时间默默地坐在自己的座上,直到现在,大佐对他一看,仿佛欲说"求告你,回答了话而辞去罢!"的时候,他从口中拿去他的雪茄烟,开始说话——

"我的来此,"他说,"由于你们的一个朋友的招待。他一定已把我的必欲加入贵会的志愿对你说过了。请你顾念,像我这样境遇的人,已极少有自制的能力,又并不能完全容忍过于粗野的事。我平常是一个驯良的人,但是,先生,你可否把你所极熟悉的那事指教我,使我感谢,否则你将痛悔你的许我入你的内室。"

会长大笑起来。

"这样才好说话。"他说。"你是丈夫中的丈夫。你真能知我的心,能与我做你所欢喜做的事。你可,"他向着琪拉尔定,继续说,"你可暂时退席么?我将先成就你的朋友,因为俱乐部的规则中,有的事须秘密施行的。"

说过之后,他开开一间小房间的门,把大佐关闭在其中。

"我信用你,"座上仅留二人之后,他立刻对弗洛律才尔说,"但你能确信你的朋友么?"

"不能像对我自己一样确信,虽然他有比我更有力的理由,"弗洛律才尔回答,"但带他到这里来,决没有甚么危险。他曾经饱受过能使最执迷于生活的人厌弃其人世的遭际。他是近来为了赌博诈骗而被免除官职的。"

"大概这是他的理由。"会长答道,"这里另有一人与他同一情形,故我想来他总是可靠的。请问,你也是曾在军职的么?"

"是的,"王子回话,"但我太怠惰,一早就罢职的。"

"你的厌弃人世,是为了甚么理由?"会长追究他。

"我想来想去,无非是为了怠惰,"王子回答,"纯粹的怠惰。"

会长惊骇了。"笑话,"他说,"你一定另有更重大的理由。"

"我已没有钱了,"弗洛律才尔又说,"这的确也是一种烦恼。这使我更痛切地感到自己的怠惰。"

会长旋转口中的雪茄烟,把视线直射于这奇异的新来者的眼中约数秒钟,但王子用镇静而泰然的态度抵挡他的穿凿的眼光。

"我倘不是富有经验的人,"后来会长说,"将驱逐你了。但我懂得世间,至少我知道,最琐屑的事故在自杀者往往是最强韧地固守的理由。

我凡欢喜了一个人,像欢喜你一般的时候,我宁愿稍变通定规,而容纳他的要求。"

王子和大佐次第受过了长而详细的问讯:王子是一人受的;琪拉尔定是在王子面前受的,因此会长可在热烈地反问一人的时候观察另一人的脸色。其结果很满足。会长记录了双方的详细情实二三点之后,拿出誓约书来,请他们承受。这约束的服从的被动,这立誓者所自誓的誓言的严格,世间没有更甚的了。宣立这样可怕的誓言的人,其心中已全不留剩一点名誉的碎片,或宗教上的任何种慰安了。弗洛律才尔在这文书上签了字,但不免带些战栗;大佐现出十分沮丧的神气,照例署了名。于是会长收入会费,率然地引导这两人到自杀俱乐部的吸烟室中去。

自杀俱乐部的吸烟室,与其所通的会长私室同样高低,但广得多,自顶至地,糊着模仿樫木板壁的壁纸。一个大而阳气的火炉和无数的煤气灯,照得满座通明。王子和大佐加入之后,全体人数为十八人。大多数的会员吸烟,喝香槟酒,一种热狂的欢乐支配着全室,间以突然的又带凄惨的停顿。

"这是会员的全体么?"王子问。

"一半光景。"会长说。"有时,"他又说,"倘使你们有钱,普通都供给些香槟酒。这可以增加元气,又是我自己所得的一点小费。"

"亨麦斯密史,"弗洛律才尔说,"我可把香槟酒让给你。"

他说了就走开去,巡步于客人中间。惯在上流社会作主人公的他,牵惹了又主宰了其所接近的一切客人。他的举止应对中有一种可亲而又威严的性质,他的格外的冷静,在这些半癫狂的会员中又特别显著。

他从这个人巡行至那个人的时候,他的耳目不绝地注意,不久他已大体了解在他周围的是甚样的人了。这里同别的群众的集会所一样,也有一种定型占着势力：这些人血气都旺盛，他们的容貌上都表示着聪明与敏感，但缺乏气力的希望与成功的素质。极少数的人年在三十以上，但有许多人还只十余岁。他们靠在桌上，左右足轮流支持而立着。有时异常猛力地吸烟，有时任雪茄烟的火隐去。有几人很会谈话，但有几人的话显然表示着神经的昂奋，且都缺乏机智与意趣。

每逢新开一瓶香槟酒，显然添得一段阳气。只有两人坐着——一个坐在窗的凹处的一只椅子里，垂着头，两只手深深地插在他的裤袋中，脸色苍白，分明为汗水所润湿，他一句话也不说，精神与身体都疲乏极了。另一个坐在炉边的靠壁的长椅子上，因其在其余一切人中有非常的特异点，故容易惹人注意。他的年纪大约在四十以上，但看起来足可看上十岁。弗洛律才尔觉得从来没有看见过如此天生成可嫌的，如此为疾病和有害的刺激所斫丧的人。他只有皮和骨，又半身不遂，戴着度数极强的眼镜，以致他的眼睛透过了这眼镜而变成非常扩大而歪斜的形象。除了王子和会长以外，这房间中能保持平日的镇定的人，只有他一个。

俱乐部的会员间不守礼仪。有的人夸谈他的耻辱的行为，说这些行为的结果逼迫他向死中找求安身之所，别的人不加非难而倾听他。他们对于道德的判断有一种默契。凡走进了这俱乐部的门的人，早已享受了几分死的自由了。他们为了各人的回忆，或过去的有名的自杀者，而互相举杯庆祝。他们互相比较又启发其对于死的各种意见——有的人说死不过是黑暗与停顿；又有的人充满着希望，以为在那一晚他们可以攀登星辰，而结交伟大的古人。

"为自杀者的模范德伦克男爵的永远的纪念！"有一个人这样叫，"它出了一个小的牢狱，而进了一个更小的牢狱，因此他可以再来自由的世界。"

"在我，"第二个人说，"我但愿用绷带封闭了我的眼，用棉花塞住了我的耳。可惜这世间没有那样厚的棉花。"

第三个人说，为欲知道死后的状况的不思议；第四个人说，他倘使不是相信了达尔文氏之说，决不会加入这俱乐部。

"我不能忍受了，"这特殊的自杀者说，"做猴子的子孙。"

结果，王子对于这些会员的态度和谈话觉得失望了。

"死之一事，"他想，"在我觉得用不着如此骚扰。一个男子倘然决心自杀了，尽管堂堂地赴死。用不着这些大言壮语。"

在这时间，琪拉尔定大佐全然为大恐怖所恼了。俱乐部及其规则，仍是迷不可解，他环视室中，想找寻一个能为他说明而使他安心的人。在这环顾中，他的眼光不期地射中了那个戴强度的眼镜的中风的男子，看见他异常稳静，他就捉住了因事务繁忙而出入不绝的会长，托他介绍于坐在靠壁的长椅子上的绅士。

会长告诉他，说在俱乐部内无需这种礼节，但他仍然介绍亨麦斯密史氏于马尔萨斯氏了。

马尔萨斯氏珍奇地向大佐一看，然后请他坐在他的右面。

"你是新来的人，"他说，"要探问情状么？这里是很好的地方。我来到这愉快的俱乐部，已经两年了。"

大佐方敢抽一口气。如果马尔萨斯氏在这里进出已两年了，今天一晚大概不致有甚么危险及于王子身上。但是琪拉尔定仍是惊恐，又疑心他是骗他。

"甚么！"他叫道，"两年了！我知道你一定是和我开玩笑。"

"并不。"马尔萨斯氏温和地回答，"我的情形是特殊的。老实说，我不是一个完全的自杀者，不过是所谓名誉会员。我在两个月中难得来俱乐部两次。我的病弱与会长的好意,使我得到这一些特典,因此我另缴一支高额的会费。虽然如此,我的幸运已是特别的了。"

"对不起得很,"大佐说,"我必须请你说得更明白一点。你要原谅,我对于俱乐部的规则还全然没有懂得呢。"

"像你这样的为求死而来此的普通会员,"那中风者回答,"须得每晚到会,直至死运的来临。倘使他没有钱,亦可向会长请求膳食和住宿:我知道食宿是很精美而雅洁的,但当然不是豪奢;试想所缴的费的微薄(假如我不妨这样说),决不会希望其豪奢罢。况且和会长的交际,其本身也是一种美味啊。"

"真的!"琪拉尔定叫道,"我对他不能真心地感佩呢。"

"唉!"马尔萨斯说,"你不懂得他:他真是一个善戏谑的人!那种故事!那种轻傲!他非常深知人世,在我们自己之间又不妨说,他大概是基督教国的最堕落的恶党。"

"他也是,"大佐问,"一个终身会员——像你一样?假如我不妨这样问。"

"是的,但他的终身会员情形与我大异。"马尔萨斯氏回答,"我全靠神祐而活着,但后来总是非去不可的。至于他,自己不赌胜负。他只是为会员把纸牌推抄又分配,作必要的准备。亨麦斯密史兄,他真是一个机敏的人呢。他在伦敦干这有利的——我不妨再附加一句,巧妙的职业,已历三年,没有一次招致过一点讥评。我相信他必是受着灵感的。你一定记得,六个月以前在一所药店里偶然被毒杀的那个绅士的有名的事件?那是他所认为最拙劣而最无味的事,然而也何等简单!何等安全!"

"可怕得很。"大佐说。"那不幸的绅士也是——"他几乎说出"牺牲者之一人"来,幸而悟到了,他就改口说——"俱乐部的一员么?"

同时他又想到,马尔萨斯自己说话并不作爱死的人的语气,他就连忙继续说道:

"但我仍是莫明其妙。你说推抄,分配,不知究竟是甚么一回事? 你又似乎是不愿死的人,那么究竟是甚么原由使你到这里来的? 我真全然不解。"

"你说你莫明其妙,倒是真的。"马尔萨斯氏更加精神抖擞地回答。"先生,这俱乐部是陶醉的殿堂。假如我的羸弱的身体更能堪受这刺激,我一定还要常来。要使我不耽溺于这种可称为我的最后的娱乐的事,必须要从不健康和谨慎小心的养生法的长期习惯所生的一切义务观念。这种娱乐我都已试过了呢,"他把一只手搭在琪拉尔定的臂上了,又说,"一切都已试过了,我可告诉你。实在没有一种不价值巨大而昂贵过实。世人都玩弄恋爱。但恋爱决不是强烈的热情。恐怖才是强烈的热情。你倘要尝到人生的最强的欢乐的滋味,必须玩弄这恐怖。你羡我么? ——你羡我么,先生?"他哈哈大笑,又补说一句,"我真是胆怯者!"

琪拉尔定对于这可叹的人的嫌恶之情几乎不能抑制了,但他竭力镇定,继续质问。

"先生,"他问,"怎的这刺激会如此巧妙地延长? 死期的不确定的要点在于何处?"

"我必须告诉你每晚的牺牲者的选法。"马尔萨斯氏问答,"不但其牺牲者,还有为俱乐部的手段的另一会员,在这情形之下,即死神的高僧。"

"啊哟!"大佐说,"他们是互相杀死的么?"

"这样,自杀的手续可以省去了。"马尔萨斯点一点头,回答他。

"啊哟!"大佐惊呼了,"那么你——我——那个王……——我那个朋友——我们中无论哪一个,今晚都可被派选为别人的身体与不朽的灵魂的戕害者么?这难道是从娘肚皮生出的人所能做的事?荒唐!荒唐!"

大佐惊骇之余,想要立起身来,恰好碰着了王子的眼光。他正在室的那一壁用颦蹙而愤怒的眼光向他凝视着。琪拉尔定立刻恢复他的安定。

"其实,"他就补说,"也并没有甚么稀奇。况且你说过这玩意儿很有趣,甚么都不怕——我服从俱乐部的规则!"

马尔萨斯氏看见了大佐的惊骇与嫌恶,觉得非常愉快。他在那里夸耀他的不正当,所以他看见别人在人情上却了步,而同时觉得他自己因为完全堕落了而对于这种感情超然不动的时候,心中很是欢喜。

"现在,你的最初的惊骇已经过去,"他说,"你便可玩味我们的同志的愉快了。你便可知道这里面混合着赌博、决斗及罗马圆形剧场的感兴。异教徒们也曾盛赏这种况味。我真心赞叹他们的富于趣味的心。这是基督教国为欲达得这极致,这精髓,这无上的深刻而设置的。你将看到,一个人尝到了这种滋味之后,便觉得一切别的娱乐都乏味了。我们所作的游戏,"他继续说,"是很简单的一副纸牌——但你不久将看见实物了。你的腕能借我一扶么?我不幸而患了疯痛病。"

当马尔萨斯氏正欲开始说明的时候,确有别的两扇折门推开,全部会员带着几分急促,通过了那门,到邻室中去。此室中各点均与前室相同,不过家具的设备稍异。室的中央放着一只绿色的长桌子,会长坐在桌前,十分郑重地在推一副纸牌。马尔萨斯氏虽然靠着拐杖和大佐的臂,走路仍是很困难,所以他们两人和等待他们两人的王子走进室中的时候,别的人们都已就座,结果这三人一块儿坐在桌子的下端了。

"这是五十二张一副的。"马尔萨斯氏轻轻地说。"留心'铲形的一',

是死的记号,还有'三叶形的一',是指定今夜的办事员的。青年人真幸福!"他又说,"你们有明快的眼,能够追随这游戏。唉! 我隔着桌子便不能区别一和二。"

说过之后,他另取一副眼镜戴上了。

"我至少必须看守人们的颜面。"他说。

大佐赶快把他从那名誉会员所闻知的一切情形和目前的可怕的抽签法告诉他的朋友。王子感到可怕的寒战和心脏的收缩,困难地吞着唾液,像着了迷的人一般地向左右回顾。

"只要下个决心,"大佐低声说,"我们还可以逃脱呢。"

这话重新恢复了王子的元气。

"静些!"他说,"我愿见你在无论如何严肃的冒险之下都能保持大丈夫的态度。"

说过之后,他又全身恢复平静的态度而环顾四周,虽然他的心脏鼓动得很激烈,胸中怀着一种不快的热。会员全体十分静肃又紧张,脸色都苍白,但没有一人比马尔萨斯氏更苍白了。他的眼突出,他的头在脊椎上不知不觉地点动,他的两手交互地伸到口边,捆住他的震颤而发灰色的唇。这名誉会员显然是正在很可怕的条件之下享受会员的权分了。

"诸君,请注意!"会长说。

于是他慢慢地将纸牌自左而右分给各人。等一个人翻出了他的牌,然后再分配给第二个人。会员们差不多没有一个人不焦灼,且有时你可看见一个游戏者的指,在他能翻出那片重大的纸牌之前要逡巡伸缩到好几次。轮流渐渐近于王子,他便觉得一种兴奋的和几乎窒息的刺激,但他秉有几分赌博的气质,觉得这种感情中有某程度以内的快乐,自己几乎吃惊。结果"三叶形的九"落在他身上;"铲形的三"分配给大佐;"心形的女王"给马尔萨斯氏，他得了避免，不能抑制一种欢喜的啜泣了。乳酪果馅馒头的青年邻接在马尔萨斯氏的次位，翻着了"三叶形的一"，他指间夹着那纸牌，恐怖得像冰一般冻却了。他并非要杀人，原是要被杀而来此的。王子十分同情于这人的境遇，几乎忘却了尚临在他自己和友人的身上的危险。

第二次的分配开始了。死的纸牌还没有出来。游戏者停闭着呼吸，只是喘息。王子得了别的一张"三叶形"；琪拉尔定得了一张"金刚石"；但当马尔萨斯氏翻出他的牌的时候，一种破裂一般的可怕的声音从他的口中发出。他从座位上跳将起来，又坐下去，他的疯痛病的征候全然不见了。他所翻出的正是"铲形的一"。这名誉会员贪玩了这一次的恐怖。

几乎同时，会话又开始。游戏者们解除了他们心中的紧张，从座上起身，三三五五地步回吸烟室去。会长伸一伸背，打一个呵欠，犹似一个人完结了一天的工作。但马尔萨斯氏的头埋在他的两手中，手靠在桌子上，沉醉一般地坐在他的席上，一动也不动——犹似全被打翻了的。

王子和琪拉尔定立刻逃出那地方。在寒冷的夜风中，觉得他们所目击的那种恐怖更加增大了。

"唉，"王子叫道，"被誓约束缚在那样的事件上！让这种杀人的大商卖平安而繁昌地继续下去！只要我敢打破那誓约！"

"这是殿下所不可做的事，"大佐回答，"殿下的名誉就是波希米亚的名誉。但我却不妨又应该破坏这约束。"

"琪拉尔定，"王子说，"在你和我同干的任何种冒险事件中，倘使发生了关于你的名誉的事，我不但决不饶赦你——不，这样说可以更感动你的心——又决不饶赦我自己。"

"我服从殿下的命令。"大佐回答。"我们要走出这可嫌的地方么？"

"好的，"王子说，"叫一辆马车来罢，让我在睡眠中忘却今夜的可耻的记忆。"

但有很值得注意的事，即王子在离去其地之前，用心地记诵这小路的名称。

次日早晨，王子一起身，琪拉尔定大佐就带一张报纸来给他看，报纸中载着如下的一段记事：

"悲哀的事件——今晨约二时许，住居惠史蓬·格洛符，契斯托·泼雷史第十六号之罢索拉谋·马尔萨斯氏自友人处集会归家，从德拉法尔广场之胸壁上坠落，头盖骨粉碎，又折一腿及一臂。立刻毙命。当此不幸发生之际，氏正偕一友人，探求马车。氏素患疯痛病，故此坠落之原因，当在于疯痛病之发作。此不幸之绅士系上流社会中知名之人，故其死当广受世人之深惜。"

"倘使人的灵魂会一直落入地狱，"琪拉尔定严肃地说，"一定是这疯痛病的人的灵魂了。"

王子把脸孔埋在两手中，默默不语。

"我闻知了那人的死，"大佐继续说，"几乎觉得欢喜。但想起了那乳酪果馅馒头的青年，觉得可怜到心脏欲裂。"

"琪拉尔定，"王子仰起头来说，"那不幸的青年，在昨夜是同你我一样的无罪的人，但今晨已犯了杀人的罪了。我想起了那会长，胸中发生恶感。我不知道这怎么办才好，但我一定要操持对于这个恶党的生杀之权。那种纸牌的游戏，真是好经验，真是好教训！"

"只限一次，"大佐说，"决没有第二回的。"

王子好久默默不答，使得琪拉尔定耽心起来。

"你不会再到那地方去罢。"他说，"你已经饱受了苦况，饱看了那可怕的光景了。你的高贵的地位的义务,也不许你重犯这种危险。"

"你所说的话很有理,"王子弗洛律才尔回答,"我并不认定自己的决心为善。唉!无论最伟大的王侯贵族,脱去了衣服,都不过是一个普通的人。琪拉尔定,我从未曾像今回那样明确地感到我自己的弱点,然而我对于这弱点却无可如何。我岂能忘怀于数小时以前和我们一同晚餐的不幸的青年的运命?我岂能放任那会长继续他的罪大恶极的行为而不顾?我岂能开始了这样神妙的一种冒险,而不穷极其究竟呢?琪拉尔定,你是要求我做普通人所不能做的事。今天晚上,我们定要再在自杀俱乐部的座上出席一次。"

琪拉尔定大佐跪了下来。

"殿下肯惜取我的生命否?"他叫道,"这生命是殿下所有的——是殿下所可自由支配的。但是请勿,唉,请勿命令我去冒那样可怕的危险!"

"琪拉尔定大佐,"王子显出几分高傲的态度,回答道,"你的生命绝对是你自己所有的。我只向你要求服从,但服从而非出心愿的时候,我也不再要求了。我再添说一句话,你的关于这事的恳愿已经充分了。"

那马寮长即刻立起身来。

"殿下,"他说,"可允许我今天下午乞假一次否?我自念是尊重名誉的人,非全部安排了我的责任所在的事务,不敢再行冒险赴那致命的地方。我誓保殿下可不再受他的最忠实又最感恩的仆人的反对。"

"亲爱的琪拉尔定,"王子弗洛律才尔回答,"每逢使我想起我的身份的时候,我常常觉得抱歉。今天白昼尽管让你自己使用,但在晚间十一点钟以前必须作同样的变装而到这里来。"

第二日晚上,俱乐部出席的人不多。琪拉尔定和王子到会的时候,吸烟室中仅到了五六人。殿下呼会长到身边,向他热烈地祝贺马尔萨斯氏的死。

"我欢喜，"他说，"会见有伎俩的人，你确是长于这方面的。你的职业很要熟练，但我看你办得十分成功而秘密。"

会长听了像殿下这般气品高傲的人的称赞，心中有些感动。他差不多用了谦逊的态度而答谢。

"可怜的马尔西！"他又说，"没有了他，我几乎不能承认这俱乐部了。先生，我的顾客大部分是孩子，诗趣的孩子，他们都不足为我的对手。马尔西虽然也有诗趣，但是属于我所能理解的种类的。"

"我能明确地想像，你和马尔萨斯氏是意气投合的。"王子回答，"我觉得他是一个性质极新奇的人。"

乳酪果馅馒头的青年在室中，但十分抑郁而沉默。他的新交的两个伴侣想诱他谈话，不得成功。

"我痛悔了，"他叫道，"引导你们到这万恶的地方来！回去罢，趁你们未曾沾污的时候。倘使你们听见过那老人坠落时的叫声和他的骨头撞碎在铺石上的声音！唉，倘使你们同情于如此堕落的我——但愿今夜'铲形的一'落入我手中！"

夜渐渐深起来，又陆续来了二三会员，但到了他们坐在桌前的时候，全体会员不过十三人。王子又在恐怖之中感到一种欢喜，但他看见琪拉尔定的神色比前晚自然得多，觉得非常惊奇。

"真是意想不到，"王子心中想，"一种决心，无论其打定不打定，对于一个青年人的心能有这样伟大的影响。"

"诸君，请注意！"会长说过，就开始分配纸牌。

纸牌环绕桌子分配了三回，但没有一张有记号的牌从他手中落下来。当他第四次分配的时候，会员的兴奋异常强烈了。余多的纸牌恰好分配一周。坐在分配者左二位的王子,照他们的逆行的分配法,应得最后第二张纸牌。第三个游戏者翻出一张黑色的——正是"三叶形的一"。其次受得一张"金刚石",其次一张"心形"……但"铲形的一"仍未出现。最后,坐在王子左边的琪拉尔定翻转他的牌来,这是一张"一",但是"心形的一"。

王子弗洛律才尔在他面前的桌子上守视他自己的运命的时候,他的心脏停止不动。他是一个勇敢的人,但他的脸上流下汗来。他的中签已有百分之五十确实了。他翻转那纸牌来,这是"铲形的一"。一种大声的骚音在他的头脑中鸣响,桌子在他的眼前浮动了。他听见他右旁的游戏者突然发出一阵笑声,其音调中交混着欢悦和失望。他看见一座立刻散去,但他的心中充满着别种的念头。他悟到了这一来何等愚昧,何等罪重。他有十全的健康,青春的年龄,承继王位的身份,然而他已因赌博而输去了自己的将来和勇敢忠节的国民的将来了。"天乎,"他叫出,"天乎,饶恕我!"叫过之后,他心中的纷乱就过去,忽然又归于他的镇静。

他所惊异的,是不见了琪拉尔定。赌博室中除了正在和会长商谈的他的命定的屠手和乳酪果馅馒头的青年以外,更无别人。那青年悄悄地走近王子,在他耳边轻轻地说道:

"我愿出百万元买你的幸运,假使我有这笔钱。"

当那青年走开去的时候,王子心中不禁想起,他情愿把这机会极廉价卖给了他。

会长和那人的密谈已经完毕。"三叶形的一"的所有者带了万事领会的样子而走出室去,会长走近这不幸的王子身边,把手伸给他。

"先生,我幸得拜识先生,"他说,"又幸得为先生效此微劳。至少,可以不蒙延滞之责。在第二夜——何等好运！"

王子努力想回答几句话，终于发不出音，他的口已枯渴，舌已麻痹了。

"你稍感不适么？"会长带了几分挂念的样子问他，"人们大都是如此的。你要喝些白兰地么？"

王子允诺了，会长就注了一大杯酒来。

"老马尔西真可怜！"当王子干了这杯酒的时候，会长这样说，"他几乎喝了一派因脱[1]的酒，然而这对他还不见得甚么有效！"

"在我容易见效得多，"王子大振其精神，而说道，"请看，我立刻归复我的本性了。我要请教，如今我须得怎么办？"

"你可沿了史德伦特街向雪谛方面前进，走左方的铺石，直到你会见刚才走出室去的那一位。他自会指点你方向，但请你服从他的话，因为俱乐部的权能今夜是付给他一人的。现在，"会长附加说，"我祝你此去快乐。"

弗洛律才尔对于这敬礼不自然地表示了答谢，然后向他告别。他通过那吸烟室，室中还有许多的游戏者在那里饮香槟酒，就中有几瓶酒正是他所采办，他所付钱的，他惊觉自己心中在诅咒他们了。他在会长私室中戴上了帽子，穿了外衣，从墙角里认取他的阳伞。对于这种举动的习惯和今夜是最后一次的想念，不期地使他笑出，这笑声在他自己耳中听来很不愉快。他觉得很不愿意走出这私室，就不走出去，而改向了窗边。灯的光和黑暗使他恢复了他自己。

"啊，我必须做大丈夫，"他想，"必须走出室去。"

---

〔1〕　现一般译为品脱，容量单位，在英国等国家约合 0.568 升。——编者注

在卜克斯可德的转角上,有三个人袭取王子,无理地把他压进马车中,立刻开了去。车中已有一人占坐着。

"殿下能饶恕我过于热心的失礼么?"一个稔熟的口音说。

王子在遇救的欢喜的热情中抱住了大佐的颈。

"我怎样报谢你呢?"他叫道,"这计划又怎么来的?"

他虽然曾想依了自己的运命而进行,但容纳了友情的强迫,重行回复生命和希望,也非常欢喜。

"倘得将来避远一切此种危险,"大佐回答,"尽够报谢我了。至于你所说的第二质问,处理的方法是极简单的。我今日下午和一有名的侦探安排这计划。守着秘密,又奏了效果。主办这事的是殿下自己的仆人。卜克斯可德的那屋子,从日暮时即被包围,这车,是殿下自己的马车之一,已经在那里等候了约一小时了。"

"那么,要杀我的那个不幸的男子——他甚样了?"王子问。

"他在走出俱乐部的时候已被捕缚了,"大佐回答,"现在正在邸宅中等候殿下的宣告,他的共犯者不久也将和他集合在一块。"

"琪拉尔定,"王子说,"你背叛了我的明言的命令而救了我,且事体办得很好。我不但蒙你救了生命,又从你受得了教训。倘不对我的教师表示谢意,我便是失了自己的地位。报谢的方法,一任你自己选择。"

谈话一时中止,其间马车继续驶行过几条街道,车内的二人各自耽入于自己的回想中。这沉默被琪拉尔定大佐打破了。

"殿下,"他说,"这时候邸宅中已捕缚着许多犯人了。就中至少必有一人须得判罪。我们的誓言不许一切法律的诉讼,即使那誓言可以不守,我们的身份也是不许我们公诉的。不知殿下尊意以为如何?"

"我已决定了，"弗洛律才尔王子回答，"那会长须死于决斗。唯选择其敌手是个问题。"

"殿下曾经允许我自定我的褒奖，"大佐说，"可否就把这差使命我的弟担任了？这是一件有名誉的差使，但我可担保我的弟必能圆满他的任务。"

"你所要求的不是恩惠的差使呢，"王子说，"但我决不拒绝你。"

大佐极为感动地吻王子的手。这时候马车已转入王子的壮丽的住宅的环门中。

一小时之后，弗洛律才尔穿了他的公服，挂了所有的波希米亚的勋章，出来接见自杀俱乐部的会员。

"愚痴而又罪恶的人们，"他说，"凡尔等为穷运所驱而陷入这恶境中的人们，皆得从我部下领受职业与俸金。就中苦于罪恶之念的人，必须求助于比我更崇高而更宽大的神。我对于你们的怜悯的深切，为你们所不能想像。明天你们必须把各人的一生的故事告诉我，你们的回答愈明白，我愈能安慰你们的不幸。至于你，"他转向了会长，又说，"如果我要帮助，我只能触怒像你这样一个有伎俩的人，但可以另外提供你一种有趣的事。这里，"他把手放在琪拉尔定大佐的青年的弟的肩上，"我有一员部下的士官，他欲赴大陆旅行，我欲请你在这旅行的途中随伴他。你颇能，"他改变了他的调子，继续说，"你颇能打手枪么？因为你也许是需要这种伎俩的。两人同赴旅行，万事都要有准备。让我再补说一句：万一你在途中失了这青年的琪拉尔定君，无论何时当由我另派别的部下。会长，我是以眼光与手腕并长有名的人。"

王子用非常严肃的态度，说了这几句话，就结束他的言辞。次日朝晨，俱乐部的会员皆由王子的厚恩——赐予相当的职分；会长则在琪拉尔定君及两个曾在殿下身边训练过的忠实而敏捷的从者的监督之下,出发他的旅行。王子还不放心,又派有思虑的代理人去占住了卜克斯可德的房屋,凡有对于自杀俱乐部或其职员等的函件及访问者,皆由王子亲自检察。

　　在这里(原作者说)乳酪果馅馒头的青年的故事已经告终。这青年现正在侃文地西通衢的微格莫街度送安乐的家庭生活。其门牌号数,为了明显的理由,我现在不说。倘欲探求弗洛律才尔王子和自杀俱乐部的会长的冒险谈的人,可读以下的医生与萨拉都格的皮箱的话。

二　医生与萨拉都格皮箱

　　萨伊拉斯·寇·史卡达莫亚君是一个性质朴素而无恶意的青年美国人。这性质使他的声价更高,因为他是从这种性质不甚著名的新大陆的一地方——新英伦——来的。虽然他很富裕,但他把一切用费都记录在一册小形的笔记簿上。他欢喜从学生街的所谓有家具旅馆的七层楼上仔细眺望巴黎的诱惑的光景。他的吝啬大部分是从习惯而来的,而他在朋友中很有名的美点,大都根基于他的羞涩和年轻。

　　他的邻室中住着一个姿态很动人而装扮很优美的妇人。他初到的时候,曾当她是一个伯爵夫人。过了几时,才知道她被称为才富林夫人,无论她在社会上占有何等的地位,但决不是有爵位的人。才富林夫人大概是想要迷惑这青年的美国人,常在扶梯上故意装出一种礼仪的点头、一句普通的招呼和她的黑眼的一个恼人的盼睐,而通过他的身边,然后在绫罗的擦响声中泄露一个堪羡的足和踝而隐去。但是这种诱惑,不能挑动史卡达莫亚君的心。反而把他推入了沮丧与羞耻的深渊中。她屡次以乞火为口实，或托言辩解她的卷毛小狗的恶戏，而来到他的房间里。但在这样超绝的人的面前，他的口封闭了，他的法兰西语早已放弃他了，他只能呆看而期期艾艾，直到她离去。但当他安然地伴着二三男朋友的时候，两人间这交际的疏浅并不妨碍他泄露一种极荣幸的暗示。

在这美国人的房间的对面的房间——这旅馆中每一层楼有三个房间——被一个稍有可疑的名声的英国老医生租住着。诺威尔博士——这是他的名字——曾经在伦敦享过盛大而繁荣的营业，后来因故不得不离去伦敦，听说这局面的变化系由警察指使的。总之，他是在早年享过盛名，现在则伏处在这学生街度送单纯孤独的生活，而把大部分的时间埋首于研究的。史卡达莫亚君便和他相识，两人常常同到隔街的馆子里去享用俭约的酒食。

萨伊拉斯·寇·史卡达莫亚有许多与体面无甚关系的小小的恶癖，又任意用种种稍奇异的方法来耽乐这种恶癖。他的缺点的主体在于好奇心。他生来是一个多言人。人生，尤其是他所未曾经验过的部分，能使他发生热狂的兴味。他是一个大胆无敌的穿凿家，用了同等程度的执拗与疏虑而提出种种的质问。当他拿一封信到邮政局去的时候，他在手中估计信的分量，翻来覆去地看，又用心检点信上的地址；当他在他的房间与才富林夫人的房间的间隔上发现了一个隙孔，他不给塞住，反而把那口子弄大些，改良些，利用以窥探邻人的举动。

三月底的有一天，他的好奇心跟了耽乐而扩大起来，他把那隙孔再弄大些，因此可以见到邻室的那一角。那天晚上，当他照常地要去窥探才富林夫人的动作的时候，他发现那洞穴被一种奇异的东西从那方面障蔽了，心中很惊奇。当那障碍物忽然又被除去，一种忍笑的声音达到他的耳中的时候,他更觉羞愧。那些剥落的漆显然已经泄露了他的窥探穴的秘密,而他的邻人已曾返报同样的窥探了。这使得史卡达莫亚君十分懊恼。他残忍地埋怨才富林夫人,又责备他自己。但到了次日,觉得才富林夫人无意于妨碍他的心爱的娱乐,便继续利用她的不注意而满足他的无谓的好奇心。

其次日,才富林夫人受得一个身长而体格疏懒的五十岁以上的男子的长时间的访问,这男子是萨伊拉斯所从未曾见过的。他的苏格兰织的衣服与有色的衬衣,和他的蓬松的颊髯,同样地明示着他是一个英国人,而他的暗钝的灰色的眼,使萨伊拉斯觉得冷酷。他在低声的全部谈话中,不绝地把嘴巴向这边那边转动。有好几次,这青年的新英伦人觉得他们的动作似乎指着他自己的房间,但他所能用了极细心的注意而推察到的唯一的明确的事,是这英国人对于那女子的嫌恶或反对而答复似的,声调稍高的这几句话。

"我已经精细地研究过他的趣味了,我再三告诉你,你是我所能访到的唯一的女人。"

对于这句话的回答,才富林夫人叹息一声,用态度表示她的折服,犹似屈服于绝对的威权。

这一天的下午,那个窥探穴因为那方面的穴前放置了一只衣箱,终于被塞闭了。萨伊拉斯正在悲叹这由那英国人的恶意的指示而来的不幸,旅馆门役送上一封女人笔迹的信来。这信用不甚正确的法兰西语写成,没有具名,信中用非常恣悪的文句,招请这青年美国人于这天晚上十一点钟来到蒲伊哀跳舞场内的某处。好奇心和胆怯心在他心中作了长期的战争。他心中有时完全善良,有时全部像火一般地燃烧而大胆了。其结果,在晚间十点钟正还未到的时候,萨伊拉斯·寇·史卡达莫亚君穿了整洁无比的服装,而出现于蒲伊哀跳舞场的门前,带了一种胡乱恶戏而也有其魅力的心情而付他的入场费了。

这正是谢肉祭的时节,跳舞场中非常热闹而嘈杂。无数的灯火和群众,最初使我们的青年的冒险者感到头昏,不久带了一种酩酊而升上他的脑际,使他发生分外的勇气了。他觉得甚么都不怕,带了骑士的轩昂的态度而傲步于跳舞厅中。当他正在这样地散步的时候,他看见才富林夫人和那个英国人在一个柱的背后谈话。他的猫一般的欢喜窃听的心立刻发动而不可抑制了。他从两人背后偷偷地走近去,直到能听见说话的地方而立停。

“就是那个男子,”那英国人正在这样说,“那边——有长的金发的——正在对一个穿绿衣的少女谈话的。”

萨伊拉斯便看见一个身材短小而非常秀美的青年,这明明是他们所指的人。

“好的,”才富林夫人说,“我当尽力做去。但须知道,对于这样的事,即使我们中手段最高明的人,也许会失败呢。”

“咄!”她的对手回答,“我负最后的责任是了。我不是从三十个人中特地选定你的吗?去做罢,但要防备那殿下。我真不懂,他今晚怎地会到这里来的呢?仿佛巴黎地方除了这学生们与店员们的骚扰处以外,没有更值得他注意的别许多跳舞场了!你看他坐在那里的样子,不像一个休假日的王子,而很像一个正在那里君临自国的皇帝!”

这回萨伊拉斯运气又好。他认到一个体格丰满,风采惹目,而态度非常堂皇文雅的人,和另一个比他年轻二三岁而也很有风采的青年男子同坐在桌边,那青年男子用了显著的恭敬态度而对他说话。殿下这个名称,在共和国民的萨伊拉斯听了觉得很可感动,而这个名称所归属的那人的风姿,也有魅力及于他的心中。他放弃了才富林夫人和那英国人,穿过群众而前进,走到了殿下及其心腹友所坐的桌旁。

"琪拉尔定,"殿下正在这样说,"这举动实在是狂妄的。你自己(我幸而记得这一点)选定你的兄弟去当这危险的差使,你实有监视他的行动的义务。他同意于在巴黎逗留这许多天,这已是一种疏忽了,细想他所对待的那人的性格。但是现在,他离开出发不过四十八小时,离开那最后的试练不过二三天了,试问这里是否给他花费时间的地方? 现在他应该到剑术场里练习武艺,他应该充分地睡眠而适当地散步,他应该不饮葡萄酒或白兰地而严格地节制饮食。那畜生不要以为我们都在玩弄喜剧? 那件事实在很困难呢,琪拉尔定。"

"我很深地知道这青年,"琪拉尔定大佐回答,"殿下尽可放心。他不似殿下所想像地疏忽,而有一种不屈不挠的精神。倘交托他一个女人,我却不敢这样说,但是那个会长,我可以毫无一点挂虑而交托他和两个从者。"

"你这样说,使我很满足,"王子回答,"但我的心总不安。这两个从者都是很有训练的侦探,但那恶汉不是已经三次躲避他们的眼而私下费了连续数小时,而且多分属于危险性质的工作么? 外行人也许会给他逃脱,但罗独尔夫和詹洛姆假如走失了他,这一定是故意的,有当然的理由与非凡的策略的人的所为。"

"我知道现在的问题是我和我的兄弟之间的事。"琪拉尔定在语调上带了几分不快的色彩而回答。

"这当然是如此,琪拉尔定。"弗洛律才尔王子回答,"为了这理由,你恐怕更应该容纳我的忠告。但不要再谈这些话了。那个黄衣女子舞跳得好呢。"

他们的谈话再入了关于谢肉祭的巴黎的跳舞场的通常的话题。

萨伊拉斯记到了他所在的地方，又想起了他应赴密会场所的时间已经迫近了。他越是想，对于前途越是觉得嫌恶，正当这时候，一个群众的涡旋开始把他拥向门的方面，他并不反抗而由它拥了开去。那涡旋把他打到了月楼下面的一角里，他到了那里，立刻听到才富林夫人的话声。她正在和不到半小时以前，那奇怪的英国人所指点的金发青年用法兰西语谈话。

"我的声名会扫地呢，"她说，"不然，我不要提出这种非心愿的条件。但你只须对那门役说这几句话，他便会默默地放你通过了。"

"但是为甚么要说起债款呢？"她的伴侣抗议。

"唉！"她说，"你以为我不懂我自己所住的旅馆的情形么？"

说过之后，她便情深地倾身在她的伴侣的臂上而去。

这使得萨伊拉斯想起那封情书。

"十分钟之后，"他想，"我也可和那样美丽的一个女人一同散步了，也许服装更漂亮——恐怕是一个真的淑女，通行是一个贵妇人。"

其次他想起了那不甚正确的缀字，觉得有些沮丧。

"但这也许是她的女佣所写的。"他想像。

时计上距约束的钟点只有二三分钟了，时间的切逼使他的心脏带了一种奇妙而又稍稍不快的速度而跳跃。他想起了他自己没有必须出场的义务，心中宽慰些。道德心与胆怯之情合并在一块，他再向了门的方面而进行，但这回出于他自己的意思，逆溯了向着反对方面而移行的群众的波流而进行。大概是这长期间的抵抗使他疲倦了，或者恐怕他的心情是因为仅乎继续同样的决心至数分钟之久而发生一种反动与异目的了。的确，他至少转了三次方向，直到他在距离指定场所二三码的地方找到了一处隐蔽所而停步。

在那里他经验到一种心神的懊恼，他几度祈愿神的助力，因为萨伊拉斯曾受信仰的教育。他现在已经全无一点想会见那女子的意愿，使他不逃走的，只是恐怕别人笑他不勇敢的一点愚痴的恐惧心。但这点心非常力强，把一切其他的动机都压倒了，虽然这不能使他决心前进，但也使他不能决心逃走。后来时计上表示约束时间过后十分钟了。青年的史卡达莫亚的心便兴奋起来。他向角内环窥，看见约会的地方并无一人，这一定是他的未知的通信者等得疲倦而走脱了。他就与以前的胆怯同样程度地大胆起来了。在他以为他只要来到约会的地点，即使迟了，他也可避免胆怯的讥评。不，现在他开始怀疑对方的戏弄，而实际地庆幸他自己的能怀疑又算破他的瞒着者的机敏。少年人的心是这样地无定的！

他怀抱了这种念头，勇敢地从他的一角中向前走出，但他不曾跨得两步，一只手搭住在他的臂上了。他旋转头来，看见一个躯干非常巨大，容貌带些威严，但并无苛酷之相的妇人。

"你真是一个极自负的色男呢，"她说，"教人家等煞了。但我一定要会见你。女子一到了自荐的忘身的时候，她早已不计较一切细微的荣耀了。"

萨伊拉斯被他的通信者的魁梧与娇媚，及其来袭的突如所压倒了。但她不久就使他快适。她的态度极顺从而温和。她诱导他说笑话，又高声地褒美他。片刻之后，在谄媚与温白兰地的畅饮之间，她不但使他想到自己已入恋爱，又使他十分热烈地告白他自己的热情了。

"啊哟！"她说，"你的话真使我非常欢乐，但我不知道现在我应该悲呢应该喜。自今以前，我是独自受苦的。现在呢，吾爱，有两个人了。我不是自由之身。我不敢请你来访问我自己的家,因为我受着大众的注目。让我看,"她继续说,"我年纪比你大,虽然元气比你弱得多,我信赖你的勇气与决心,同时为了相互的利益,我又必须用一下我的经验。你住在哪里?"

他告诉她,说他住在一个有家具的旅馆里,又说明其街名与号码。

她似乎用心地思索了几分钟。

"有了,"后来她说,"请你忠实于我而听从我的话,你能够么?"

萨伊拉斯向她热心地誓言他的忠实。

"那么,明天晚上,"她带着一种挑拨的微笑继续说,"你须全黄昏住在家中,无论哪个朋友来访问你,你须得立刻用一种极适当的口实差他回去。你的门大约十点钟关么?"她问。

"十一点钟。"萨伊拉斯回答。

"十一点一刻,"那女子继续说,"你须走出房间。只要叫开门,但决不可同那门役谈话,因为这也许能使一切破坏。你一直走到罗森蒲尔公园与蒲尔伐大街相连接的角上,我便在那里等你。请你从头至尾服从我的忠告:记着,倘然你略有一点违背了我,你将使一个只有见了你和爱了你的一点过失的女子感受最剧烈的苦痛呢。"

"为甚么要这样地吩咐,我完全不解啊。"萨伊拉斯说。

"我知道你已在用丈夫的态度对待我了。"她用扇子敲他的臂而这样叫,"忍耐些,忍耐些! 早晚会有这一天的。女子在起初的时候欢喜被人服从,虽然到后来她是以服从别人为快的。求求你,照我的意思去做,否则我全不负责任。不错不错,我想着了,"她继续说,好像想通了一个难问题的样子,"我想出一个谢绝烦扰的来客的更好的方法了。你告诉那门役,除了那天晚上来索取债款的一个人以外,教他不要为你容纳别的客人。你说话时须要带一种怕见客人似的感情,可使他确实地信受你的说话。"

"我想谢绝来客的事,你可信托我罢。"他说时不免带着几分不快。

"这正是我之所以要安排事情的理由,"她冷然地回答,"我理解你们男子的事,你却全然不顾到我们女子的世评。"

萨伊拉斯面红而略略低下他的头。因为他现在所企图的计划中,含着一些对于他的朋友面前的虚荣。

"第一,"她又说,"当你出门时不要和那门役谈话。"

"为甚么呢?"他说,"在你的一切吩咐中,我觉得这一条最没有意义。"

"你起初曾经怀疑的其他各条的适当性,现在你不是已经承认它们为必要了么?"她回答,"请你信用我,这一条也是必要的,将来你自会知道。倘使在我们初相见的时候你就拒绝我这样些小的要求,教我怎不怀疑你对我的爱情呢?"

萨伊拉斯苦心地向她说明又辩解,在这中途,她向时计一望,带了一种压迫似的叫声而拍手。

"唉!"她叫道,"这么迟了? 我没有一刻工夫虚费呢。唉,做女人的真可怜,我们何等地受苦! 我已经为你牺牲不少了。"

她把用爱娇和极放纵的姿态巧妙地结合的前述的方针重复说了一遍之后,就和他告别而向人丛中隐去。

次日的全天,萨伊拉斯满怀是非常自大的感情,他现在已确定那女子是一个伯爵夫人。到了晚上,他确守她的命令,而在指定的钟点来到罗森蒲尔公园的角上。在那里并没有一人。他注视经过那里或在那附近彷徨的一个个人的脸孔,而等候了约半小时光景,甚至探寻到蒲尔伐大街的邻近的角上,而把公园的栏杆绕了一个全周,但是并没有美丽的伯爵夫人翻进他的臂中来。最后他十分地嫌恶了,开始向着他的旅馆而回去。在路上他想起了才富林夫人和那金发青年所谈的话,这些话使他感到一种不可捉摸的不安。

"好像是,"他想,"每人都须向门役说一句诳话的。"

他按门铃,门开了,穿着寝衣的门役走来给他一盏灯火。

"他已经去了么?"那门役问。

"他? 你说哪一个他?"萨伊拉斯用了几分急切的词气而反问,因为他已被他的失望所恼煞了。

"我不曾留心他的出去,"门役继续说,"但我确信你已把债款偿付他了。我们这旅馆里不欢喜有不能偿付债款的旅客。"

"你讲些甚么话?"萨伊拉斯厉声地质问,"我一些也不懂你这种瞎话。"

"来讨债的那个短小而金发的青年,"门役回答,"我所指的就是他。你关照我不要容纳别的人,我所指的还有哪个?"

"咦,怪了,他一定不会来的。"萨伊拉斯回答。

"来的终究是来的。"门役用舌头抵起他的颊皮,表出奸恶的样子而回答。

"你这无礼的贱人。"萨伊拉斯叫过之后,觉得他说了一句可笑的严叱,同时他又被非常的惊恐所迷惑,就转身向扶梯跑了上去。

"你灯火也不要了?"门役叫着。

但萨伊拉斯只管跑得更急,一直跑到了七层楼的扶梯埠头,立在他自己的门前而止步。他在那里停留一歇以恢复他的呼吸,被不吉的预感所袭,几乎怕走进房间去。

后来他终于走了进去,看见房内黑暗而全不像有人住着,便安心了。他抽一口大气。现在他已平安地返家了,这一定是他的最后的,又最初的愚行。火柴放在床边的小桌子上,他开始对着这方向用手摸索而前进。当他进行的时候,不安之念又丛生在他的心中,但当他的足触着一种障碍物,发现其并无别种可惊而只是一只椅子的时候,他又放心了。后来他摸着了窗帷。从约略可辨的窗的位置,他知道自己一定已在床的脚后头,只须沿了床摸索前进,便可达到所求的小桌子了。

他把手放低,但他的手所接触的不仅是一条床毡——毡子下面又有好像人的腿的轮廓的一种东西。萨伊拉斯缩回他的手,一时间石化一般地发呆了。

"这,这,"他想,"这是甚么意思?"

他倾耳静听,但是没有呼吸的声音。他告了极大的奋勇,再把手指尖伸到他所曾经接触过的地方,但这一回他向后跳开了半码的地步,吓得全身发抖而钉住一般立着了。有一种东西在床里。不知道这是甚么东西,但是总有一种东西在那里。

过了几秒钟他始能行动。然后他被一种本能所引导,立刻摸着了火柴,他向了床而点起一支蜡烛来。火一点着,他就慢慢地旋转身来探求他所怕见的东西。果然,他的种种想像中的最恶的状态实现了。床上的毡子被拉上来周密覆着枕头,而塑出一个躺着不动的人体的轮廓;他冲上前去拉开了那毡子,便看见昨晚在蒲伊哀跳舞场里见过的金发青年,他的眼睛张开,但没有视力,他的脸孔膨胀而发黑,一条细的血正在从他的鼻孔里流出来。

萨伊拉斯发出一声长而震颤的号泣,翻落了手中的蜡烛,不期地跪倒在床的旁边了。

萨伊拉斯被一种延长而用心的叩门声从他的可怕的发现所使他陷入的昏迷状态中呼醒。过了数秒钟他才觉到自己的地位,他急忙起来防止无论何人的进来,已经太迟了。诺威尔博士戴着高的寝帽,手中所擎的灯照着了他的长而白的脸,偏斜了他的脚步,像一种鸟的样子地窥探又倾首,而慢慢地推开门来,走到了房间的中央。

"我似乎听见一个哭声呢。"医生开始说,"我恐怕你或者有些不舒服,所以不客气地闯了进来。"

萨伊拉斯带了一张火红的脸和一个惊跳的心,立在医生和眠床的中间,但他发不出答话的声音。

"你在黑暗中,"医生继续说,"而且还未预备睡觉。在我的眼前你不容易欺瞒呢。你的脸上极显著地标明着你需要朋友或医生——你要哪一种?让我把把你的脉看,因为这常是心状的正确的报告者。"

医生向着萨伊拉斯前进,萨伊拉斯只管在他面前向后倒退,医生想捉住他的手腕,但这青年的美国人的神经的昂奋已不能堪忍了。他用一种热病似的动作避去医生,翻倒在地板上而哭起来了。

诺威尔博士一见床里的死人,脸孔立刻发黑。他急忙回到他进来时稍开着的门边,慌张地把它关闭,加上二重的锁。

"起来!"他用粗大的声调对萨伊拉斯叫,"现在不是哭的时候。你干了甚么事?这人怎地来到你的房间里?老实告诉能帮助你的人。你知道我能使你破灭么?你也想到你的枕上的尸体多少能改变我对你的同情么?不懂世故的青年,盲目不正的法律对于一种行为所见的恐怖,在爱他的人看来决不属于其人。假使我看见我的知心朋友从血腥中回到我这里来,我对他的友情决不改变。起来起来,"他说,"善和恶是一种妄念,人生除了运命以外没有别物,无论你陷于何种境遇,能帮助你到底的人立在你的身边啊。"

这样地鼓励了之后,萨伊拉斯振足他的勇气,用了支离破碎的声音,借了医生的探问的帮助,才得使医生明白了那事实。唯关于王子和琪拉尔定之间的会话,因为他不解其意义,又不曾梦想到这与他自己的不幸也有关系,故全然不说。

"啊哟!"诺威尔博士叫道,"你一定是不知不觉地落入欧洲最危险的徒党的手中了。可怜的孩子,何等深的陷阱,为你的简朴而掘成了! 你的疏忽的足被导入了何等可怕的危险中! 那个人,"他说,"你两次看见的那个英国人,我怀疑他是这计略的主谋者,你能描述他的样子么? 他是年轻的或年老? 高的或矮的?"

萨伊拉斯虽有那样强大的好奇心,但没有观察的眼力,只能提供贫弱的概略,不能据此而辨识。

"我真要把这点定为学校的一种课目呢!"医生愤怒地叫叹,"一个人倘使不能观察而回忆他的敌人的特征,视力和明晰的言语还有甚么用处? 我知道欧洲一切的恶党,照理可以辨识其人,而获得一种新的武器来保卫你。可怜的孩子,以后要磨炼这伎俩,你自然会知道它有重大的效用。"

"以后!"萨伊拉斯回答,"我的以后除了绞首台以外还有甚么?"

"少年是胆怯的时期,"医生回答,"且自己的苦痛看来往往比实际更甚。我是老了,但我还是决不绝望。"

"我可把这情由告诉警察么?"萨伊拉斯探问。

"当然不可,"医生回答,"从我对于你被陷的阴谋所已见的点上看来,你的地位在警察方面是绝望的,因为照当局的褊狭的见解看来,你无论如何总是有罪的人。且须知道,我们所晓得的不过是其阴谋的一部分,那些可恶的共谋者一定安排着许多别的事情,这些事情日后将被警察所发觉而更确实地加罪于无辜的你呢。"

"那么我一定完结了!"萨伊拉斯叫叹。

"我不曾这样说,"诺威尔博士回答,"不过我是一个小心的人。"

"但是请看这个!"萨伊拉斯指着那尸体而向医生反抗,"有这个东西在我的眠床里啊,无法辩解,无法处置,看了也不能不恐怖。"

"恐怖?"医生回答,"不恐怖。人这种时辰钟停了之后,在我看来只是一架可用弯口小刀检查的巧妙的机械。血液一旦冷却而停顿,已不复是人的血液;肌肉一旦死去,已不复是我们所盼望于恋人或尊敬于朋友的肌肉了。优美,魅力,恐怖,都跟了赋予生命的灵魂而离去肉体了。请你用镇静的态度对它看。因为倘使我的计划可以实行,你须有数日间不断地接近你现在所忌怕的东西呢。"

"你的计划?"萨伊拉斯问,"甚么计划? 博士,快告诉我。因为我不大有继续生存的勇气了。"

诺威尔博士不答应,转向眠床而上前去检查那尸体了。

"完全死了,"他自言自语地说,"对啊,正如我所想像,衣袋是空的。对啊,衬衫上的名字是割去的。他们的工作真是周全而妥善。幸而他的身体还短小。"

萨伊拉斯带了非常的焦虑而仔细倾听他的话。后来医生检尸完毕了。他坐在椅子上,带着微笑而对这青年的美国人说。

"自从我走进你的房间以来,"他说,"虽然我的耳朵和舌头都很忙,但我没有让我的眼睛空闲。刚才我注意到在那一角里你有一个你的同国人携带了跑向世界各地的那很大的家伙——就是一个萨拉都格皮箱。我一直想不出这大家伙有甚么用处,现在方始悟到了。这是为了便于奴隶贩卖而作的,或是为了隐藏两刃短剑的过急的使用的结果而作的,我不能决定。但有一点我明白知道——这样的箱子的目的是用以藏纳一个人的身体的。"

"认真些,"萨伊拉斯叫道,"现在决不是讲笑话的时候。"

"我说话时虽然带些滑稽,"医生回答,"但我的话的意义完全是严正的。我们最初应做的事,朋友,是把你这宝箱中的东西全部撤空。"

萨伊拉斯服从诺威尔博士的威权,照他所说的去做了。那萨拉都格皮箱的内容不久就被撤空,非常杂乱地堆在地板上。于是——萨伊拉斯捧脚跟,医生抬肩膀——被杀的男子的身体就被从床上扛下,经过相当的辛苦之后,把全体两折而装入那空箱中。由两人的努力,把这件奇异的行李加上了盖,医生亲手把这皮箱锁好,捆好,同时萨伊拉斯收拾从皮箱中取出的东西,分盛于壁橱及抽斗中。

"好,"医生说,"你的救助的第一步已经成就了。明天,或者今天更好,你的工作是必须把你所欠的债全部清偿你的门役,以减杀他的疑惑。至于安全的结果所必需的布置,可委任于我。现在请你跟我到我的房间里来。我将给你一服安全而有力的麻醉剂。因为你无论干甚么事,非休息不可。"

次日在萨伊拉斯的记忆中是最长的一日,天似乎不夜了。他谢绝一切朋友的访问,带着忧郁的沉思,注视着那萨拉都格皮箱而坐在一角里。他自己从前所作的那轻佻的行为,现在同样地还报到他自己身上了,便是那窥探穴又开通,他觉得才富林夫人的房间方面不绝地有人在那里窥探。这使他非常难受,后来他不得不从自己的方面把这窥探穴塞住。这样地防止了别人的窥探以后,他已把这一天的大部分在悔恨的泪和祈祷中过去了。

　　夜深,诺威尔博士拿了两封不写收信人名的封好的信而走进他的房间来,其中一封信稍厚,另一封信很薄,似乎里面没有封着甚么东西的。

　　"萨伊拉斯,"他坐下在桌边而说道,"说明我救济你的方法的时候到了。明天朝晨很早的时光,波希米亚王子弗洛律才尔在巴黎游览了谢肉祭而欲回伦敦去了。在一直从前,我曾为王子的马寮长琪拉尔定大佐尽过一次职务,这原是我的职业中的普通的一事,但是两方面都不相忘。他对我怀着甚样的情谊,我无须向你说明。总之,我知道他在可能的情形之下无论何事都预备着为我出力。现在你须得在途中不打开这皮箱而把它带到伦敦。税关正是一个致命的难关。但我仔细想来,像王子那样身份尊贵的人的行李,在礼仪上一定可以不受税关人员的检查而通过。我请托琪拉尔定大佐,已经得到满意的答复。明天朝晨六点钟以前,你倘去到王子所住的旅馆,你的行李便可当作他的行李的一部,而你自己便可当作他的随员的一人而赴旅行。"

　　"你说起了,我似乎觉得那王子和琪拉尔定大佐我都见过。那天晚上在蒲伊哀跳舞场中,我曾偶然听见他们几句谈话呢。"

　　"通行有这事,因为那王子欢喜混交一切的人群。"医生回答。"一到伦敦,"他继续说下去,"你的工作近乎完结了。在这较厚的信封中,我给你放入一封故意不写住址的信在那里;但在另一封信中,写明着你必须和箱子一同带送到的人家的地方,你的箱子将被那人家收领,而不再使你烦恼了。"

　　"唉!"萨伊拉斯说,"我要完全信从你的话,但这怎样可能呢? 你给我开辟了一条光明的前途,但我请问你,我的心能否容纳这样奇异的一种解决呢? 请你再宽大一些,让我更明白你的意思。"

　　医生似乎非常为难。

"孩子,"他回答,"你不知你所要求我的是何等困难的事啊。好的好的,我横竖惯于屈辱了,且我已经允许你这许多,现在拒绝你这一点也不配了。我告诉你罢,我现在虽然装着这样沉静的样子——俭约,孤独,而埋头于研究中——但当我年轻的时候,我的名字在伦敦最机敏最危险的人物间曾为评判的焦点。我在表面上是尊重与敬仰之的,但我的真的势力却属于最秘密、最可怕的犯罪的方面。我现在为了解除你的负担而写信给他的人,便是当时服从我的人们中的一人。他们是种种异国的人,都有才能,而在一种可怕的誓约之上结合团体,向着同一的目的而活动。这团体的商卖是杀人。现在对你说话的我,看似一个清白的人,其实是这可怕的徒党的首领。"

"甚么?"萨伊拉斯叫道,"杀人者?以杀人为商卖的人?我怎能和你交际?我岂可受你的援助?黑暗而罪恶的老人。你将因我的年轻与灾难而连累我为共犯者么?"

医生冷笑了。

"你真难对付,史卡达莫亚君。"他说,"但我现在任你自选,你要做被杀者的伴侣,抑或做杀人者的伴侣?倘你的良心实在不堪受我的援助,请你直说,我将立刻告退。此后你尽可依照你的正直的良心而处置你的皮箱及其里面的东西。"

"是我错了,"萨伊拉斯回答,"我应该不忘记你在未曾确信我的无罪的时候就何等关情地庇护我,现在我依旧感激地听从你的指教。"

"那很好,"医生回答,"我知道你已在开始学得一些经验的教训了。"

"不过,"那新英伦人又说,"像你自己所说你习惯于这种悲剧的事业,且你所介绍给我的人是你从前的同志又朋友,那么可否请你自己运送这箱子,而立刻从我眼前拿去了这件可嫌的东西?"

　　"你实在是，"医生回答，"你实在使我佩服之至。你或以为我未曾充分为你的事尽力，但在我想来实在适得其反。听凭你领受或舍弃我所给你的助力，请勿再用感谢的话来烦扰我，因为我对于你的感谢比对于你的智力看得更轻。你倘能用一个健康的心来观看几年，将来你自有一日怀抱与现在不同的见解，而羞愧你今晚的态度呢。"

　　医生说过之后，从椅子上立起身来，简明地把他的计划重说一遍，立刻走出房间，不许萨伊拉斯有答话的余暇。

　　次日朝晨，萨伊拉斯来到那旅馆，受琪拉尔定大佐的礼貌的招待，这时候他方始免除了关于他的皮箱及其内容的一切直接的惊恐。虽然这青年偶闻船员们和铁路上的挑夫们互谈王子的行李的奇重的时候便感到惊恐，但这旅行总算平安无事地过去了。弗洛律才尔王子欢喜和他的马寮长一人同乘，故萨伊拉斯与王子的从者们同乘一客车而旅行。但上了船之后，萨伊拉斯立着注视那堆积的行李时的神气和态度的阴郁牵惹了殿下的注意，因为他仍是觉得前途充满着不安。

　　"那边有一个青年，"王子说，"他一定怀着一种忧愁的心事呢。"

　　"这就是，"琪拉尔定回答，"我为他请得与殿下的从者一同旅行的许可的美国人。"

　　"啊，幸亏你提醒了，我还没有招呼他呢。"弗洛律才尔王子说过，就走向萨伊拉斯，用非常谦逊的态度对他这样说：

　　"我能适应先生由琪拉尔定大佐转达的雅意，非常欣幸。先生将来如有需要，无论何时我当供应更重大的效劳。"

　　然后他提出关于亚美利加政治状态的几点质问，萨伊拉斯也从容适当地回答了。

　　"你还是青年人呢，"王子说，"但我觉得你的看相比年纪老得多。大概是过分用心于重大的研究的缘故罢。但在另一方面,也许我口轻而触犯了你的痛处。"

"我确有人类的最不幸的原因,"萨伊拉斯说,"决没有这样无辜的人而遇到这样残酷的不幸的例。"

"我不请求你告白,"弗洛律才尔王子回答,"但请勿忘记,琪拉尔定大佐的推荐是一张决不失败的护照。我不但愿意,恐怕又能比一切别人更有力地为你效劳。"

萨伊拉斯受这宽大的贵人的亲爱,心中欢喜,但他的心立刻回复了本来的阴郁。因为对于一个共和国民,虽然是殿下的恩宠,也不能从一个愁苦的心上解除其忧患。

火车到了却林·克洛史车站,那里的税关吏照例优待而不检查弗洛律才尔王子的行李。许多极华美的马车等候着,萨伊拉斯和其余的人一同乘车赴王子的住宅。到了那里,琪拉尔定大佐找他谈话,说他对于自己曾受大恩的医生的朋友,愿作无论何种的效劳。

"我想,"他又说,"你箱中的瓷器不致有所毁损的罢。因为沿途都有特殊的通告,教他们当心照顾王子的行李。"

然后他吩咐仆人们备一辆马车来,以供这青年绅士的使用,又立刻卸下那萨拉都格皮箱来,放在马车背后的从者台上,于是大佐和萨伊拉斯握手,说他因有王子邸宅中的职务在身而失陪,就别去了。

于是萨伊拉斯拆开含有地址的信封,而关照那体面的仆人把车子开到连接于史德郎特大街之端的卜克斯可德。这地名在那人似乎并非生疏的,他带着吃惊的样子而重问一遍。萨伊拉斯乘了这奢华的马车而驱向他的目的地,但他的胸中充满了惊惧。卜克斯可德的入口太狭,不能通行这大马车。这不过是两排栏杆之间的人行道,两端各有一岗站。其一个岗站上坐着一个男子，这男子立刻跳下来，和那驭者亲切地招呼。同时那仆人开了车门，叩问萨伊拉斯要不要卸下那萨拉都格皮箱和搬到第几号房子里去。

"请你，"萨伊拉斯说，"搬到第三号。"

仆人和曾坐在岗站上的男子，又加了萨伊拉斯自己的助力，辛苦地把这皮箱搬运进去，还没有放到那屋的门前，这青年的美国人看见有一群彷徨者在那里看他，心中又惊骇了，但他努力装出安定的样子，而把另一封信递交开出门来的人。

"他不在家，"他说，"但你倘能留下这信，而在明天朝晨一早再来，我可告诉你他能否与你会面或会面的时间。这箱子你欢喜放在这里么?"他又这样问。

"那最好。"萨伊拉斯叫道，但其次的瞬间他懊悔自己的轻率，又用同样强调的语气，表明他还是把这箱子带回旅馆去。

旁观者们讥笑他的无决断，说着种种嘲弄的话而跟他到马车边。萨伊拉斯满身蒙着羞耻与恐怖，请托那仆人引导他到附近的一处安静而舒服些的旅馆去。

那王子的马车把萨伊拉斯载到了克雷文街上的克雷文旅馆，就把他交给旅馆的仆人而开回去了。一间唯一的空房间，好像是一间幽室，在四层楼上，向着后方。两个强壮的搬运夫带了无限的困难与不平而把这萨拉都格的皮箱扛到这幽室中。萨伊拉斯自不必说，在登扶梯的时候紧紧地跟着他们，而在每一转角上吓出魂灵。他想，倘使踏了一脚空，那箱子便翻出栏杆以外而显然地布露它的可怕的内容在客厅的敷石上了。

搬到了房间里，他坐下在床缘上，以恢复刚才所忍受的苦恼。还没有坐定，他看见旅馆中的擦靴人的举动，觉得又是一种危险光景，那擦靴人跪在皮箱的旁边,而正在殷勤地解开它的周密的捆索来。

"让它捆着罢!"萨伊拉斯叫,"我住在这里的期间是不需用这里面的东西的。"

"那么,本来只要摆在客厅里就好了,"那人不平似的说,"像教会堂一般重而大的家伙。我不知道你放着甚么东西在这里面。倘然统是金钱,你比我富得多了。"

"金钱?"萨伊拉斯忽然狼狈起来,跟他说了一句,"为甚么你说金钱?我没有金钱,你说话好像个呆子。"

"放心罢,老爷,"擦靴人使个眼色而回答,"没有人来触动你老爷的金钱。我是同银行一般可靠的,"他又说,"不过这箱子很重。我不妨为祝老爷的健康而饮一杯酒。"

萨伊拉斯拿两个拿破仑金币塞在他的手中,同时又对他表明他因新到而只能给他外国货币的歉忱。那人更加表示怨恨,用轻蔑的眼色从他手中的金币看到那萨拉都格皮箱,又从皮箱看到金币,然后走出去。

那尸体放在萨伊拉斯的箱子里已将两天了,一到旁边没有人了,这不幸的新英伦人立刻用了极锐利的注意而嗅一切的隙缝。但是天气冷,这皮箱尚能包藏他的可怕的秘密。

他拿一把椅子放在皮箱的旁边而坐下,把脸孔埋在他的手中而陷入最深的沉思了。他若不早一刻被救,定将早一刻被发觉了。倘使医生的介绍无效,他显然是一个独在异乡而没有朋友或伴侣的迷途的新英伦人。他慨然地想起他的将来的功名心的计划。他已不能做他的故乡美因洲彭格市的英雄又代表者了;他已不能像以前所乐于预想的样子地从一地位到那地位,从一名誉到那名誉而进取了;他将立刻放弃被欢迎为合众国大总统而留下一个装饰华盛顿议事堂的姿态无论何等恶劣的雕像于后世的一切希望了。现在他被叠在萨拉都格皮箱中的一个死英国人所牵系着，这死英国人他必须设法除去，否则不能留名在光荣的国史上。

我不敢再记录这青年对那医生，对被杀的人，对才富林夫人，对旅馆中的擦靴人，对王子的仆人，总之，对一切与他的可怕的不幸有些些的关系的人所说的话了。

晚上约七时，他偷偷地走下来吃饭，但那黄色的食堂使他惊骇。别的会食者的眼似乎带着疑心而注视他，他的心伴着萨拉都格皮箱而遗留在楼上。当那侍者送干酪给他的时候，他的神经已非常焦灼，身体跳出了半只椅子，而把一派因脱的啤酒的残余倒翻在桌毡上了。

食事完毕，侍者引导他到吸烟室去。虽然他心中巴不得立刻回到他的危险的宝物的方面，但他没有拒绝的勇气，终被导而走下到了阴暗而点着瓦斯灯的地下室，这地下室是克雷文旅馆当作吸烟室的，恐怕到现在还是如此。

两个非常阴气的赌博者在那里打弹子，旁边侍候着一个没有元气的肺病质的登记者，一瞬间萨伊拉斯以为这房间中只有这几个人。但在第二瞬间，他的眼睛不期地看到很深的一角里有一个眼帘挂下而相貌非常严肃稳静的人在那里吸烟。他立刻记忆到这脸孔是他以前曾经见过的。虽然其人的衣服已经完全换过了，但他仍能认识他是曾经坐在卜克斯可德的入口的岗站上而曾经帮他搬运那皮箱上下马车的人。这新英伦人立刻转身而跑，直到把他自己锁好闩好在他的寝室里了而停步。

他在寝室里，通夜做了最恐怖的空想的饵食，而在一箱可怕的死肉边看守。他硬要把眼睛闭住，但那擦靴人所说的箱中满藏金钱的话，用了各种新的恐怖而搅醒他，而吸烟室中那个分明变装了的卜克斯可德的彷徨者的出现,使他悟到自己又是陷入一种暧昧的阴谋中了。

夜半的钟点已经敲过多时了,萨伊拉斯被不安的疑心所驱,开了他的寝室门而向走廊内窥探。这里面只是幽暗地点着一盏瓦斯灯。在离开他一些的地方,他看见一个穿着旅馆里的苦工的服装的人睡在地板上。萨伊拉斯踮着脚尖走近那人。这人半仰向半侧向地躺着,而用右小臂遮住他的脸孔,使人不能认识。那美国人还在那里弯着身子而窥探他的时候,忽然这人移去他的手臂而张开他的眼睛,萨伊拉斯又突面看见那个卜克斯可德的彷徨者。

"晚上好,先生。"那人爽快地说出。

但萨伊拉斯过于吃惊而说不出回答来,默然地退回到他的房间中。

黎明时分,他的心神全然困疲,就把头搁在皮箱上而熟睡在他的椅子中了。不拘他的姿势那样局促,他的枕头那样可怕,他的睡眠沉酣而长久,直到明晨很迟的钟点,被一种锐音的叩门声所促醒。

他急忙起来开门,看见那擦靴人在门外。

"你是昨天访问卜克斯可德的那位老爷么?"他问。

萨伊拉斯用发抖的声音回答说是。

"那么这信是给老爷的。"仆人呈上一封封好的信而这样说。

萨伊拉斯拆开信来,看见里面写着这几个字:"十二点钟。"

他恪守时刻。那皮箱由几个强壮的仆人扛了走在他的前面,他自己被引导进一房间,那房间里有一个男子把背部向着门而坐在火炉前取暖。那许多人的进出和那皮箱放到赤裸裸的地板时的摩擦声,似乎都不能引惹那人的注意,于是萨伊拉斯抱着恐怖的苦闷而立着等候,一直等到那人垂顾而认知他的来到的时候。

大约经过了五分钟之后,那人方始徐徐地旋转来,现出波希米亚王子弗洛律才尔的面貌。

"喂,原来,"他用极严肃的语调说道,"这是你滥用我的好意的方法。我知道你了,你的随附有身份的人,目的全在于逃避你的犯罪的结果。我昨天对你谈话的时候早已看出你的窘状了。"

"其实,"萨伊拉斯叫道,"我全不知道,只是遭逢不幸。"

于是他用急促的声音和公明正大的态度,把自己的灾难的全部历史详细告诉了王子。

"那样看来,我是弄错了。"王子听完了他的告诉之后这样说。"原来你不过是一个牺牲者,我既然不判你的罪,定将尽力帮助你。现在,"他继续说,"开始工作了,快把你的箱子打开来,让我看看里面是甚么东西。"

萨伊拉斯变色了。

"我差不多不敢看它了。"他叫着。

"甚么话?"王子回答,"你不是已经见过了么？这种女孩儿气应该排斥。尚能救助的病人的样子,比不能救助或加害,不能爱或憎了的死人的样子更可感动我们的心呢。振足些,史卡达莫亚君,"他看见萨伊拉斯依旧踌躇,又说,"倘请求你而不允,我只得命令了。"

这青年的美国人犹如从梦中醒来,带了一种嫌恶的战栗而自去解除那萨拉都格皮箱的钢索,又开开它的锁。王子作镇静的相貌,背着两手而立在旁边监视。那尸体已十分硬却了,萨伊拉斯在精神上和肉体上都费了很大的努力,才把它从箱中取出而发现那脸孔。

弗洛律才尔王子发出一声苦痛的惊喊,向后倒退了几步。

"啊哟!"他叫道,"史卡达莫亚君,你没有知道你带给我的是何等残酷的一件赠品。这是我的供奉员中的一青年,我的信友的兄弟。他的丧生于强暴奸恶的人的手中,是为了对我的尽职。可怜的琪拉尔定,"他犹似对自己说一般继续说道,"我用甚么话向你报告你的兄弟的运命呢?我用那鲁莽的计划诱导你的兄弟到了这种残忍不自然的死路,教我怎样还能请求你的原宥或神明的原宥呢?唉,弗洛律才尔!弗洛律才尔!你几时才能知道人类的相当的分别,而不惑于自由应用其能力的想像? 能力!"他叫道,"世间哪有比我更无能力的人? 史卡达莫亚君,我看了这我所牺牲的青年,觉得做王子真是何等藐小的一事。"

萨伊拉斯被殿下的伤心的样子所感动了。他想要说几句安慰的话,而突然哭了起来。殿下被萨伊拉斯的心的明白表示所感动了,走过来握住了他的手。

"收拾些感情罢,"他说,"我们都有许多应学习的事,为了今日之会,我们大家做更好的人罢。"

萨伊拉斯用热情的眼默默地对他表示感谢之意。

"请在这纸上把诺威尔博士的地址写给我。"王子引导他到桌边,继续对他说,"我劝你,以后你回到巴黎,勿再和这危险的人物交际。今回的事他是根基了任侠之心而行的,这我的确可以相信。倘使他也预闻琪拉尔定的兄弟的死,他决不会把尸体送交于实际的凶手。"

"实际的凶手!"萨伊拉斯惊骇地反复一遍。

"当然,"王子回答,"因了神明的意旨而巧妙地落入我的手中的这封信,正是寄给那凶手本人,那可恶的自杀俱乐部的会长的。不要再穿凿这种危险的事件了,但庆幸你自己的奇迹的脱险,而立刻走出这房子罢。我有许多要事,且须安顿这近来难得的勇武俊秀的青年的可怜的尸体咧。"

萨伊拉斯感谢又恭敬地告辞了王子,但他徘徊于卜克斯可德,直到他看见王子坐了华丽的马车而出去访问警察署的亨特生大佐的时候。他虽是一个共和国民,但他差不多用了献身的感情而向那驰去的马车脱帽。当晚他乘火车而上了巴黎的归途。

在这里(我的原作者说)医生与萨拉都格皮箱的话已经告终了。省略了几点在原文极为适切而与我们西欧人的趣味不甚符合的关于神力的考察,现在我所要附说的,只是史卡达莫亚君已在渐渐宣扬政治的名声,据最近的报告,他已做了他的故乡的市镇的执行官了。

三　亨生马车的冒险

勃拉根蒲利·李起中尉曾以印度山国地方的小战而宣扬盛名。他是亲手擒获那酋长的人。他的勇武广受世人的称赏。当他被剧烈的刀伤与长期的热病斫丧而归乡的时候,社会曾当作一个相当地知名的人物而准备欢迎这中尉。他是一个真心谦虚的人。他最欢喜冒险,而无意于奔走名利。他在外国的温泉场及阿尔琪阿斯等地方静候,直到他的功勋的名望像火焰一般消沉而被人忘却了的时候。后来他为欲避去人目的注意,于交际季节以前来到伦敦。他是孤儿,又只有住在乡下的几家远亲,所以他走进这曾为它效命的母国的首都,差不多是一个外国人。

到着的次日,他独自到一所军人俱乐部中去吃饭。他和几个旧友握手,而受他们的热烈的祝贺,但到了晚上,他们都有别的约会,只剩下他一个人了。他本来打算赴剧场,故穿着夜会的礼服。但他对于这大都会很生疏。他是从乡下的学校转入陆军士官学校以后直接赴印度的,所以他在这回的伦敦的巡游中,期望着种种的乐事。他就摇曳他的手杖而向西进行了。这是一个闲静的晚上。天色已黑,还时时飘着一阵一阵的雨。灯光中的人面的连续煽动了这中尉的想像,他觉得自己似将被这四百万各人各样的生活的神秘所包围,而永远在这刺激的市街氛围中散步了。他眺望那些人家,而疑怪那灯烛辉煌的窗的里面干着甚么事情。他注视每个人的脸孔,看见他们个个热衷于一种或善或恶的未知的兴味。

“人家说战争,”他想,“这才是人类的一大战场呢。”

于是他觉得奇怪,他在这错乱的光景中走得这样长久,连冒险的影子都不曾遇见。

“凡事都要待时机,”他又想,“我究竟还是一个生客,也许带着生客的样子。但不久我定须被牵入这涡旋中。”

夜已很深了,深黑的天空中忽然降下一阵剧重的冷雨。勃拉根蒲利立停在树下躲雨,正当这时候,他瞥见一个亨生马车的车夫在对他表示车子空着的样子。这情形巧合机会,他立刻扬起手杖作为答应,不久他就钻进这伦敦的 gondola 中了。

“开到哪里,先生?”车夫问。

“随便你开到哪里。”勃拉根蒲利回答。

那亨生立刻用了可惊的速度,穿过雨阵而开进了别庄林立的迷路中。个个的别庄很相类似,都有一个前庭,那飞一般的亨生所通过的只有灯光的无行人的路和半月形的街,几乎全无区别,使得勃拉根蒲利完全失却了方向的观念。他以为那车夫是载了他盘旋出入于一小区划中而取乐,但观其速力中似乎含有一种赶事务的意思,方始确信其不然。那车夫有着目的,他是向着目的地而急进的。勃拉根蒲利立刻惊讶这人在这般的迷阵中取道的敏捷，而想起了他这急进是甚么用意，不免有些耽心。他曾经听到过外路人在伦敦遭逢毒手的话。这车夫不要是一种残忍险恶的团体中的一员？他自己不要被牵进了谋杀的死路？

这念头刚才浮出，那马车剧烈地摇荡而转一个弯，停止在一所别庄的庭园门前的一条长而阔的路中了。那屋中灯火点得很亮。另一辆亨生刚才开回去，勃拉根蒲利看见一个绅士正在走进前门，受几个穿制服的仆人的迎接。他惊诧那车夫为甚么这样突然地停车在正在开欢迎会的人家的面前了，但他想这一定是错误的结果，故依旧安然地坐在车中吸烟，直到他听见头顶的小车窗开了的时候。

"到了，先生。"车夫从窗中对他这样说。

"到了！"勃拉根蒲利反复说了一句，"到哪里了？"

"你说随便我开到哪里，先生，"车夫带着笑而回答，"我们现在到这里了。"

勃拉根蒲利觉得这语调在这样的下层阶级的人似乎异常流畅而客气。他回忆这马车载他来时的速力，方始发觉这亨生实比普通雇用的马车装潢奢华得多。

"我一定要请你说明，"他说，"你莫非要推出我在雨阵中么？朋友，下车不下车是要听凭我的。"

"那当然听凭先生，"车夫回答，"但我深知我把一切告诉了你之后，像你那样的绅士当如何决心。这屋中有一个绅士们的集会。其主人是否伦敦的异乡人而自己没有朋友的，或者是否有怪癖思想的人，我都不知道。但我确系被雇用以诱致穿夜会服的单身绅士的——诱致愈多愈好，而陆军士官尤佳。你只要走进去，说莫理斯君招待你来的便是了。"

"你就是莫理斯君么？"中尉问。

"不,不,"车夫回答,"莫理斯君是这屋里的人。"

"这不是普通召集客人的方法呢,"勃拉根蒲利说,"但怪癖的人也许能全无恶感而耽乐于一种变幻不定的行动。假如我拒绝莫理斯君的招待,"他继续说,"那么怎样呢?"

"他们吩咐我的,是把你送回原处,"那人回答,"而再去找寻别的人,直到夜半。莫理斯君说,对于这种冒险没有嗜好的人不是他的客人。"

这话立刻决定了中尉的心。

"到底,"他在下车的时候这样想,"我的冒险不须长久等待的。"

他刚从车中踏下步道,还在衣袋里探摸车资的时候,那马车转一个向,望着来时的路,用了与前同样的危险的速力而开出了。勃拉根蒲利在后面叫喊,那人全然不顾,只管继续开出,但他的叫声达到了屋内,那门又开,射出一道光线到庭中,一个仆人擎了一柄伞走下来迎接他。

"车资已经付过了。"那仆人用了非常客气的语调说,他就随侍勃拉根蒲利通过小路而走上阶段。进了客厅,另外几个人接取了他的帽子、手杖和大衣,给他一张取回时用的号牌,立刻恭敬地引导他登上装饰着热带花卉的扶梯,到了二楼上一间房间的门前。那房间里有一个态度严肃的办事人叩询他的姓名,而报道:"勃拉根蒲利·李起中尉。"然后引导他到这屋中的应接室里去。

一个瘦削而异常秀美的青年出来,用了又文雅又热情的态度而迎接他。数百支最上等的蜡烛照彻了一个像扶梯上一样地充满着无数珍奇而美丽的花卉的香气的房间。边桌上堆积令人垂涎的食物。几个仆人捧了果品和香槟酒的杯子而来去。会众约有十六人,都是男子,壮年以上的人极少,差不多全是勇敢有为的人物。他们分为两组,其一组围着旋球盘,另一组环绕着桌子,其中有一人在做纸牌赌博的庄家。

"对了，"勃拉根蒲利想，"我是进了一个秘密的赌场了，那车夫是拉客的人。"

他的眼睛细大不漏地看取了一切，他的心中得到了如上的结论，这时候他的主人正握着他的手，他的视线就从这急速的视察回到主人的方面。第二次看到莫理斯君，比第一次见时更加使他吃惊。他的态度的闲雅，他的眉宇间流露着的高贵，温和而勇武的气概，和中尉所预想的一个赌场的主人全然不符。他的谈话的腔调似乎表示出他是一个有地位与功勋的人。勃拉根蒲利觉得自己不知不识地爱好这主人，虽然他自己责备这懦弱，但他对于莫理斯君的人物与性格不能不感到一种亲切的魅力。

"久仰大名，李起中尉，"莫理斯君低声说，"今天能够拜识，我真是欣幸。你的风采与比你本人先从印度传来的评判相一致。倘使你肯暂时忘却今晚到此的非正式，我将不仅引为光荣，又感到一种真心的欢欣。一口吞灭野蛮的骑士的人，"他一笑，继续说，"一定不致惊怪这种小小的失礼，无论其如何过甚。"

于是他引导他到桌旁，殷勤地劝他吃些点心。

"实在，"中尉反复回想，"这是一个最愉快的人，他一定是伦敦最有趣的交际社会中的一人。"

他喝了些香槟酒，觉得那酒是极上等的，看见许多客人已在那里吸烟，他就点起一支自备的马尼拉烟草。踱到那旋球盘的旁边，他有时也在那里赌一下，有时带笑地旁观别人的输赢。正在这闲步的时候，他觉察到全部客人都受着一种锐利的穿凿的眼光的支配。那莫理斯氏表面上忙于款待宾客而来来去去，但他不绝地任意发出一种敏捷的注视，宾客中没有一人逃脱他的唐突而严密的眼光。他特别注意于大输的人的态度,他立停在每两个深谈的人的背后。总之,在座的人们所有的特征,好像几乎没有一点不被他所捕捉而记录着。勃拉根蒲利开始怀疑这实际是否赌场,这很像一个私设的裁判所。他注意莫理斯氏的一举一动,这人虽然时时装着笑脸,但似有一种憔悴忧伤,而另有心事的样子,犹似戴着假面具的。周围的人们嬉笑而赌博;但勃拉根蒲利对于这宾众已失却兴味了。

"这莫理斯,"他想,"不是仅在这房间内闲步的人。一定有一种深的目的使他如此。好,让我来探察一下。"

莫理斯君时时呼唤一个客人到他身边,同他走到前室中去略略谈话之后,他独自回来,而那个客人不再出现。如此反复数回之后,这件事极度地刺激了勃拉根蒲利的好奇心。他决定要立刻揭穿这件小小的秘密的底蕴,就徘徊到那前室中,发现一个窗户的凹处遮盖着当时流行的绿色的窗帏。他急忙把身体躲进这里面。等候得不多时,脚步声和话声从主室中渐渐向他逼近来了。他从窗帏的隙缝中窥探,看见莫理斯氏伴着一个肥胖、赤面而形似商业推销员的人,这人的粗俗的笑声与卑下的态度曾被勃拉根蒲利在桌边注意过的。这两人即刻立停在窗的前面,因此勃拉根蒲利能一字不漏地听到如下的说话:

"我万分对你不起!"莫理斯君带了极和解的态度而开始说,"但我知道即使我失礼,你一定能爽快地原谅我。在像伦敦这样广大的地方,错误一定是不绝地发生的。我们所能希望的最上策,是及早矫正这些错误。我知道你大概是弄错了而误到我这秽陋的屋中来的。因为老实对你说,我并不能记忆你的面貌。容我省去无用的婉曲而直说罢——因为在高贵的绅士之间一言已经充分了——你以为现在你自己是在谁的家里?"

"在莫理斯君的家里。"对手带了极大的狼狈之色而回答,这狼狈之色在主人说到最后的两三句话的时候早已在他身上显著地表出来了。

"约翰·莫理斯君呢,或是詹姆斯·莫理斯君?"主人问。

"我实在不详细知道,"这不幸的客人回答,"我对那绅士没有直接会面过,正和我对你一样。"

"啊,我知道了。"莫理斯君说,"在这街道的一直下段有一个同姓的人,警察一定能告诉你他的门牌号码。哈哈,我真庆幸这错误,这使我得到了和你这样长久地聚会的快乐。我希望我们将来再由更正式的步骤而相见。现在呢,我决不要延误你的访友的时刻。哈,约翰,"他提高声音继续说,"你能给这位绅士找寻他的外套么?"

于是莫理斯君用最客气的态度护送这客人,直到前室的门口,把他交给那办事人去引导。当他回到应接室而经过那窗子旁边的时候,勃拉根蒲利听得他叹一口大气,似乎他的心中堆积着非常的忧虑,他的神经为了他所从事的劳役而困疲了的样子。

在大约一小时之间,那些亨生马车时有来到,故莫理斯君每次送出一个旧客,必须迎入一个新客,全体的客人常常保住一定的人数而不减少。但到了这一小时的末了,马车的来到渐渐减少而间隔渐久,后来完全断绝了,但客人的送出依旧勤密地继续着。于是应接室中渐渐空起来了:赌牌已因为缺少一个庄家而停止,自己提出告退的也不止一二人,都并不挽留而任他自去。这时候莫理斯君对于留着的客人加倍地亲切了。他用了恳挚的同情和最适切而愉快的谈话,而从一团体走到那团体,从一人走到那人。他不像一个主人而像一个主妇,他的态度中有一种女性的娇态和谦逊,这迷着了一切人的心。

客人渐渐少起来了,李起中尉暂时出应接室而踱到厅堂中,以求新鲜空气。他正要跨出前室的门槛,就发现一种非常可惊的状态而猛然地立停了足。扶梯的花卉都已不见,三辆巨大的搬场车停在庭园的门前,那些仆人正在匆忙地除取室中一切方面的陈设,其中有几个人已经穿着外套而预备归去了。这好像乡间的跳舞会的收场,场中一切东西都是约定期限而租来的。勃拉根蒲利不得不有些要回想的事。最初,那些客人毕竟不是真的客人,已被逐出了;现在,这些仆人也不见得是真的仆人,已在敏捷地散去了。

"这场面完全是假的么?"他自问,"不过是一晚间的暴发,而在朝晨以前必须消灭的么?"

勃拉根蒲利伺候一个恰好的机会,一气跑上扶梯而到了这屋的最高层。这正如他所预期。他一室一室地跑转来,不见一点家具,连壁上画都没有一张。这房子虽然油漆着,又糊着壁纸,但不仅现在没有人住,以前也显然没有人住过。这青年士官回忆他来时所见的壮丽、安定而体面的样子,觉得失惊了。如此大规模举行这欺骗,非浩大的用费不可。

那么谁是莫理斯君呢?他有甚么用意而在伦敦的偏僻的西端扮演这一晚间的主人?他为甚么胡乱地从街上召集他的客人?

勃拉根蒲利觉得他已经逗留得太长久了,急忙回到聚会的地方来。有许多人已当他不在这里的时候离去,应接室中连中尉和主人一共不过五个人——最近这室中曾经那样地拥挤的。当他回到这房间里来的时候,莫理斯君用微笑招呼他,即刻立起身来。

"诸君,现在正是,"他说,"说明我所以妨碍了你们的娱乐而诱致你们到这里来的用意的时候了。我知道诸君对于今晚一定不觉得沉闷,但我的目的,老实说,不是招待你们在这里闲耍,而是要你们帮助我一件不幸的要事。诸君都是绅士,"他继续说,"诸君的风采分明地表示着这一点,我无须要求更多的安全了。所以我全不隐藏地说出,我要求你们给我帮办一件危险而繁难的事;所谓危险者,因为诸君或许要冒险你们的生命,所谓繁难者,因为我要求诸君对于此后的所见所闻须有绝对的决断。一个完全不相识的人而提出这样的要求,实在荒唐得几乎可笑,但我明知这一点。我立刻要补说一句,倘然座上哪一位已经听够了,倘然诸君中有一人要从这对于不相识的人的危险的信托与 Don Quixote 式的献身的行为而却步——我准备和他握别,我将用了万分的诚意而向他道晚安和珍重。"

一个身长而黑的人立刻用了非常让恭的态度而应对这番诉述。

"先生,我感佩你的率直的话,"他说,"我是要归去的。我无须考虑,但你的确使我抱了满怀的疑窦。我说我是要归去的,恐怕你认为我对于我的归去没有附加说明的权利罢。"

"完全不然,"莫理斯君回答,"我对于你一切的话都感激。我所提出的话是极严重的。"

"那么,诸君,你们以为如何?"那长身的人向着其余的人说,"我们已经快乐地过了这一晚,大家一同平安地回家去罢?明天朝晨你们平安无事地再见太阳的时候,便相信我的提议的不错了。"

说话的人在最后的数语上附以抑扬而加强其语气,他的脸上带一种特殊的表情,充满着严肃和郑重的样子。另一个人慌张地立起身来,带着些惊恐的样子而预备归去。不动的只有两人,便是勃拉根蒲利和一个红鼻头的老年的骑兵少佐,唯这两人保住泰然的态度,除了迅速地交换一个有意义的眼色以外,对于刚才告终的议论装着全无关系的样子。

莫理斯氏送那告退的两人到门口,他们一跨出门,他立刻把门关上,然后他回来,表出一种安心与快活相交混的颜色,向两个士官说这样的话。

"我选定为我出力的人犹似《圣书》中的选定约书亚,"莫理斯君说,"我现在获得了伦敦的拔萃的人物了。你们的样子使我的亨生马车夫合意,又使我欢喜。我已在奇妙的会合中和最异常的情形之下观察过你们的态度了:我曾仔细研究你们的赌博和忍受损失的态度,最后我又用进退两便的问题试验你们,而你们接受之如同接受晚餐的招待。到底,"他叫道,"我多年来为欧洲最勇武而聪明的主权者的朋友又门人,不是徒然的。"

"在奔特羌的小战中,"那少佐说,"我要征求十二个义勇兵,而队中的一切骑兵都愿应征。但赌博的会合究竟与炮火之下的军队不同。我想,你得了二人,能在危急之际不负你的期待的二人,也许可以真满足了。那逃回去的两人,我认为是我所曾见的最可怜的卑怯汉中的两人。李起中尉,"他又向勃拉根蒲利说,"近来我屡闻你的声名,想你也一定知道我的名字。我是奥路克少佐。"

这老士官就伸出他的红而发颤的手给那青年的中尉。

"久仰,久仰。"勃拉根蒲利回答。

"待这小事件安顿之后,"莫理斯君说,"二位当知道我已充分地酬答你们了。因为介绍二位相见,是我的最有价值的效劳。"

"那么,"奥路克少佐说,"你那事件是否决斗?"

"是一种的决斗,"莫理斯君回答,"对于未知而危险的敌人的决斗,我深恐这是有关于生死的决斗。我必须请求你们,"他继续说,"勿再呼我为莫理斯,请你们呼我为亨麦斯密史。至于我的真姓名,和不久我将介绍给你们的另一人的真姓名,我希望你们不要质问或探究。三天之前,我刚才所说的那人突然失踪,在今天朝晨以前,我一直不知他的踪迹。我告诉你们，他正在从事私人惩罚的工作，你们听了这话便能理解我心中的忧惧了。他被缚于一种过于轻率地宣誓的不幸的誓约，以致必须不借法律的帮助而为这世间除去一个阴险残忍的恶汉。我们有两个朋友——其一人是我的胞弟——已为这企图而丧生。现在所说的那人，一定也是陷入了那致命的罗网了。但至少他是还活着而且还有希望，这封信可以充分证明。"

说话的人，无非是琪拉尔定大佐，拿出一封信来，信中这样写着：

"亨麦斯密史少佐——星期二上午三点钟，一个完全尽忠于我的人将在利羌德公园的洛契斯泰邸宅的庭园的小门中迎候你。我必须要求你不可有一秒钟的失误。请把我的剑箱带来，倘使有，请找求两个与我不相识而有伎俩与见识的绅士同来。关于此事请决不可用我的真名字。哥道尔。"

"假如他没有别的称号，仅就其智慧而言，"琪拉尔定大佐看见二人都满足了他们的好奇心，就继续这样说，"我这朋友也是一个使人非默从其命不可的人。故我无须告诉你们，我连洛契斯泰邸宅的附近都没有到过，我和你们一样地全不知道我的朋友陷入了甚样的穷境。我收到了这命令之后，立刻去到一个室内装饰包办人的地方，在二三小时中，我们现在所处的屋就变成了刚才的飨宴的模样。我的计划至少是独创的，且我全不懊悔，因为这使我得到奥路克少佐和勃拉根蒲利中尉的援助。但在这街中的仆人将有一奇怪的发现。他们将见今晚充满着灯火和宾客的房屋在明晨无人居住而出卖了。虽然这种最严重的事件，"大佐继续说，"也有其欢喜的一面。"

"让我们来加一个欢喜的结尾罢。"勃拉根蒲利说。

大佐检阅他的时表。

"快到两点钟了,"他说,"还有一个钟头啦,一辆极快的马车已停在门前。甚么样,你们两位能帮忙一下么?"

"多年以来,"奥路克少佐回答,"我对于甚么事体都不退缩,连赌时打两门的行为都不屑做。"

勃拉根蒲利用极适当的说话表示他的预备帮忙。他们喝了几杯葡萄酒之后,大佐给他们每人一把装弹子的手枪,三人跨上马车而驱向指定的地点。

洛契斯泰邸是运河岸上的一所宏壮的住宅。广大的庭园使它完全隔绝邻近的嘈杂。这好像是一个贵人或大富翁的饲鹿的庭园。在街道上所能望见的限度内,这大厦的无数的窗中没有一点灯火的影迹,似乎其主人已久不在家而把这场所空闲着的样子。

遣回了马车之后,三人不久就找到了那小门,这是挟在两堵庭垣之间的弄中的一扇边门。距指定时间尚有十多分钟,雨下得很大,这几个冒险者躲身在倒垂的常春藤下面,低声谈论渐渐逼近来的试炼。

突然琪拉尔定举起一根手指警告静默,三人大家极度地倾听。通过了嘈杂不断的雨声,有两个人的步声和话声从庭垣的那方面渐渐地响过来,当他们更近了,听觉特别锐利的勃拉根蒲利竟能辨别他们的话的断片。

"墓穴已经掘好了么?"一个人问。

"掘好了,"另一个人回答,"在月桂树垣的后面。那件事了结之后,我们可用一堆棒条遮盖它。"

最初说话的人笑了,他的欢乐的笑声使得这边的三个听者大家战栗。

"还有一个钟头。"他说。

　　从脚步的声音,可以明知这两人已经分手,而向着反对的方向进行了。

　　边门小心地开开了,差不多同时,一只雪白的脸孔突出到弄中,又看见一只手向窥伺的三人表示招呼。三人在死一般的沉默中走进了门,那门立刻在他们后面锁闭,他们跟了那引导人通过几条庭园的小径而来到了这屋的厨房的入口。这铺石板的大厨房间里只点着一支蜡烛,应有的家具都没有。当他们从这里登上一道弯曲的扶梯的时候,一群老鼠的极大的骚扰声更加明白地证实了这邸宅的荒废。

　　引导者手里拿着烛火,走在他们的前面。他是一个瘦小的人,腰很弯曲,但举动仍是敏捷。他时时回转身来,用姿势警告静肃和小心。琪拉尔定大佐排在他的背后,一手抱着剑箱,另一手拿着一支手枪,而跟着他走。勃拉根蒲利的心剧烈地惊跳。他觉得要脱身还来得及,但从那老人的敏捷的举动上推察起来,发作的时间一定就在眼前了。这冒险的情形非常暧昧而又可怕,这场所又异常适合于干黑暗的事情,故即使比勃拉根蒲利年纪更长的人,跟在这行列的最后而登上那弯曲的扶梯的时候也难怪要动摇些感情。

　　到了扶梯顶头,引导者推开一扇门,招待他面前的三个士官走进一间小的房间,房间里照着一盏朦胧的油灯和适度的暖炉的火光。炉边坐着一个年纪很轻,身体强壮,而相貌威严堂皇的人。他的态度和表情非常镇静安泰。他带着十分适意而悠思的样子,在那里吸雪茄,他的肘边的桌上立着一只盛着沸腾的饮料的长玻璃杯,这饮料散布甘美的香气于全室中。

　　"来得正好,"这人把手伸给琪拉尔定大佐而这样说,"我知道我可以预期你的精确。"

"我的忠义。"大佐鞠躬而回答。

"让我会见你的朋友,"那人继续说,相见的礼仪行过之后,"诸君,"他用非常和蔼可亲的态度而又说,"我极希望能够供给你们一个更欢乐的秩序单。以严重的事件结交初见的朋友,是不愉快的事,但事件的强制力更强于友谊的义务心。这不快的一晚,我希望你们又相信你们都能原谅我。像你们这样的人,一定是知道自己在施非常的恩惠就满足的。"

"殿下,"少佐说,"请原谅我的唐突。我不能隐藏我所知道的事。不多时以前我曾怀疑亨麦斯密史少佐,但哥道尔君是不会认错的了。要在伦敦地方找求两个不认识波希米亚王子弗洛律才尔的人,是对于运命的过分的要求。"

"弗洛律才尔王子!"勃拉根蒲利惊骇地叫起来。

他用了无穷的兴味而注视他眼前这有名人物的颜貌。

"我不惜我的微行的暴露,"王子说,"因为这能使我用了更多的权威而感谢你们两位。我知道你们定能与为哥道尔氏尽力同样地为这波希米亚王子尽力,但后者恐能为你们尽更多的力。得益是在我的。"最后他又用谦恭的态度而这样附说。

其次的瞬间,王子和这两个士官谈论关于印度军和本国军队的话,他对于这种的问题,与对于其他一切问题同样,也有非常丰富的知识与最正确的见解。

临着可怕的危险,而王子的态度中有与常人大异之处,使勃拉根蒲利感到无限的钦仰;他的谈话态度的魅力与应对的异常的温和,也使他同样地感动。他的一举一动,一言一语,不但其自身崇高,似乎能使和他对话的人也崇高了。勃拉根蒲利热诚地向自己告白,这真是能使勇士乐愿为他舍身的君主。

　　这样地经过了好几分钟之后,引导他们到这房间以来一直坐在室隅而手中拿着时表的那个人立起身,来向王子耳边低声说了一句话。

　　"好了,诺威尔博士。"弗洛律才尔王子高声地回答。然后他对别的人说,"对不起,诸君,"又继续说道,"我将使诸君处在黑暗中。时刻已快到了。"

　　诺威尔博士熄灭了火油灯。预告黎明的微弱的灰色的光照出了窗子,但不足以照明室内。王子立起身来的时候,他的面貌不能辨别,他说话时显然地表出的那种感情的状态也不能推测。他走向门的方面,作非常用心的态度而把身体偏倚在门的一边。

　　"请诸位,"他说,"保住严格的沉默,且隐身在最黑暗的影中。"

　　三个士官和医生立刻遵命,在大约十分钟之间,洛契斯泰邸宅中的唯一的音响只是木造部后面的群鼠的游行所起的声音。到了这十分钟的末尾,一种门枢的强烈的轧响异常清晰地暴发,打破了这沉寂。不一会,守候着的人们听见一种徐缓而用心的足音向着厨房的扶梯而逼近来了。这闯入者似乎每跨上一级,必立停了倾听一下,这些间隔似有不可思议的持续,每次用了一种深的不安而压迫倾听者的精神。诺威尔博士是惯于危险感情的人,但他感受一种几近于可怜的身体的困惫;他的呼吸在肺中鸣响,他的牙齿相战,当他神经病似的改变他的位置的时候,他的肢体的关节格格地作声。

　　后来一只手搭在门上了,门闩发出轻微的音而拔开。以后又是沉寂,这时候勃拉根蒲利看见王子悄悄地装出姿势,似乎将作一种非常的举动。门开开了,放进一些稍明的晨光来,一个人的姿态出现在门槛上,立着不动。这人身体很长,手执一把刀。他们在曙光中也能看见他的上齿露出而发光,因为他的嘴巴像将要跳跃的猎犬一般地张开着。这人一定曾在一二分钟之前全身没入于水中，当他立在门中的时候，还有水点不绝地从他的湿衣落下，滴在地板上。

其次的瞬间他跨进了门槛。室内就起一种跳跃、一种窒息的叫声和霎时间的格斗，琪拉尔定大佐正要跳出来帮助，王子早已捉住这人的肩膀，夺了他的凶器，而使他无可如何了。

"诺威尔博士，"他说，"请你把灯再点着了。"

他把捕获的人交给琪拉尔定和勃拉根蒲利，穿过房间，把背靠着炉棚而坐下了。灯火一点着，大家看见王子脸上表示一种异常严肃的颜色。这不复是随俗的绅士弗洛律才尔，这已是正当地动怒而充满着血腥之念的波希米亚王子了，现在王子仰起头来向自杀俱乐部的会长说这样的话。

"会长，"他说，"你安排这最后的圈套，恰好束缚了你自己的脚。天已在亮起来了，这是你的最后的一个朝晨。你刚才游过了李羌德运河，这是你在这世间的最后一回的水浴。你从前的同志诺威尔博士，不背负我而反把你提交我的手中来审判了。你今天下午为我而掘的墓穴，将用以适应天意而从世人的好奇心上埋却你所当受的运命了。倘你有对于神的信心，快跪下来祈祷。因为你的时间已经很短，神明已经厌倦于你的恶业了。"

会长不答话，也不表示态度，只管垂头而愤恨地注视地板，似乎他觉察到王子对他的延长而永不容赦的眼色。

"诸君，"弗洛律才尔王子回复他本来的语调而继续说，"这是久已逃避我的眼睛的人，但现在全仗诺威尔博士的力而被我拿住了。要讲他的罪孽，现在没有这许多时间。但倘使运河中全是为他牺牲的人的血，这恶汉身上的血一定也有这般的淋漓。虽是这样的事件，我仍要保住顾全名誉的形式。但是诸君,请你们评判——对于这人,与其用决斗,不如用死刑,让这恶汉自己选择武器,实在是过分的优待。我不会在这样的事件上丧失我的生命。"他打开剑箱,继续说道,"手枪的弹丸往往因机会而偶中,老练而勇敢的人也许能被震颤的射手所击毙,故我对于现在的事件决定用剑,想诸君一定承认我的决心罢。"

这些话是特别对勃拉根蒲利和奥路克少佐说的。两人都表示了承认的意思之后,弗洛律才尔王子继续说:"快些,选择一把剑罢,不要使我等候了,我要早一刻也好地结果你这东西。"

会长自从被捕而被夺却凶器之后,到现在方始抬起头来,他显然是立刻鼓起勇气了。

"平等交战么?"他热心地问,"我对你?"

"我是这么优待你。"王子回答。

"好,来!"会长叫道,"公平无私地交战,谁知道结果如何呢?但我必须附说一句,这实在是殿下的慷慨的行为。我即使失败了,也是被欧洲最勇武的一个绅士所杀的。"

会长从执着他的两人手中释放,走到桌边,开始用了精细的注意而选择剑了。他非常兴奋,似乎他知道这决斗一定是他胜利的。旁观的人看了眼前这自信力如此强固的人,觉得恐怖起来,热诚地恳求弗洛律才尔王子重复考虑他的志向。

"这不过是一出滑稽剧,"他回答,"且我可向诸君担保,这不是一出长剧。"

"殿下必须小心,不要中了他的计。"琪拉尔定大佐说。

"琪拉尔定,"王子回答,"你见我从来失信过一支信用借款么?我所欠你的是这人的死,所以现在我必须把它偿还你。"

后来会长选中了一把长的剑,用一种粗野而也有些威严的态度表示他已经准备。危险的迫近,奋勇的感情,使这可憎的恶汉也会表出一种大丈夫的神气和一些威仪。

王子随手取了一把剑。

"琪拉尔定大佐,诺威尔博士,"他说,"请你们在这室内等我一下。我不愿我的亲近的朋友参与这事件。奥路克少佐,你是年长而有定评的人——让我把会长交托你。李起中尉请做我的监视人:青年人对于这种事件,尽管堆积经验也不为过多的。"

"殿下,"勃拉根蒲利回答,"这是我的无上的光荣。"

"那好极了,"弗洛律才尔王子回答,"我希望在更重大的事情上酬答你的友情。"

这样说过,他就跑出房间,向厨房的扶梯走了下去。

剩下的两人推开窗子,把身体靠出在窗口,倾注全力而探察快要发生的那悲惨的事件的消息。雨已经停止,天差不多亮了,群鸟正在庭园的灌木丛中及森林的树上鸣噪。他们暂时看见王子和他的群从走过两个花丛中间的小径,但在第一个转角上被一丛树叶所障碍,又是不见了。大佐和医生有机会看见的,只是这一点。庭园非常广大,决斗的场所一定在于离开房屋极远的地方,故连击剑的声音也不能达到他们的耳中。

"殿下带他到墓中去了。"诺威尔博士带着战栗而说出。

"天啊,"大佐叫道,"天保佑正者!"于是两人默默地等候事件的完成,那医生恐怖得发抖,大佐因苦闷而流汗。许多分钟一定已经过去,天色更加明亮,群鸟更加清朗地在园中歌唱的时候,一种归人的脚步声使他们的目光又向着了门的方面。走进门来的是王子和两个印度军的士官。天果然保佑正者。

"我惭愧我的动感情，"弗洛律才尔王子说，"我觉得这是不配我的地位的一种弱点，但那个恶魔的继续生存已像一种疾病地烦恼我，他的死比一夜的酣睡更使我觉得爽快。请看，琪拉尔定，"他把剑抛在地上而继续说，"这是杀你的兄弟的人的血。看了也应欢喜。但是你看，"他又说，"人是何等奇妙的一种东西！我的复仇还没有经过五分钟，但我已在这里自问复仇在这无定的人生的舞台上是否可能的事了。他所作的罪恶，谁能取消它？他积蓄大财产的经历（我们现在所处的房屋便是属于他的）——这经历现在永远是人类的运命的一部分了。我即使可以尽力于剑术的击刺直至世界最后的审判日，但琪拉尔定的兄弟总是已经死了，其他数千百无罪的人总是已经受侮辱而被陷害了！人的生活，剥夺时非常容易而使用时非常重大！唉，"他叫道，"世间哪有像成功一般杀风景的事？"

"神的公正裁判已经实行了，"那医生回答，"这点是我所见到的。殿下，这在我是一种难受的教训。我抱着无上的不安而在这里等候我的轮到呢。"

"你听见我说甚么话？"王子叫道，"我讨灭了罪恶，能帮助我灭罪的人就在我们的身边。啊，诺威尔博士！你和我过了许多艰难而可贵的辛苦的日子；在这些日子中，恐怕你已经抵偿你昔日的罪过而有余了。"

"那么，"医生说，"让我去埋葬了我的老友。"

博学的原作者说，这故事恭喜地结束了。不消说，王子对于在这大功业中为他尽力的人一个也不忘记。直到今日，他的权威和德力帮助他们在社会事业中上进，同时他的谦逊的友谊给一种魅力于他们的私人生活上。原作者又说，要搜集这王子代天行道的一切奇妙的事件，这世界将被书籍所填塞。但他说,与皇帝的金刚石的运命有关的几件故事,是非常有趣的记录,不可省略。我们现在要仔细地循步这东洋人的记载,而把他所说的故事丛谈从以下的薄板箱的话说起。

(民国)二十年六月十八日译毕

泉上的幻影

［美］纳撒尼尔·霍桑　著

丰子恺　译

　　我十五岁的那一年,曾寓居在离家百里的一个乡村里。当我到了的第二天的早晨——九月里的早晨,但温和晴朗像七月里——我散步到一个檞树林中去,几株胡桃树的丛枝,在我头上交成密荫。路上都是岩石,高低不平,蔓生着荆棘和小植物,所留剩的只有牛马的脚迹。我偶然依了路径走去,到了一个明净如玉的泉上,周围生着绿的草,新鲜得和春草一样,上面罩着一簇大的檞树的密荫。一条孤零的日光照下来,像金鱼一般在水中舞动。

　　我是从小欢喜泉水的,这泉水作圆洼形,虽然不大,却很深,周围排列着小石子,有的生着青苔,有的裸着,变出许多颜色来,红的,白的,褐的。泉底铺着粗砂,这砂在寂寞的日光中闪耀,好像用了自己发出来的光,照得那泉水澈底地通明。一个涌出水来的口子,急湍的水冲着砂流出去,但是那水并不混浊,玻璃似的水面,也并不破损。这仿佛有一种生物要现出来,恐是泉水的女神——一个美丽的少妇,穿着薄生生的水苔的长衣,束着虹的水滴的围带,现着冷静的,清丽的面貌。倘使人看见她坐在一块石上,雪白的足挂在清涟中,鼓动那水点起来,闪耀在日光中,那时候教人何等惊喜,又何等恐慌呢!她的手所触的地方的草和花,将同受着朝露一般湿润。她将像仔细的好家婆一般工作,把水里的枯叶,烂木屑,檞树上落下来的旧檞实,牛马所遗下的谷粒,一一拾去,使那明净的砂在明净的水中,好像藏着的金刚石一般。但是倘有人走近她去,她就将隐去,只看见夏雨一般的水滴在她的立处照映着。

　　我倚在这露水一般的女神所现出来的草地上,向前俯视,看见水的镜中有一双眼儿和我交看着。这是我自己的眼儿的反映罢。我再仔细一看,却是另一个脸孔,比我的影子更深远,眉目更清秀,但是恍惚地又像幻影。这幻影是一个金发的美丽的少女。她的眼儿笑出种愉快的表情来,满面笑靥了。当她跳舞在日光中,看来仿佛是喷泉化形的少女。通过她的蔷薇色的颊儿,我能看见那黄叶,那断枝,那橛实和那闪闪的砂砾。寂寞的日光映过她的黄金的头发,这发儿溶和在微光中,变成一轮后光,环着她这样美丽的颜貌!

　　我的记录,不能描写这泉中怎样迅速地显出这面影来和怎样忽然地消灭。我呼吸,看见这面影! 我呼吸一闭,这面影便隐去了! 这到底是已经过去了的么? 还是到底虚无的么? 我疑惑到底果有这面影没有?

　　读者诸君,这幻影忽隐忽现,使我心中何等恍惚又美妙呢! 我静坐了好久,等着这面影的再现,又恐怕我的动噪或呼吸把这影儿惊去了。我差不多从一个愉快的梦境里醒来,静静地等她的再现。我深深疑心这活现的到底是什么东西。难道是我臆造出来的么? 难道是我的想像所生的少女,同那小孩子们眼中所现的奇形怪状一般么? 她的美丽,竟只给我瞬间的欢喜,就逃走了么? 或者她是泉水的女神,或者是神仙,或者是森林的女神,在我肩间现出来,或者是谁家见弃的处女,为了恋爱溺死的冤魂么? 否则一定是一个热心肠的可爱少女,忍着了躲在我后面,把她的影儿在水中映着罢?

　　我守候了多时,但再没有幻影出现。我想离去,但好像着魅一般不禁又留住了,直到下午住在这泉上。那水泡涌了,砂砾闪烁,日光照耀了,可是再没有幻影出现,但见一只大蛙,仿佛是这幽处的隐者,他立刻潜入石下面去,只留出两个腿子。我看来这是有魔相的我几乎想杀了这妖惑的东西,因为他在泉中做出那样奇怪的美人的幻影来。

我郁郁地回到了村里。在我和那教会的尖塔中间,峙立着一个小丘,顶上生着一丛树木,和别的树木完全离开,带着西方照来的夕阳的光辉,落它的孤零的影儿在东边。日将暮了,日光好像带着暗愁,它的影儿呈一种快美的趣味;明和暗相交在这平稳的光里,仿佛那"日光"和"夜"的精灵在林下亲睦地会晤,互相认为同类了。我正在羡慕这绝景,忽然那少女的影儿又在榭树林中现出来了。我心中晓得这是幻影;但是她离我这样远而且这样像灵气,这样超脱人世,这样融混在周围的黯淡的光辉中,却使我的心打沉了,比前更悲愁了,我怎样能接近她呢?

我方在注视,忽然吹下了一阵木叶来。一时间滴滴的雨点割取了一部分的日光纷纷落下,使空中变得十分明亮。一条虹像尼亚加拉(Niagara)瀑布一般在空中画出。它的南端落在这树林前面,包掩了这美丽的幻影,她呢,好像是虹的一部分,如今已不见了。她的生命被这自然的绝妙的现象吸收去了么?但是,我对于她的归来并不失望;因为她变了虹,这是希望的表号。[1]

这幻影这样地离去了我之后,我觉得一连好几日的悲哀。在那泉上,林中,小丘上,村里;当那晓露未晞的日出时候,正午,以及像她别去我的傍晚的玄妙的时候,我屡屡寻觅她,但总是徒劳。一星期一星期地过去,一月一月地经过,她并不曾再现出来。我这种不可思议的秘密,对谁也不告诉;但一人徜徉来去,或者孤寂地静坐,仿佛已窥见了一线天上

─────────────

〔1〕《圣经》里说,神造虹防失望。因此有虹是希望的表号之说。——译者注

的光明,不要再顾人间的欢乐了。我退入了我的思想所生存着呼吸着的和这幻影所在的中心的精神界里去。我竟不期地同时变了一个传奇小说的作者兼主人翁了。想像出恋爱的对敌来,又创造出自己和别人的动作所起的事变来,又经历种种情绪的变化,直到后来那妒忌和失望都平复了,变成完全的幸福呀!优美的女性者呀!我这青春的燃烧一般的想像,倘使我具有成人的冷静的描写的才力,那么,你们的心定要被我这话煽动了!

正月半光景,家中招我回去。我动身的前一天,再去访问那幻影出现的地方,看见那泉的胸窝冻了,此外只有雪和虹的丘上的冬天的日影。

"还有希望,"我想,"否则我的心也要冻得同这泉一样,全世界荒芜得同这丘的雪一样了。"这一天大部分费在准备明晨四点钟的动身。晚餐后约一小时,一切都安顿了,我就走下来到客室里,和同居的老牧师及他的家族道别。我走过那入口,一阵风吹灭了我的灯。

这是这家人家的习惯:一家团圆地围坐在客室中,却只有炉中的火光,此外并没有一盏灯。又因这老牧师的收入甚微,所以不得不过经济的生活,他们的炉里的火种,大都是檞树皮的粉末,终日终夜地熏着,发一种迟钝的暖气,并没有火焰。这晚上的檞皮是新添入的,又加了三条新鲜的红的檞树枝和几片枯松木,还没有燃着。更没有别的光,除却了那两条半燃着的薪枝的阴沉的光,这光连薪架上都照不到的。但我熟知那老牧师的靠背椅子所在的位置,在那里,他的夫人常常拿了她的线结工作和他一块儿坐了,避开他们的两个女儿,这两个女儿,一个是泼辣的乡下姑娘,一个是患肺病的女子。我在这暗中望去,看见在我前面的是他们的儿子,他是一个博学的大学生,这回冬假期内返家来作教授的。我觉得今晚我的椅子和这大学生的椅子距离比平日尤加近。

　　暗中的人们常常静默着,自我走进了之后,不大有人开过口。除了主妇的线结的有规则的声音之外,没有别的声音来打破这静默。有时那火爆出一种短简又昏蒙的闪光来,在老牧师的眼镜上反映了,飘摇在我们中间,但是这光弱得很,决不能照出各人的相貌来。我们岂不像幽灵一般了么? 这光景很幽昧,但这岂不是世间相识相爱的人们在永远界交通的方法的一例呢? 我们不看见,不听得,不接触,但由内部的心相,互相认得各人的存在。死人间的情形,恐怕是这样的罢?

　　忽然一种声音打破了这沉寂,那肺病姑娘向室中的一人谈话,她呼她作莱遣儿(Rachel)。她的颤动又无力的呼声的回答,只有一个字,但是一个字的声音,惊触了我,使我弯下身子向这声音发出来的地方倾听。曾不曾听见过甘美而轻细的声音呢? 倘然不曾,为什么唤起了我许多的追想,或类于这种追想的像熟悉却又不认识的事物的影子;为什么又在我心中充满了在这黑暗的客室中的发这声音的女子的面貌的纷杂的印象呢? 我倾着耳听她的沉静的呼吸,又张着两眼,竭力在黑暗中描出一个姿态来。

　　忽然那松枝移动了,发出红的火焰来;在那黑暗地方看见这女子——就是泉上的幻影! 她好像只有一道灵光,随了那虹隐灭了,又在这火光中现出来——好像是和火焰一齐飘摇,又将和火焰一齐消灭的。但她的颊是蔷薇红而且有生气的,她的面影,在这室中温暖的光中,比我所追忆的更美丽而温柔了。她是认识我的! 我在泉水中看见她的美丽的容颜时,她的眼儿的巧笑,呈出满面的笑靥来,那时候的欢乐的表情,如今又正在呈出来了。忽然一堆榭皮崩下来,压在那火焰上面,那黑暗就夺了这明媚的姑娘去,不再给她回到我这儿来了!

世间的优美的女性者呵！我再没有话了。简单地说明这秘密，那莱遣儿是这村里的庄主的女儿，她是在我到这儿的后一天动身到一个寄宿的学校去，在我离去这儿的前一天回来的。我把她看做天女一般，其实这是陷于恋爱的青年们对于他们的对手的女性者所常有的事情。我这篇的要旨，也在这里。优美的女性者呵！这是容易的，把你们自己变成天女的事！

霍桑善于精妙深刻地描写心理状态。他的杂著是在一八三七年出版的，名叫 *Twice-told Tales*[1]。这也是其中的一篇。

《东方杂志》一九二二年第十九卷第九号

---

〔1〕 中文译名为《重讲一遍的故事》。——编者注

盲子与疯瘫子

克洛德·盖威尔 著

丰子恺 译

　　附近地方晓得有这一对怪人已经好多年了：这两人实在只是一个人。其中一个负着别的一个，别的一个呢，指导他们经过小市镇的街道，经过附近地方和郊外的路径。他们快乐地过生活，他们的快乐是因为同病。

　　他们可不求布施。他们每在汤纳耳(Tanneur)街的拱廊下面经过那个市民时，不要讨得，他就伸手在袋中摸出几个铜币来给他们。一到城门边，那种哨兵就从他们的在城壁上的深的凹洞里用暗号招呼这武装的人；又当他经过那烟气弥漫的哨兵房时，就受到几片食物，有时一杯加香料的葡萄酒，然后高兴地过去了。他们有拜访城堡和四邻各农家的日子，恰像教会内的牧师，他们可找到他们的栖息所在铺着稻草的谷仓里，且在蒸着的铁锅里有浓厚的汤来慰乐，路上的载货车子，没有一台不停止了，带他们上车，助他们走一段路；这车子在难行的路上前进时，好像匍匐在一个异样的茅草人的重量下面。

　　除此以外，他们还觉得有一种不可思议的快乐在他们的挚爱的友谊中：盲子的两肩，习惯了他的每天的担负了。他可直立且稳步地走去。

　　疯瘫子口里一句话，可使他的封缄着的眼睛里看见光景。

　　由此，他能评价那筑在 Place du Rosaige 中一个百年前曾遭雷击的场所上面的礼拜堂的美；他能看见上有三个华丽的雕栏的那座耸立着的塔，还有那时辰钟，形如一个法冠，浮雕部突出着，向着西边的大门。在这大门的阴面，《旧约》中的新的光景每天生出来，在阳面，受难的光景作金色，红色紫色的染色玻璃窗子里照耀出来，告示埃及的圣马利的一生的传说；他知道那和印地安人营商致富的大布商克莱孟(Cleement)

所建的一所房屋何等华美,有铁铸的屋,有饰着从这地方有名的一个稽稽话中取来的大的插话的窗子;他羡慕那在第一层的日时计,在这时计上,悦目的图案字"Ora Pro Nobis"用金色字母写着,且在这上面,雕着精美的妇人半身像,各在伊的长衣的自然的绉纹里保着一种这屋的主人的美的象征:一个栉,一个棱,或一个刷子,映出华丽的光彩在一部衣服上。

疯瘫子又用口描写地上的华美给他听:地上的色彩比鸟的歌声更加多样且易于变化;那树木的奇异的形状,那平稳的川流时时在他们旁边引长去的银色或金色的或天蓝色的长带子。

只有一件不相一致的事情在这两人中间:各人要装作是他们的团体里少利益的会员。他们不休地争论这问题,各人确执一面,如同不晓得正在讨论什么的两个人一样。疯瘫子为了怕羞,总不夸他的看见的快乐;而盲子呢,决不说起他的疲劳。疯瘫子总归先提及休息,他又怕自己身体变成太重的一件负责,所以没有一次不因为肚子吃饱了而责备自己的。

有一天,市里起了一骚动:宣传着一个名叫马当(Martin)的人的来到,这人的神圣和有力的名望在他前面先驱到了。他能忘记他自己,给面包于穷人,且和他们分他自己的衣服。当他有一晚在阿尔卑斯山中落在山盗手里的时候,他的热心的诚意竟完全感化了他们;他曾经揭破一个人民所崇拜的假殉教者的威势;他曾经放一顿火,自己在火焰里出现;曾经于一株松树倒下来,避开了不打着他;禽兽服从他的声音。近来他又有一种新的能力:他只要用手一搭,就会医好疾病。

从地方上各处来了癞子,跛子,热病狂的,疯瘫子,母亲背着孩子的,孩子背着母亲的,痛着的老人,有奇形怪状的残废疾的男子和妇人,富人和贫人,因为同样有疾病而不能辨别了,好人和恶人,因了他们的可羞的疾病而也联在一块了:这等人都跑来请求且赞美这他们本来该有的神秘。倘接触了马当,这苦痛就愈了,血脉就更强健且清洁地在皮肤下面流淌了,跛的会走了,盲的忽然看见,包围他们的世界的夜就除去了。

这小市镇,忽然被这等人类的不幸充塞了,被这一切的希望抬高了,装饰了这一切的欢乐,就立刻变成了一个大的神秘的殿堂了。

日子静静地和了那祈祷者们的供献而开始了。霎时之后,起了一种求施恩的迷惑的喧噪声,一种骚乱的高音,仿佛每人想用比别人更高的呼声来引惹神圣的注意。但在压进礼拜堂的外庭的人群中,在紧接着在这神人的足迹上的行列中,马当在争要吻他刚才踏地皮而攘着的人们中忙把他的补缀的长衣的缘偷自提起的时候,那背着两个头和两个身体在一对腿上的残疾者,竟不出现。

但到了夜里,当全市都已睡着了的时候,他们的梦幻似的影子在拱廊的柱间,或沿着缘边的壁自相追随着过去。到了白昼,有人看见他们走向低暗的地方,荒僻的小路里去,或离开城门,走进不毛的山峡里,穿入树林中去。这盲子和疯瘫子避开那制造神秘的人。

他们躲在小茅屋中,隐伏在稠密的丛林中,吓得发抖。别人的所希望,是他们的所怕。

"这马当,"盲子说,"能破坏我们的生活呢。"

"唉,"疯瘫子说,"如果他遇到了我们,我们的平安的快乐完了,我们的放心的生存,或者连我们的友谊都要完结呢。你将会看见,我也定将会走。从来我岂不是为你看,而你岂不是代我走路的么?"

"我们就不会再有趣味。"

"谁会给我们赚得面包的方法呢?"

"我们将像 Basile 似的被贬了,到礼拜堂门前去求布施么?"疯瘫子轻蔑似的又说。

"这马当,"盲子继续说,"决不能我的同情:他就是我们去年所遇见的,就是给他的半件外套于我们的,这在我们差不多是一件无用的施物。他竟有意不给我们完全的外套,他不能算表示过他的好行为;且他似乎完全这一冬负着这半件褴褛的外衣在身上的。"

他们这样地对话了,就逃避去,他们因为恐怖而觉得不快了。

不久他们已离开了他们本来所住的避难所了;他们须得再做些事来维持生活。在天亮或夜到的时候,他们向静僻的路上,或少人行走的街道上去了,盲子轻轻地跨步,疯瘫子小心地顾到四周,他们大家留意听着有否声音,因此可以避开那个要把他们所不要的快乐给与他们的人。因为他们是极真挚、极忠实的相信者,所以他们不要求这神妙,倒反而怕这神妙,他们对于这事,恰像那出血的妇人和 Lailus 的女儿,和那两个盲人,和只因为他们信仰耶稣而耶稣医好他们的一切人民。

但是,他们所受物质的供养的宿主们,怪他们不要求医的顽固脾气。他们找到口实,想出遁辞来。但他们总不愿说这神圣的恩惠对他们是不有价值的;因为他们的敬虔心和一种自尊心不许他们说这渎神的谎说。人们都不解为什么一个盲子不要看见,而一个疯瘫子不想会走。

这一天是 Corpus Christ Sunday 的祭日。就是在通常的时候,这市也饰着军头旗和绫罗,从露台和屋椽上挂出来,现出在窗子边,缠绕在拱廊底柱间,或竟落在街底高石上。市街里充满着花,花筑成神像的台座,神像则位在各平台上,轩的蛇腹上和壁柱上;在每个角里有一个祭坛,围绕着植物,饰着宝石,挂着花圈,盖着丰富的材料,精美的刺绣,古式的线结品:一切这等,都用厚的绒缎和贵重的垫子连接着,亲放在赤裸裸的地上。

在这神秘的年里,祭日有比往年更大的光荣:人们供献财货,搜寻舍库,整备园地,用比平常更振足的精神互相争斗着。在祭坛上的神像,耀着闪闪的宝石;空气中弥漫着紫丁香花和玫瑰花的香气;街道旁边的铺石,隐蔽在天鹅绒、毛毡、锦襕下面,这等天鹅绒、毛毡、锦襕,铺成一条金的小径。

黎明后片刻,这盲子和疯瘫子要进市里去,那总门的守兵拦住了不给他们进去。他们晓得别的小门和后门是不开时,他们就回转,走到极荒芜的地角和市的极隔远的部分去。但无效——到处有呼他们去加入大众的行列的人。这仿佛有一个命令发落,来捕捉他们的。他们不停步;他们溯回他们的原路;他们利用各弯曲;他们试走进他们所晓得的各隐避所。他们觉得被跟随着,他们的足迹被追赶着;他们巡回了这市外一周;然后他们穿过了市的各区,缘了停水的运河的岸走去,爬上到一个古钟楼的五百二十步上,想在这钟楼的塔里找到他们所切望的静僻地。

但是无效——那鸣钟的人驱逐他们,强迫他们下去。于是他们想:最聪明的办法,恐怕还是混进在人群的推移去,只当不晓得他留在如今比平常更众多的,在这市里的巡礼者和外来的陌生人中吧。

盲子和疯瘫子寻路出了大街,混进了一群人中,想混迹在他们所随附的大众里。但是无效——他们已经不能自主了;他们被围着他们的人们拥着推移去了;他们不自主地前进得更快了。

“不要这样快!”疯瘫子埋怨盲子说;但盲子不能止步。他尽力地挣脱;汗从他面上流下来了;他觉得他自己无意识地被人群,或者也被一极为神奇的力推移去了。

他们现在已经到了礼拜堂前的空地中的最前面的级上了。钟鸣了。巨大的门开了,放出以旗章为翼的,红的,白的天使们,用透澈群众的骚扰声的锐音歌唱着的孩子们,穿着线结的长服两手交叉在胸前的牧师,还有穿着堇菜色的衣服坐在柘榴石色的天鹅绒的华盖下面的僧正,这僧正凡庸地在今日的,大人物不复是他的祭日里。最后出来的是神人马当,穿着黑的衣服。

于是一种自然的渐涨起来的骚声从人丛中起来了:"神通! 神通!"马当伸着两手;他已立定在和大门上的圆屋顶并合了作成一个奇怪石座的顶级上了。众人都肃静。从跪着的人丛里立起那个盲子来,上面骑着那个疯瘫子,他们的黑色的半面像,好像孤独地立出在制造神秘者的面前。

马当说了几句祷告,他的声音折回到他:"盲的人看见! 跛的人走!"

就看见那盲子用手拭他的两眼,那疯瘫子从负着他到如今的背上滑了下来;两人相傍跌下了。然后听见两个啜泣声;盲子和疯瘫子泣了,偕伏在地上。

钟声又起,引起了一片上帝赞美的声音,含着千万种声音的抑扬。那行列上来了,妒羡且沉思似的经过这盲子和疯瘫子,就各人都被医好了他们所极盼望痊愈的病。歌声听不见了,钟声静止了。这两人立了起来:盲子还不能清楚地看见,疯瘫子也还不懂怎样走得好。两人都伸手向行列所去的街;于是挽着臂,上他们此生最后一次同行的路上,他们转弯向城门走去。当他们走过了城门,他们不交一语,握手了好久,于是向反对方向的路走了开去。

《民国日报·觉悟》一九二三年九月十一日、十四日[1]

---

　　[1]　作者国籍不明。原稿刊载时仅署作者名 Claude Gcovle,中文译名乃编者据此外文名音译而出。

一串葡萄

［法］法朗士　著

丰子恺　译

　　我很幸福,十分的幸福。我想起儿时我的父母、保姆的样子好像是一般极和蔼的大人,好像是我初出世的证人,好像是我永久唯一的天神。我相信他们爱护我是十分周到,我在他们的面前有十分的相信心。我相信母亲的爱尤其是无边无尽:当想起这种可爱可敬的信心,不由我不追念到儿时的戀态,而且,人们要知道在世上保存一种美满爱情的不易,就该当努力地追想。

　　我很幸福。许多很熟悉而神秘的事,盘踞了我的脑筋,那些事体的本身,原是空空洞洞,然它们总占据了我生命中的一部分。我的生命那时实在是很微弱;但它总是生命,就是说,它是万物之归向、社会之中心。你且不必非笑我上面的话,仅可将它认为一种好话,试想:无论何人活在世上,即便是一只小狗罢,也要算是万物之中心呵。

　　我很幸福,耳能闻,目能见。母亲不去开玻璃橱来安慰我的欣幸心和好奇心。玻璃橱里是些什么?天呀!我所能看见的:汗衫,薰香的布包,纸匣,小箱。我现在还怪母亲对于小箱太神秘了。她所有的那些小箱,样式不同,大小各别。我对于那些所不能摸索的小箱,怀着一种极深刻的猜想。我的那些小玩具,也常时令我的小头脑思索不已;即便那些玩具是经人允许,给我玩弄的;因我所有的东西,在我看来都带几分神秘。但我所爱的玩具,却是我梦想中的玩具!别有一种奇景,就是人们用铅笔或毛笔所画的许多肖像及画片。我也画几个兵;我把兵画成腰子式的头,头上画上一顶军帽。经过几番审察之后,我把他的头放在军帽里面,一直盖到眉尖。我喜欢花,香,桌上的陈列品,以及许多华美的衣服。我的小瓜皮毛帽和花花绿绿的袜子,长养我许多骄傲气。但我所最爱的几件东西,就是华美的住宅、新鲜的空气、明媚的光亮,连我自己也不知说什么好。归纳说来,不过是生命而已! 那种甜蜜的快愉将我包围住了。譬如没有一个小鸟不是甜蜜地爱惜它自家的羽毛。

　　我很幸福,十分的幸福。但是我仍羡慕别的小孩。这小孩名阿凤兮。我不知他别的名字。他的母亲是个洗衣的女工,就在当地工作。阿凤兮镇日价在院子里或码头上跑来跑去,我从窗户看去,只见他的脸上污七八糟,黄发蓬蓬,袴裆破裂,脚上拖一双破鞋在泥水里走。我也很想自由自在地在那泥水里走。阿凤兮同厨妇们来往,常时被她们打了几个耳光之后,又换得几块肉馒头皮。有时马夫又差他去汲水,他意气扬扬提起一桶水,脸上发红,舌头伸得多长。我又羡慕。他不像我要去读《那逢德的寓言》(*Des Fables de la Fontaine*);他不怕因为衣服上着了一点污迹,要去挨人的责骂! 他不要同那些早晨,夜晚,好或不好,漠不相关的人们说早安,先生! 早安,太太! 他也不能像我有"罗爱小船"(*Archet de Noe*)和安着机关的小马,他却可以随意同他所捉到的小麻雀、东奔西窜的小狗去玩,并且又可以到马圈去同马玩,直等到马夫拿扫帚把将他赶了出来。他很自由又胆大。他从他的领域的院子里向我的窗户看着我,好像人们看笼中的小鸟似的。

　　这所院子因牲畜和佣人们常时走动的缘故,所以非常的热闹。朝南有一面墙,把院子隔住,墙上攀满了细而多节的老葡萄藤,上面有测日规,规上的数码字已为风雨所剥蚀,那测日的影针无知无觉地在石板上走动,使我非常的惊奇。从我所追想的许多怪事之中,这所老院子在今日的巴黎人眼光看去,要算是最奇异的了。现在巴黎人们的院子,只有四迈当〔1〕的平方；人在那里只可看见手布大小的一块天空，上面还有四五层楼的罩笼罩住。这样要算是进化，但已不适于卫生。

这天忽然院子里特别的热闹起来，早晨仆女们到那里用木桶去汲水，六点钟时厨妇们又拿竹丝编成的筐篮到那里去洗菜，她们同马夫们交谈，院子里的石块猝然间都被搬动了。人们把石块搬开又将它铺还原；但正在那时又下起雨来，院子满是泥水，阿凤兮从头到脚都沾满了泥土，好像"泥菩萨"（Satyre）在树林里似的。他欢天喜地地搬石块玩，我很欣羡，想去同他一起搬石块去。我在家里却没有石块可搬。恰好，大门是开的。我遂下楼到院子里去。

——我来了，我对阿凤兮说。

——搬石块去，他对我说。

他的面貌很粗鲁，声音又暴烈；我听从他的话。忽然间从我手里把石块夺去，我觉得已被人从地上抱起。这就是我的保姆，她气愤愤地将我抱去。她拿马赛牌的香胰替我洗，又鄙笑我不该去同一个顽童，浪子，无赖的小孩去玩。

——阿凤兮，母亲又说，阿凤兮是一个没有受过教育的；这不是他的罪过，这是他的命运不好；但受过教育的小孩们，不应该同那般没有受过教育的小孩们来往。

我是一个很聪明又富于思想的小孩。我记住母亲的话，……我对于阿凤兮的情感完全改变。我不再羡慕他；决不。我觉得他又可怕，又可怜，"这不是他的罪过，这是他的命运不好"，母亲说的这句话弄得我神思颠倒。妈妈，你对我所说的很好；你在我极幼稚的时期，指明告诉我那般

---

〔1〕　公制长度单位米的法语旧译。——编者注

穷苦的无辜。你的话实在是很好;我应该从我往日的生活中,将你所告诉我的话保留到现在。

这次训话,至少也发生些效果,因我此后对于那可恶的顽童生出一种怜悯心。我想方设法要给他一点赠品以表示我怜悯他的意思,想给他一吻罢;但我觉得他那粗糙的,不干不净的面皮上,不配承受这一吻,我心里就否决了这种赠品。想了半天,总想不出一件我所能给他的赠品,引起我许多烦恼。拿我那带着机关的小马送给阿凤兮罢;但,虽说小马的鬃毛和尾巴都掉了,要拿去给他,仍觉太过。况且,拿一个小马作赠品,能不能表示我怜悯他的意思?应该拿一种对于那苦人儿适当的礼物给他。一枝花好吧?大厅里有的是花枝。但一枝花也正同一吻一样地不配送给他。我疑惑阿凤兮不知道爱花呢。我心下迟疑不定,又绕着饭厅散步。忽然间我欢天喜地地鼓起掌来说:我有了!

橱柜上面的水果盘里有许多很好的逢德不罗的葡萄。我跳上椅子,拿一长串葡萄,这一串要占盘子的四分之三。那淡绿色的葡萄粒子,边皮都是黄澄澄的,大家该可以猜想到放在嘴里的一种爽口的滋味了;但是我决不去尝它。我跑去从母亲做工的桌子拿一线球来。我将葡萄的蒂端用线缚住,身子伏在窗槛上,喊阿凤兮来,慢慢地把那串葡萄放到院子里去。孩子因要看葡萄,将披散在他眼前的乱蓬蓬黄头发分开。等到他的手可以觳到那串葡萄时,他遂连葡萄带线一把夺去;然后,他仰起头来,向我伸一伸舌头,打个手势,拿着葡萄串跑了。……我的小朋友们从没有向我做过那样恶手势。起初,我很生气。但有一种念头又将我的气愤平息下去:"我做得很好,我想,还不曾误给他花或吻呢。"

如此一想,我的愤恨就打消了,且幸已将纯净的爱情做到,其余的事,且不管他。

　　然而我要将我的事告诉母亲，心里又怕得厉害。我误会了；母亲尚带笑容来责备我，这笑容是我从她的眼角上看出来的。

　　——人们应该拿自己所有的东西给人，不该去拿别人所有的东西给人，她教训我说，并且也该看看东西给人得当不得当。

　　——这就是求幸福秘诀，能知道的人很少，父亲又这样说。

　　他呢！他该能知道了！

《小说世界》一九二五年第九卷第十三号

会走的木宝宝

[日] 滨田广介 著

丰子恺 译

在不知什么地方,有一个老头子和一个老太婆。他们盼望孙子得很,每天祷告菩萨,说希望给他们生一个孙子。

但是孩子总是不生。

"这样朝朝夜夜地祷告,菩萨竟不给一个！老太婆！没有法子了,雕一个木的孩子罢,望望也好。"

"好的！老头子！木孩子也可爱呢！当他孩子,抱他罢,快去雕！"

"好,好!"

老头子走到林木中,伐了一支粗的木头来,用凿子来凿,渐渐成功小孩子的形状了。

"做好了没有？老头子!"

"哪里！还没有！"

老头子这样说着,手中一刻不停,连平常欢喜的烟也不吸了。做好了圆的头,再雕出面貌,眼睛、鼻头、嘴巴,都有了。

"好！老太婆！做好了!"

"哪里,哪里？让我看!"

一看,雕得很好,像活的一样。老太婆即刻来试抱抱看。正好不重,也不轻。

"这样,真真正好呢,让我背背看如何。"

老太婆把木偶驮在低的背脊上了。白天也这样驮着不放,到晚上还不要放。因为背脊上的木偶一点不动,也不叫,所以老太婆忘却了,到睡觉的时候一直不记得。

"老太婆！老太婆！好放了呢！"

"什么？老头子！"

"咦！你怎么样了！"

"嘎！不错不错！木偶宝宝。"

老太婆笑了一回，呆起了，对老头子说：

"老头子，老头子！这倒真有点讨厌呢。特意做了这木宝宝，但是他不叫，没趣得很。去求求菩萨要他嘤嘤地叫罢！"

"好，好，去求！"

两人就去求菩萨。

"求菩萨开恩！只有这一愿呀！"

"那么答允你们罢。回家去看就是了！"

两个人欢喜地急忙回到家里。果然木偶在那里嘤嘤地叫了。

"喏！叫了，叫了！"

老头子同老太婆抱了叫的木偶，轮流地拍他，摇他。但是他尽管叫，一直不停。两人都气闷起来。

"老头子，老头子！这怎么办！叫原是好的；但木宝宝尽管这样叫，倒有点不耐烦呢！这回去求菩萨，要它嘻嘻地笑罢。"

"好，好，去求！"

两人于是再到菩萨那里去求。

"求菩萨开恩！只有这一愿了！"

"不止一愿呢！这不是第二次了？"

"实在对不起，但是只有这一次了。"

"那么再答允你们一次罢！回家去看就是了！"

两人欢喜地急忙回到家里。果然木偶在那里嘻嘻地笑了。

"喏！笑了，笑了！"

木偶从此嘻嘻地笑了。后来哈哈地笑了。尽管笑，摇摇摆摆地笑，但是两手总是贴着身，一动也不动。

"老头子，老头子！这真可爱呢！木宝宝笑是很会笑了，但是两臂一动也不动！这回再去求菩萨，要他两只小手会动罢。"

"好，好，去求！"

两人再到菩萨那里去求。

"求菩萨开恩！只有这一愿了！"

"不止一愿呢！这不是第三次了？"

"实在对不起，但是只有这一次了。"

"那么再答允你们一次罢！回家去看就是了！"

两人又欢喜地急忙回到家里。果然可爱的木偶的两手徐徐地在那里动了。

"喏！手动了，手动了！"

老头子同老太婆把木偶的圆圆的手腕交拢来看。两只小手尽管交拢来，放开去，没有厌时。老太婆又不高兴起来，这回忽然注意到了木偶的脚。

"老头子，老头子！这样总归偏废！木宝宝手是已经活了，但是脚不会动，不成样子呢！这回去求菩萨，要他脚会动罢！"

"好，好，求！"

两人于是再再一次去求菩萨。

"求菩萨开恩！只有这一愿了！"

"不止一愿呢！这不是第四次了？"

"实在对不起，凡事三遍为定。求菩萨格外再答允一遍，只有这一遍了。"

"那么再答允你们一次罢！回家去看就是了！"

两人又欢喜地回到家里。果然妙得很，木偶的脚会动了。

"哈哈！脚会动了,脚会动了。"

老头子同老太婆已经快活得了不得。给木宝宝一个红的手皮球,木宝宝用手紧紧地擒着。不料皮球从手里滑出咯辘辘辘地在床上转起来。木宝宝要哭出来的样子地去拾皮球,可是不会跑,只是鼓动他两只小脚。老太婆看了这样子,忍不住这样说了:

"老头子,老头子！那样子真可怜！木宝宝的脚会动了,可是不会跑,不成样子呢！去求菩萨,要他赶得上皮球地跑步罢！"

"好,好,去求！"

两人于是再再一次,再一次去求菩萨。

"求菩萨开恩！只有这一愿了！"

"不止一愿呢！这不是第五次了？"

"实在对不起,这真是末脚一次了。"

"哪里！欲没有底的,要不再有愿才好呢！"

"但是菩萨！求求你！真只有这一次了！"

"要木偶会跑,是不是？"

"是的,是的,要他会赶得上咯辘咯辘转的皮球地跑。"

"会这样跑就好了？"

"好了,好了！"

"那算数答允你们罢！回家去看就是了！"菩萨这样说。

两人欢喜地急忙回家。果然望见屋里的木偶在顿顿地走了。

"会走了,会走了！"

　　老头子同老太婆欢喜得了不得。但是走进家门一看,吃了一惊:红的皮球在床上咯辘咯辘转个不休,同时要去拾取皮球的木偶气喘喘地追个不休。

　　咯辘咯辘……顿顿……

　　咯辘咯辘……顿顿……

　　皮球滚到了天井里,木偶一齐赶到天井里。皮球从天井里滚到了路上,木偶也一齐跑了出去。

　　"踢交了,危险! 踢交了,危险!"

　　老头子同老太婆这样叫着,想从后面捉住木宝宝。但是木宝宝越走越快,无可奈何。老头子同老太婆就哭起来。到现在,老头子同老太婆恐怕还在追赶那捉不住的木偶宝宝呢。

《新女性》一九二七年第二卷第五号

有结带的旧皮靴

[日]和田古江 著

丰子恺 译

一

在两个村中间的山路的林木中，有一双有结带的旧皮靴落在那里。这是一双头大而样子不好的红皮靴。那地方是有清水的岩石的阴面，住在那里的蟹首先看见了。

"咦！什么东西？"蟹爸爸先吃了惊。

"真奇怪的东西呢！"蟹妈妈看见了说。

"是房子呀！爸爸！有扶梯的，你看！"小蟹中的蟹哥哥这样说。

"让我走上去！"蟹弟弟快活得很。

"我也来！"蟹妹妹也赞成了。

"慢一点！让爸爸先去看一看。"蟹爸爸这样说过，就横爬到结带的扶梯上，从顶上向里面望。

"哈哈！"

叫了几声，里面好像没有人的样子。蟹爸爸就招呼小蟹们走下去，到了皮靴里面。里面稍暗一点，但是很宽敞，做蟹的住宅，实在再好没有了。蟹欢喜得很，就定为自己的家。

蟹妈妈说这真是好的家，神赐给我们的。孩子们已经快活得了不得，有时爬上去眺望，有时走下来打滚，只管嘻嘻哈哈地开心。

有一天，猴子来饮水，看见了这旧皮靴。

"咦！这是什么东西？"

猴子这样一想，就伸手进去摸。里面的蟹发急了，立刻钳猴子的手。

"啊唷……唷……"

猴子吃了一惊，缩回了手。手上血流出来了。猴子蹙着眉头，看看被钳的伤痕。

"嗄,是蟹。好,好,这回你看着!"

猴子这样说过,咬紧牙齿,看见结带的纽挂着很长一段,就立刻拿住这纽,提了皮靴,爬到近处的松树上去。

猴子同蟹,从前曾经有过猴蟹战争,感情很不好。所以猴子忍不住气,就把蟹的住家的皮靴用纽带结住在松树的高的枝上,让它荡来荡去地动。

蟹觉得家屋忽然荡动,不晓得是怎么了,就爬上来看。原来是向来怀恨的猴子,把他们的家挂在松树上了,蟹吓得面孔发青。

小蟹们悲鸣而骚乱了。但是无可如何!

"唅!猴子哥!这样不是太凶了么?对不起,请放了我们罢!"

蟹爸爸向猴子请罪。但猴子拿出刚才被钳的伤痕来给他看:"太凶是你啰!把我的手弄得这样,还要说'对不起,放了我们?'不行!"

"啊,这是因为不晓得的缘故,请你原谅罢!"

"不行!非到我手上的伤痊愈的时候,不放你们下来。"

"啊,不要这样说,啊,猴子哥!"

"不行,再会!祝你好……"

猴子管自走了下去。

二

到了夜里,风吹得很紧,蟹的家停荡停荡地摇动,常常好像要翻下去的样子。蟹家父母子女,一刻不离地抱在一块儿,通夜在那里震荡。

天亮之后,风方才定,朝阳红红地照上来。蟹想吃早饭,但是不能走出去找。孩子们肚子饿起来,大骚扰了。然而没有法子。于是大家饿得发青了。忽而听见一种奇怪的声音。

"各孔……各孔……各孔……"

不要又是猴子来了! 蟹爸爸即刻爬上去向外去探望。可是没有看见什么,放心地钻进了家里。忽然又听得"各孔……各孔……各孔……"

"什么?"

大蟹小蟹们面面相觑,怕得发抖了。后来"各孔……各孔"的声音更近起来,忽然听见"唅唅!"

有人在门口叫。蟹爸爸伸出头去,看见是啄木鸟。

"呀! 是啄木鸟哥?"

"原来是蟹哥? 你们为什么住在这地方?"

啄木鸟诧异地问。蟹把昨天的事详细地告诉了他,而且请他帮助。啄木鸟听了大起同情。

"这真是苦极了,我想立刻帮助你们;但是我的身体很小,对于这屋子没有办法,怎么好呢……"

啄木鸟考虑了一回,说:"唔,有好法子了;请等到今晚。我去托猫头鸟哥罢。猫头鸟哥一来,拿下这房子全不成什么问题了……"

蟹大欢喜,忽又对孩子们一看,说:"等到晚上? ……"脸上有点为难的样子。

"咳,因为猫头鸟哥不是晚上,眼睛看不见的……"

"嘎! 这样的! 非为别的,实在因为孩子们肚子饿了。"

"唉! 原来如此! 那么我去找些虫来罢,不过不好吃一点。"啄木鸟即刻去找虫给他们吃。

三

到了晚上,啄木鸟如约同了猫头鹰来,把蟹的家从松树上取了下来。这一次要找猴子等不会来到的地方,就请猫头鹰给他们移放在岩石与岩石中间的狭小的地方。

蟹欢喜得很,厚谢了猫头鹰和啄木鸟,亲子之间互相谈谈得援助的欢喜,这夜安心地睡觉了。

明天,蟹爸爸同蟹妈妈因为长久没有好吃的东西了,要出去找许多来吃,吩咐孩子们在家看守。

小蟹的兄弟们走出门来,从岩石跑到岩石,来做捉迷藏了。

蟹的家的近旁的岩石下面,有一只大虾蟆居住着。这一天他想找点东西吃吃,慢慢地走出来。忽然看见了蟹的家:"啊哟! 不多时不出来,这样的东西来了,是什么呀?"

虾蟆慢慢地爬上去,向里面望一望,里面什么都没有,他就走了进去。

"唔! 这是很好的家,感谢,感谢!"

虾蟆独自认定这家,连找食物也忘记,舒服地在那里睡觉了。

不知道有这回事的小蟹们,到了父母亲们好归家的时候,游玩回来了。一看,家的里面有人住着,眼睛闪闪地在那里发光,吃了一惊。

"不得了,不得了!"

三兄弟大声地叫,爬到岩石上去,看见父母亲已经在回来了,蟹阿哥滚也似的跑了下去,"爸爸! 不得了!"喘息地说了。

大蟹们吃了一惊:"怎么样了?"

"有人走进在我们家里,两只眼睛闪闪地发亮,怕得很!"

"啊,这了不得!"

蟹爸爸急急回来,走到家里一看,一只虾蟆卧在那里。

"唉,原来是虾蟆哥! 这里是我的家,请你出去。"

"不高兴! 这里是我的家!"

"哪里? 是我的家! 我们一早住在这里的!"

"咦! 我来的时候,谁也不在这里,从今天起,这是我的了。"

虾蟆这样说了,一点也不动,蟹没有法子。说种种话要他出去,虾蟆无论如何不动。

蟹怒极了,叫蟹妈妈和孩子们大家来,不问面孔,手,足,把虾蟆的全身轧轧地钳。

于是虾蟆瞪着眼吟呻叫痛了。钳得太厉害,虾蟆自然耐不住,后来他就"扑"地吹放一口毒气,慢慢地出去了。

据说:虾蟆的身体所以这样隆肿,就为了这时候被蟹钳伤了的缘故。

又蟹的所以常常吹泡,也是为了这时候受了虾蟆吹出来的毒气的缘故。

《新女性》一九二七年第二卷第八号

青房间

［英］格拉汉姆 著

丰子恺 译

译者序言

　　格拉汉姆(Kenneth Grahame,一八五九—[1])是英国著名的少年文学作者,深解少年少女的心情,能把握他们的见解,加以特独的想像力,而委曲地描写他们的生活。故其作品最宜作少年少女的读物。他的著作集有 *The Golden Age*(一八九五),*Dream Days*(一八九八),*The Wind in The Willows* (一九〇八)[2]等。现在我所译的《青房间》,便是 *The Golden Age* 中的一节,但能独立为一短篇,此篇所描写的,便是大人的世界与少年人的世界的隔阂,和因这隔阂而起的可笑的事件。

丰子恺

一九二九年十二月八日记

---

〔1〕 格拉汉姆逝世于一九三二年。——编者注

〔2〕 三本书的中文译名分别为《黄金时代》《梦里春秋》《柳林风声》。——编者注

　　自然寄同情于人，这话在书中看见得多了，——而且大都当作新发现写在书中；在全不知道自然对人的别种情形的我们，在三月中的狂风的那一天，当我和爱德华在车站的月台上等候新的家庭教师的来到的时候，风在白杨树梢上歌啸又啜泣，在其小止的期间，突发的雨点跳落到已蒙尘埃的路上，似乎是极当然而又适当的事。这个计划，不消说是一个叔母因了她的一片好心而安排的，她以为在我们伴了先生从车站回家的途中，我们的羞涩而天真的孩子气自然会解除，于是后来必定可以互相显示其更坚实的性质，而从互相尊敬而起的永续的友情，可以坚固地建立了。但这只是一个美丽的梦——别无他物。因为爱德华预先悟到他将要碰着家庭教师的压迫的先锋了，一向板着脸，口中只说极简短的话，决心在礼仪许可的限度内，尽量地用消极的恶意的态度来对付他。这样一来，明明是要我做虚空的礼仪的传言人兼包办人了，但我对于这种事并不是那样情愿干的；礼貌，招待，致辞，以及其他一切官僚式的事物，都是我所特别嫌恶的。当我们含怒而视那速力渐渐缓下来的火车的窗子的时候，我们的心中都好像大暴风的三月的气候。

　　但人们往往误将自己的地位判断得特别艰辛；结果我们的会见先生，是一件容易而简便的事。在充满着一律的乡下人的一个车厢中，先生很容易被我们认出。我还未曾说出一句用心考虑的文句，他的旅行皮箱早已交卸在行李车上，他的身体早已转入那小衖里去了。我心中觉得轻松了一些，就在一同走路的时候举眼观看我们这位新来的朋友，记得我们所预想的，还要枯燥，学究气，又严格得多。实则一副小孩子似的真

挚的脸孔和粗率的鼻眼镜——散乱的头发——一个像知更鸟的头一般
地常常急速地转动的头和一个常常变出中音部声的喉音。——这都是
很奇怪而又新鲜的,但是一点也不觉得可怕。

　　他摇摇摆摆地向村中前进,忽而向这边看,忽而向那边看。"妙啊,"
他突然这样叫,"妙极了,愉快极了!"

　　我不曾预料到这种事,向爱德华举眼,征求他的同感,他正在把两手
插在袋里,苦闷似的把眼睛看着鼻头。他早已决定他的方针,想坚持到
底了。

　　这时候我们的先生已用拳头做成一个望远镜,正在其中眺望我所不
能见到的事物。"绝妙的景致!"他突然叫出,"十五世纪的风,——不
对——唉,对的!"我虽未至于吃惊,但开始觉得迷惑了。这使我联想起
了《天方夜谭》中的屠户,这屠户陈列在店头的普通的截肉,在吃惊的民
众看来如同肢解的人体。这个人似乎在我们所看惯了的陈腐的环境中
发现了最新奇的事物。

　　"啊!"当我们在树列中间踱进的时候,他又突然叫出,"看那片田
野——傍着沙墩的后面——那雨云遮覆着它,——完全像达微特可克
斯[1]的画——没有一处不像!"

　　"这田野是农夫拉京所有的,"我叮咛地说明,但他当然是不要求知
道的,"我明天可陪你到农夫可克斯家里去,倘若他是你的朋友;不过那
边也没有什么东西可看。"

　　含怒似的跟在后面的爱德华,向我一看,似乎在说:"我们带了这么
一个疯子来!"

_____

　　〔1〕 英国风景画家。

"这里有真的田园的特质,你们这村子。"我们这位空想家继续说道,"有了那可称为古代艺术的遗物的田舍和农场建物,正添加了趣味,那便是使我们英国的风景那么神圣而奇特的。"

这只蚱蜢[1]倒的确是一个赘累了。这些驯染的田野和农场,其中的一草一木我们都知道,我所知,没有一物可以冠用这类的形容词。我对它们从未想到过什么神圣、奇特等事。田野和农场——正是田野和农场,没有别的。我失望地推一推爱德华的肋旁,当作催他说几句体面话的暗号,但他只是冷笑,依旧顽固。

"现在你可看见我们的房屋了,"于是我说,"那个人是西丽拿[2],正在牧场中追赶那驴子,或许是驴子在追赶西丽拿吧? 我不大看得清楚;但总归是他们俩。"

他所说出来的,不消说是尽量的形容词。"绝胜!"他又突然叫出,"何等融和而谐调! 何等完全地安定!"(我从爱德华的脸上可以看出,他正在想哪一个可说是安定的。)"应该有很多的传奇呢,你看,在那些古风的屋脊下面!"

"你讲那些屋顶房间吗?"我说,"那里面有许多的旧的家具;其中有一间大概堆塞着苹果;有的时候蝙蝠从屋檐下面钻进去,在那里飞舞,直到我们走上去,用毛板刷等物赶它们出去;但我知道其中并无别的东西。"

"唉,蝙蝠以外一定会还有别的东西呢,"他叫道,"不要对我说那里面没有鬼怪。倘然那里面没有鬼怪,我将大大地失望了。"

----

〔1〕 因先生的态度像蚱蜢,故仇视先生的学生在背后称先生为蚱蜢。
〔2〕 爱德华之妹。

我想这话没有回答的价值,我觉得自己实在不配参与这种会话;加之我们已经将近到家了,到了家我的责任可以完结了。爱丽硕叔母在门口迎接我们,在继起的形容词的十字炮火〔1〕中——叔母和先生立刻谈话起来,照一般大人的习惯我们两人就逃开,转到屋的后面,立刻在我们与文明之间设了实足数里的间隔,因为恐怕被呼进客堂里去吃茶。等到我们回来的时候,我们刚才接进来的新客已经上楼去换正餐服了,至少在明晨以前,我们不落在他的掌中。

三月的风在日落的时候停止了一歇,到这时候又阵阵地猛烈起来,我虽然在照平日的时间就寝,但到了夜半模样,被风的力强的号声所唤醒了。皎皎的月光中,迎风的树枝微妙地在窗帘的那面飘荡摇曳;烟囱里有轰然的音,键穴中发出吹口笛似的啸声,到处有骚扰和呼号的声音。睡觉已经谈不到了,我就在床中坐起身来,向西周顾视。爱德华也起来了。"我正在疑虑你到什么时候醒觉呢。"他说,"在这种时候,想睡觉是无用的了。我说,我们起来做些事情吧。"

"好的,"我回答,"我们来做海中的漂流船吧(这自然是在烈风之下的这老屋的吟呻所提示我的)。我们可以漂流在一个岛上,或者残剩在一只筏上,任你选哪一种;但我自己最喜欢岛上,因为那上面可有许多东西。"

爱德华想了一下,否定我这意见。"那太嘈杂了,"他指示出来,"做船长没有趣味的,除非你很能摇船。"

户声一响,一个穿白衣服的小巧的姿态悄悄地走了出来。"我听见你们在说话,"夏洛德说,"我们不欢喜这天气;我们很怕——西丽拿也是

---

〔1〕 大人们初会面时的客套语,形容词用得很多,像十字炮火四散迸出一般,故云。

这样。她就要到这里来了。她正在穿她那很得意的梳妆服。”

　　爱德华两手抱着膝,深深地思考,直至西丽拿来到,她赤着脚,穿着新的梳妆服,样子瘦削而细长。“唅,”于是他叫道,“现在我们都在一块了,我说,我们出去探险吧!”

　　“你只管欢喜做探险,”我说,“在这房子里,到底有什么东西可以探险呢?”

　　“饼干呀!”兴致勃勃的爱德华说。

　　“好! 去吧!”哈洛尔德忽然坐起身来,表示赞同。他在一直以前早已醒觉了,但恐怕我们要他当什么差使,所以假寐着。

　　如爱德华所记忆,我们家里的疏忽的大人们有时把饼干遗落在各处,的确是事实,这在有钢铁一般的勇气的夜行的冒险者,是一种奖品。

　　爱德华从床中跳出,在他的裸着的脚上套上了一条有袋的旧裤子,然后用一条皮带缀住了,他在这皮带的一边插入一管大的木制的手枪,另一边插入一把旧的木刀;最后他戴上一顶大的阔边帽子——这帽子本来是一个叔父所有——我们常常戴了作“盖福克斯”[1]和“查理二世在树上”[2]的游戏的。爱德华不问旁边有无观者总是常常尽力地用了注意和良心,而装扮得十分配合于他所当的角色;而哈洛尔德和我,真是依利萨伯王朝的优伶,只要真的演剧的精神充分表出,关于剧中的装扮就不以为念了[3]。

　　于是我们的司令官就吩咐我们要同坟墓一样地沉默,又关照我们,

────────────

　　〔1〕　Guy Fawkes 为英国历史上有名的火药阴谋事件的犯人。英国少年于是每年十一月五日用稻草作 Guy Fawkes 的像,拥了在街上跑,以为游戏。

　　〔2〕　也是一种游戏。

　　〔3〕　英国依利萨伯女王时代的优伶,专重演艺,对于衣裳及背景等全不讲究。

爱丽硕叔母常常开了门睡觉,我们的队伍必须通过她的门口。

"但我们可以从青房间走近路呢。"谨慎小心的西丽拿说。

"真的,"爱德华赞同地说,"我倒忘了这条路。那么去! 你领路吧!"

所谓青房间,是有史以前[1]用了一个余多的廊下而添造的,所以不但有两扇门的便利,又可使我们不经过我们的醒目的叔母所踞伏的房间,而达到扶梯的顶上。这房间除了偶然有一个叔父下来住宿一夜以外,难得有人居住。我们的队伍肃静无声地通了进去,那房间中全部黑暗,只有地板上有一条明亮的月光,我们必须经过了这条月光而走出去。我们的引导女优西丽拿走到这条月光的地方,特地立停了,乘这机会来打量她的新的梳妆服的挂幅。对此十分满意,她又前进,依照贵夫人的腔调,摆方步,装姿态,在这斑斓的月影中同一个假想的对手演了一回跳舞。这使得爱德华的演剧的本能不可自制,停留片刻,他就拔出他的木刀,用了适合于这场面的刀法,而跨上舞台去了(即去同西丽拿对演,并非真有舞台)。继续演出规定的格斗,其结束,西丽拿渐渐地假装被刺杀了,她的死骸由那残忍的骑士从房间中背出去。我们其余的人欢喜跳跃,装腔作势,挤成一团而跟了出去,这演剧的特有魅力,在于其必须用默剧的最沉默的手法演出的一点上。

一走出到了黑暗的梯顶上,听了外间的狂风的骚音,觉得我们刚才的沉默太过度了;于是我们竟像登阿尔卑斯山的人们在危险的场所用绳索把各人的身体结住一般,互相牵引了睡衣的后幅,大胆地走下梯步的岩石,穿过了厅堂的凛冽的冰河[2],来到了客堂的半开的门中所发出的

----

[1]　极言其早。

[2]　所谓岩石、冰河,皆比拟阿尔卑斯山。

隐隐的微光犹似可亲的旅店的灯火一般地招呼我们的地方。走进客堂，看见我们的浪费的大人们遗弃着一块通红的火种在那里，一经培养，立刻变成阳气的火焰；还有饼干——满满的一盘——装着一种鼓励的神气而对我们微笑，其旁边放着一只对剖的柠檬，已经榨过，但尚可吸取。那饼干被公平地分配了，柠檬的切片在各人口上移行；当我们围住了火炉蹲着，火的和蔼的暖气正在抚慰我们的赤裸的手足的时候，我们实际地感到这种种的夜的冒险，决不是白辛苦的。"说也奇怪，"当我们闲谈的时候爱德华这样说，"在白天我何等讨厌这个房间。它似乎常常在要我们洗脸，要我们梳头发，要我们说可笑的应酬的话。但今天晚上它真是愉快。样子似乎不同了。"

"我真不解，"我说，"人们为什么到这里来喝茶。他们倘要喝，尽可在自己的家里喝，——他们不是穷人，——同时可吃果子酱和别的东西，又可在盆子里喝茶〔1〕，舔着手指头，自由取乐；但他们偏要远远地走到这里来，两脚不插在椅子关里，挺直了腰坐着〔2〕，只喝一杯茶，又每次谈着同样的话。"

西丽拿轻蔑似的冷笑。"你全不懂得，"她说，"在社交界，人们必须互相访问。这是应当做的事。"

"嘿！你又不走进社交界，"爱德华叮咛地说，"况且你是决不会进去的。"

"那里？我总会进去，"西丽拿复他，"但我不请你来访问我，你记着是了！"

---

〔1〕　孩子们喜把热茶放在盆子里喝。

〔2〕　孩子们坐时喜把两脚插入椅子关里。

“你请我来，我也不来。”爱德华愤愤地说。

“放心，你不会得到这种机会。”我们的姊姊[1]接上去说，明了地说出最后的一个字。在这些短简的愉快的对话中，并无激情，这正是——如我们所知——礼仪的会话的骨子。

“我不喜欢社交界的人。”哈洛尔德正在挺直了手脚躺在长椅子上——作一种白昼看见了很难为情的样子，插嘴说道，“今天下午这里也来了几个人，那时候你们两人已经到车站里去了。啊，我在草地上找到了一只死的小老鼠，我想把它剥皮，但我自己不知道怎样剥法，这时候他们走出到庭中来，摸我的头，——我但愿人们不要这样，——其中有一个人教我采一朵花给她。不知道她自己为什么不会采；但我说：‘好的，请你给我拿一拿这只鼠。’她叫起来，把老鼠丢掉了；奥格斯德（那猫）就把它捉住，衔着逃走了。我知道这只小老鼠本来原是它所有的，因为它曾经似乎失了物一般地在四处寻觅，所以我并不恨它；但不知她为什么要丢掉我的老鼠？”

“小老鼠这东西，你要当心呢，”爱德华想起了这话，“那些东西很滑溜。你记得吗，我们有一次在钢琴上玩弄一只死的小老鼠，那老鼠是鲁滨孙，钢琴是一个岛，不知怎样一来，鲁滨孙跌进岛的里面，翻落在机械中了，我们用了耙子和种种东西，也拿它不出来，终于教修琴师来拿。隔了一星期多才拿出来呢，于是——”

早已在颓然地打瞌睡了的夏洛德，到这时候滚入了火炉的铁格子中；我们陡觉得狂风已经停止，家中一切被包围在沉默中了。我们的空床似乎频频地在那里招呼我们；当爱德华宣示散场的时候，我们都很快

---

〔1〕 就是西丽拿。

活。走到了梯子的顶上,哈洛尔德突然改变态度,力争他应有滑下自由国的栏杆[1]的权利。环境的情形不许我们议论;于是我就提出"蛙行"[2]。他依法被蛙行了,哈洛尔德的身体水平,手足疲软,顺从地被四人擎住了,这一团人悄悄地通过月光照着的青房间而去。

后来我钻进在被窝里了,正欲入睡的时候,听见爱德华忽然带着笑声如吟呻声而叫起来。

"哎呀!"他说,"我竟完全忘记了。新来的先生睡在青房间里呢!"

"幸而他不会醒觉了起来捉我们。"我带着睡而含糊地说;我们两人就不再想起关于这事的别的问题,而隐入酣睡中了。

次日早晨,我们下楼吃早餐,为了新的艰难[3]的袭击而胸怀紧张了,但看见了昨天那个饶舌的朋友——他的来到食堂也很迟——异样的沉默,又其心(显然地)为别的事所占据,我们觉得很惊奇。吃完了麦粥,我们跑出去喂兔子,告诉它们,现在来了先生这家伙,将阻碍它们的快乐,使它们不得如以前一样地常和我们一块儿玩耍了。

我们在严定的读书时间回到屋里,看见火车站上的马车载了我们的新朋友而从马车道[4]上向外消失去,大吃一惊。爱丽硕叔母板着脸默默不语;我们偶然听见她说,她想来那个人一定是有疯狂病的。对于这一说,我们巴不得赞同,此后这件事就全部从我们的念头上消去了。

过了几个星期,偶然托马斯叔父因要事来访,从他的袋中摸出一册最近的周刊《心灵研究:幽界杂志》;郑重其事地说出一件很不可思议的

---

〔1〕 扶梯的栏杆毫无阻碍地横在空间,比方它在自由国中。
〔2〕 frog's marching,一人俯向如蛙,四人擎其手足而运行的一种游戏。
〔3〕 即将受新先生的督课。
〔4〕 即从厅堂至大门之间的大路。

趣话,这话显然是关于我家的。我们带着习俗上所应有的勉强的笑颜,忍耐地听他说述,又希望探求这趣话的根元,后来知道它是在于一段详细地描写我们的粗陋而平凡的住居的记事中。"第三例"这段记事这样开头:"下面所述的颠末,是本会中一个的确忠实而认真的青年社员所报告的,而且是最近所经验的事实的记录。"其次是关于这家屋的非常精确的记述,连毫厘无差的详细点都写出着;但此后继续写着的是一大篇关于幽灵出现、夜中的访者一类的无意义的瞎说,其笔法中表示着一个有病弱的想像而心神错乱的人的态度。这作者又并非独创的。所写的都是旧的材料,——夜中的风暴,幽灵出现的房间,白衣的女子,两次的杀人,等等,——在多数的新年纪念号中,早已写得陈腐了。没有一个人能知道这事的来由及其与我们这闲静的住宅的关系;然而最初就怀疑那个人的爱德华,竭力地主张,说我们的极短时间的家庭教师,一定不免站在这事的后台。

《投资》一九三五年六月